DiMenSion WaR
디멘션 워

미르영 퓨전 판타지 소설
FUSION FANTASTIC STORY

디멘션 워 6
미르영 퓨전 판타지 소설

초판 1쇄 찍은 날 § 2009년 5월 20일
초판 1쇄 펴낸 날 § 2009년 5월 29일

지은이 § 미르영
펴낸이 § 서경석

편집장 § 문혜영
편집책임 § 서지현
편집 § 주소영

펴낸곳 § 도서출판 청어람
등록번호 § 제1081-1-89호
등록일자 § 1999. 5. 31
어람번호 § 제1-1054호

주소 § 경기도 부천시 원미구 심곡2동 163-2 서경B/D 3F (우) 420-822
전화 § 032-656-4452 팩스 § 032-656-4453
http://www.chungeoram.com
E-mail § eoram99@chollian.net

ⓒ 미르영, 2008

ISBN 978-89-251-1818-5 04810
ISBN 978-89-251-1464-4 (세트)

차원대전(次元大戰)

DIMENSION WAR

미르영 퓨전 판타지 소설
FUSION FANTASTIC STORY

디멘션 워

6
존재의 잔재

CONTENTS

Chapter 1
기지개를 켜는 존재들

콰지직!

<u>스스스스</u>!

경복궁 지하에 있는 흑룡회의 본거지에는 지금 알 수 없는 현상이 벌어지고 있었다. 검은 기운이 휘몰아치며 내부에 감돌기 시작한 기이한 에너지 파장이 사방으로 뻗어나가고 있었다.

지하 궁전에 나타난 파장은 지구에서는 찾아볼 수 없는 것으로, 뭔가 이 세계에는 없는 강력한 에너지의 작용으로 벌어지는 것이 틀림없었다.

쩌적!

쏴아아!!

에너지 파장의 여파 때문인지 바닥 곳곳에 크레이터가 생겨났고 이로 인해 바닥에 놓여진 화강석들이 가뭄에 갈라진 논바닥처럼 쩍쩍 갈라지며 깨어져 나갔다.

휘아아앙!

뒤이어 살갗을 찢을 듯한 돌풍이 불어왔다. 대전 안을 맴도는 돌풍으로 인해 그동안 쌓여 있던 먼지들이 검은 기운들과 함께 허공에서 춤추며 사방으로 비산하고 있었다.

사악!

어느 순간 힘의 진동으로 일어난 여파가 순식간에 잦아들었다. 언제 그런 일이 있었냐는 듯 모든 것이 멈춘 채 정적만이 대전 안을 감돌았다.

츠츠츠츠!

순간의 고요가 찾아왔지만 이내 정적은 깨어지고 변화가 일어났다. 대전 안의 고요를 몰아낸 것은 상층부에서 벌어지는 기이한 변화 때문이었다.

온통 검은색으로 물든 여러 개의 암흑이 원을 그리며 대전의 천장 지붕 위에 소리없이 번지고 있었다. 암흑은 암울하고 가라앉는 듯한 기운을 대전 안에 토해내고 있었다.

기분 나쁜 검은 기운을 품은 암흑들은 어느새 천장을 온통 뒤덮었다.

우르르룽!

콰쾅!!

소리없이 천장을 물들인 검은 기운 속에서 번개가 작렬하기 시작했다. 백색의 빛과 피처럼 붉은 빛, 그리고 노란 빛과 청색의 빛을 발하는 뇌전들이 사정없이 바닥으로 내리꽂혔다. 섬광이 치는 와중에 온통 검은색의 물체들이 뇌전형상을 한 채 쏟아지기도 했다.

모든 것이 혼돈이었다. 자신의 앞길을 막는 것은 무엇이든지 파괴해 버릴 것 같은 뇌전의 형상을 한 기운들이 쏟아지며 대기를 갈기갈기 찢어발기고 있었다.

번쩍!

콰콰콰쾅!!

투투툭!!

검은 암흑 속에 꿈틀거리고 있는 깊은 심연은 뇌전을 작렬시키다가 이내 지하 대전 안으로 뭔가를 토해냈다. 마치 진흙덩어리처럼 물컹거리는 검은색의 덩어리들이 바닥으로 떨어져 내렸다.

콰쾅!

우르릉!

치지지직!

검은색의 덩어리들을 토해낸 후에도 암흑 속에서 시작된 번개는 멈추지 않고 계속해서 내리쳤다.

뇌전들은 바닥으로 떨어져 내린 덩어리들을 향해서 사정없이 내려쳤다. 질척거리는 진흙과 같은 물체들은 대전 바닥에 떨어져 내린 후 움직이지 않은 채 암흑 속에서 떨어져 내리는 뇌전들을 고스란히 맞고 있었다.

시간이 지나고 처음과는 달리 뇌전의 움직임이 변화하기 시작했다. 뇌전이 내리치면 대부분 지면을 통해 흡수되는 것이 정상이었으나 대전 안의 상황은 아니었던 것이다.

암흑을 빠져나온 뇌전들은 마치 아기가 엄마의 품으로 파고들 듯 떨어져 내린 검은 물체들 속으로 빠르게 빨려 들어가고 있었다.

번쩍!!

파지지직!

어느 순간 강렬한 섬광과 지금까지 나타난 것과는 다른 거대한 뇌전들이 내리꽂혔다. 한동안 내리치던 뇌전들을 조족지혈로 여길 만큼 거대한 뇌전이 하나로 뭉쳐진 형태였다.

특이하게도 나타난 뇌전들은 흑백청적황의 오색의 섬광을 띠고 있었다.

오색으로 물든 거대한 뇌전들은 바닥에 떨어진 물체들을 향해 빠르게 파고들었다.

잠시 후, 작렬하던 뇌전들이 일제히 사라져 버렸다. 천장에 감돌던 검은 기운도 서서히 축소되고 있었다. 그렇게 천장에 일던 거대한 암흑은 이제 제 할 일을 마친 듯 서서히 작아진 후 순식간에 사라져 버렸다.

우르릉!

드드드드드!

뇌전이 끝나고 난 뒤에 벽력 소리와 함께 지진 같은 진동이

시작됐다. 진동이 시작된 이유는 바닥에 있는 검은 물체들로
부터 흘러나오고 있는 에너지 때문이었다.

　물리적 충격력이 상당한 듯 검은 물체들로부터 퍼져 나가는
에너지의 파동으로 인해 마치 지진이 난 듯 주변이 진동하기
시작했던 것이다.

　스스스스!

　잠시 후, 사방을 뒤흔들던 진동이 가라앉으며 주변이 점차
밝아오기 시작했다.

　변화가 시작되고 난 후 파괴되지 않고 남아 있던 전등 중 몇
개가 빛을 발하기 시작한 것이다.

　꿈틀!

　암흑이 사라지고 빛이 들어오고 얼마 후, 바닥에 널브러진
검은 물체들이 조금씩 꿈틀거리며 움직이기 시작했다. 대전
안에 쓰러져 뇌전을 맞던 물체는 생명을 가지고 있었던 것이
다.

　"크크크!"

　바닥에 떨어진 물체 중 가장 크기가 큰 물체에서 기괴한 웃
음소리가 흘러나왔다. 비릿한 냄새를 풍기고 있는 기이한 웃
음소리였다.

　"크크, 이제 돌아온 것인가?"

　물체에서 흘러나온 목소리의 주인공은 바로 흑룡회주였다.
흑룡회주는 자신이 그토록 바라던 힘을 얻기 위해 다른 차원
으로 건너갔다가 이제 돌아온 터였다.

　차원의 경계를 넘은 후, 흑룡회주는 자신이 원하던 힘을 고스란히 얻을 수 있었다. 평생을 원하던 힘이었기에 그의 목소리에는 만족감이 서려 있었다.

　스르르르!

　흑룡회주의 목소리가 흘러나온 물체가 바닥을 밀어내 듯 지지하며 일어났다.

　"지금까지 어떤 생각을 품어왔는지 모르지만 네놈들에게는 지금까지 걸려 있던 금제와는 비교도 안 될 금제가 내려질 것이다. 크크크."

　비웃음 소리와 함께 일어선 검은 물체로부터 쓰러진 자들을 향해 강렬한 기운이 쏟아지기 시작했다.

　"크하하하! 원하는 힘을 얻었겠지만 머지않아 네놈들은 온전히 나의 권속들이 될 것이다. 나의 권속이!!"

　광소와 함께 흑룡회주의 몸에서 쏟아져 나온 광포한 기운이 대전 안을 휘몰아쳤다.

　우우우웅!

　번쩍!

　진동음과 함께 흑룡회주의 머리 부분으로 보이는 곳에서 두 줄기 백광이 뿜어져 나오기 시작했다. 검은 물체의 눈으로 보이는 부분에서 감당하기 힘든 빛들이 쏟아져 나왔던 것이다.

　눈으로 보인 곳으로부터 뻗어 나온 백광이 점차 바닥에 쓰러진 검은 물체로 번지기 시작했다. 흑룡회주와 함께 차원을 건넜던 장로들과 태사였다.

주르륵!

백광이 번져 가자 검은 물체 속에서 점차 사람의 형상이 보이기 시작했다. 진흙이 뭉쳐지듯 점차 모여 반쯤 투명해 보이는 형상을 갖추기 시작한 후, 다시금 흑룡회주의 목소리가 흘러나왔다.

"첫 번째 단추는 끼워졌다. 이제 저놈들을 깨우고 난 뒤 내가 얻은 명왕의 힘을 수습하기만 하면 저놈들은 온전히 부릴 수 있을 것이다. 하지만 그전에 일단 힘을 회복해야겠다. 이대로라면 자칫 저놈들에게 당할 수도 있으니까."

정신체만 있는 상태라 금제를 가하기 힘들었다. 가지고 있는 힘을 전부 쏟아부은 후에야 금제가 가능했던 흑룡회주는 잠시 쉬며 기운을 회복하기로 했다.

흑룡회주는 차원의 경계를 넘느라 너무 지쳐 있었다. 거기에 장로들을 자신의 완전한 권속으로 만들기 위해 연이어 큰 힘을 쓴 터라 회복할 시간이 무엇보다 필요했다.

하지만 아직은 장로들에 대한 금제가 완전한 것은 아니었다. 금제가 발동해 장로들의 의식 깊은 곳에 정착하려면 시간이 걸렸다. 자신의 힘을 회복하지 못한 상태에서 금제가 발동하지 않은 장로들이 야욕을 드러낸다면 자칫 위험에 처할 수도 있던 것이다.

흑룡회주는 대전 중앙으로 가 바닥에 주저앉은 후 서서히 기운을 끌어 모았다. 대전 안에 남아 있는 명왕의 기운과 장로

들이 가지고 있는 기운을 흡수해 자신의 힘을 회복하려는 것
이다. 아직까지 장내에 머물던 기운들이 빠르게 흑룡회주의
몸으로 빨려들었다.

　잠시 뒤, 쓰러져 있는 장로들과 태사의 정신체로부터 검은
기운이 빠져나오기 시작했다. 흑룡회주는 빠르게 그 기운들을
흡수했다. 위험한 일이기는 했지만 무리해서 시도한 것은 명
왕이 가진 기운 중 일부를 얻은 장로들의 힘을 약화시키기 위
해서였다.

　번쩍!
　힘을 회복한 흑룡회주가 눈을 뜨자 강렬한 기운이 사방으로
폭사되었다.
　"이 정도면 반발을 한다고 해도 충분히 무마시킬 수가 있다.
이제 슬슬 깨워야겠군."
　흑룡회주는 힘을 회복하자 자신과 함께 차원의 경계를 넘었
던 장로들과 태사를 깨우기로 했다.
　"네놈들이 다른 마음을 먹고 있어 그동안 내 뜻대로 하지 못
했지만 이제부터 다를 것이다."
　지난날 이들이 어떤 마음으로 자신을 따랐는지 잘 알고 있
는 흑룡회주였다. 이제는 그동안의 고심을 되돌려줄 수 있다
는 생각에 무척이나 기뻤다.
　배신의 칼날을 언제나 가슴에 품고 있는 존재들이 바로 장
로들이었다. 하지만 이제는 아니었다. 이제 얼마 있지 않아 온

전히 자신에게 속하게 될 자들이었기에 배신을 염려할 필요가 없는 상태였다. 장로들을 깨우는 그의 마음은 오랜 짐을 덜고 있었다.

*   *   *

흑룡회주가 장로들을 깨우는 사이 지상에서는 난리가 나 있었다. 역사서에서나 기록되어 있는 지진이 서울 시내 한복판에서 일어났기 때문이다.

특히, 문화재를 관리하고 있는 문화재청의 담당자들은 경복궁에서 지진이 시작됐다는 소리에 아연실색하고 있었다.

"무슨 소리야? 지진이라니!!"

"모르겠습니다. 지하에서 진동이 일어 건물 몇이 금이 갔다는 사실 이외에는 아직까지 정확한 원인이 파악되지 않고 있습니다."

"국토해양부에 전화를 걸어서 지진 원인이 무엇인지 파악해 봐. 여진이 있을 건지도. 잘못했다가는 남대문 꼴 나니까 최대한 사태 파악에 주력하고 응급 복구를 서둘러. 불똥이 잘못 튀면 너나 나나 옷을 벗어야 된다."

"알겠습니다, 청장님."

경복궁 관리사무소에서 지진이 났다는 전화를 받은 문화재청에서는 상황을 파악하느라 분주했다.

대한민국도 지진에서 안전한 지역이 아니라는 것은 알고 있었지만 경복궁에서 진앙이 시작되었다는 소리가 문화재청의 수장에게는 청천벽력이나 다름없었던 것이다.

"뭔 일이래?"

"글쎄, 폭탄이 터진 것은 아니 것 같고. 지진이라면… 이거! 피해야 하는 거 아니야?"

"일단, 여진이 있을 것인지부터 파악해 보자고."

"하여간 나라가 어려운 때에 이게 무슨 일인지……."

"일단 최대한 파악을 해야 할 거야. 수습할 것은 수습하고 문화재들이 손상이 간 것은 없는지 살펴보자고. 잘못하면 반출을 해야 할지도 모르니 반출 계획에 따라 준비를 좀 해두고."

청장의 지시로 수습에 들어갔지만 문화재청 직원들은 혹여 자신에게 불똥이 돌아오지 않을까 염려가 되었다.

재난 안전 대책을 세워놓고 있었기는 했지만 지진에 대한 대비책은 그다지 없었기에 남대문에 이어 이번에도 여론의 질타를 받을 것이 분명했던 것이다.

문화재청의 예상과 같이 경복궁 지하에서 일어난 지진의 여파는 상당히 컸다.

이미 남대문 소실 사건으로 인해 여론과 국민의 질타를 받은 문화재청은 서둘러 원인 파악에 나섰지만 원인을 알 수 없어 고민에 빠져들었고, 때 아닌 변고에 경복궁 주변에 살고 있는 사람들은 불안에 떨어야 했다. 이렇듯 확실히 느껴지는 지진은 서울에 사는 사람들이라면 한 번도 겪어보지 못한 일이었기 때문이었다.

지진의 원인과 여진의 여부를 파악하려 애쓰는 각급 공공기관의 움직임이 분주했지만 어느 누구도 지진의 원인을 파악하지 못했다.

지진 계측기에는 당연히 기록되어 있어야 할 지진파의 기록도 거의 없었고, 지진이 시작된 경복궁의 지하에 대해서도 확실히 알 수 없었기에 시민들의 불안감은 커져만 갔다.

사실 이번에 경복궁 지하에서 퍼져 나간 진동은 지진이 아니라 차원 간 경계가 무너지면서 생긴 에너지의 불균형에서 온 것이기에 지진의 원인에 대해서 알 수가 없었던 것이다.

차원 간의 균형이 깨어지면 엄청난 에너지의 변이가 일어난다. 그 힘은 차원에 있는 은하 하나 정도는 통째로 소멸시킬 만큼 강력한 것으로 그 옛날 차원을 주관하는 자들도 가장 주의를 기울였던 부분이다.

그런 위험이 있고, 지구 차원에 겹쳐 있는 차원들의 균형이 깨어지고도 지금까지 무사할 수 있었던 것은 라와 시바, 그리고 보이지 않는 마고의 의지가 큰 역할을 했다.

한마디로 서로가 지구 차원의 주인이 되고자 하는 속셈을 가지고 있기에 가능한 일이었다.

지구 차원의 창조주가 되려는 라와 시바는 자신들이 가이아를 넘어설 힘을 기르는 동안 권속들로 하여금 겹쳐진 지구 차원의 균형을 적절히 유지하도록 했었다.

마고는 차원의 소멸을 막기 위해 공간 사이에 남겨둔 스스로의 의지를 통해 차원의 균형을 도모한 것에 반해, 라와 시바가 자신들의 권속들로 하여금 차원이 붕괴하지 않도록 한 데는 목적이 있었다.

차원 자체가 붕괴한다면 그들의 목적은 한낱 몽상에 지나지 않을 것이기에 어쩔 수 없는 선택이었던 것이다.

라와 시바에 의해 남겨진 권속들은 이미 초월자로서 상당한 힘들을 보유한 자들이 대부분이었다. 스스로도 세상을 제패하고자 하는 수많은 유혹이 있었지만, 그들은 자신들의 주인의 의지에 따라 차원의 균형을 유지하는데 온 힘을 쏟아부을 수밖에 없었다. 주인의 의지를 배반하는 순간, 가진바 권능을 모조리 잃어버리기 때문이다.

그들이 가진 권능이 라와 시바, 그리고 마고로부터 비롯되었기 때문에 권능을 사용하는 데 제약이 있어 가까스로 지구 차원이 유지되고 있었던 것이다.

그것은 세상의 평화에 기여했다. 그들이 자신의 힘을 제대로 사용할 수 있었다면 문제가 발생할 수 있었지만 차원의 균형을 유지하기 위해서는 워낙 많은 힘이 필요했기 때문이다.

스스로가 힘을 억제해야만 하는 까닭에 그동안 세 존재를 따르는 권속들은 조용히 있을 수밖에 없었던 것이다.

그렇게 오랜 세월 세상을 유지하는데 힘써왔던 그들이 움직일 수 있는 단초를 제공한 것은 한철이었다. 주주총회장에서 있었던 사건으로 인해 차원의 균형이 깨어져 버린 것이다.

한철로 인해 지구 차원에 겹쳐져 있던 세 차원은 서로의 교차점을 유지하던 힘이 소멸되어 버렸다. 그럼에도 차원 간 에너지의 불균형은 일어나지 않았고, 겹쳐 있던 차원들도 소멸하지 않고 살았다. 지구 차원의 균형이 새로운 형태로 변해 버린 것이다.

이러한 일련의 사태로 인해 초월적인 존재들은 새로운 전기를 맞이했다. 에너지의 불균형을 막기 위해 자신의 힘을 억제당했던 그들이 다시 자신의 힘을 회복하고, 아무런 제약 없이 자신들의 능력을 사용할 수 있게 된 것이다.

그러한 것을 알아차리고 제일 먼저 자신들의 목적을 위해 행동을 개시한 것은 흑룡회에 속한 자들이었다. 차원의 균형을 유지하고 있는 지점에 근거지를 가지고 있던 터라 가장 빨리 알게 된 것이다.

차원의 균형점이 깨어지고 난 후 자신들이 속해 있던 차원의 통로가 열리자 흑룡회주를 비롯한 장로들은 서슴없이 차원을 넘어섰다. 그동안 억눌려 왔던 자신들의 온전한 힘을 되찾기 위해서였다.

흑룡회주의 의도는 성공을 했다. 지난날 그들이 가지고 있던 힘을 훨씬 초월한 궁극의 힘을 손에 쥔 채 다시 지구 차원으로 돌아왔던 것이다.

장로들을 깨우기 위해 흑룡회주는 자신의 기운을 개방했다. 흡수했던 기운과는 다른 기운이었다. 그에게서 흘러나오는 기운은 백색을 띠고 있었다.

츠츠츠!

흑룡회주로부터 뻗어 나온 백색의 기운이 지하 대전 안에 널브러져 있는 검은색의 물체들에게로 흡수되었다. 검은색의 물체들은 영혼체로 차원을 넘어갔다가 돌아온 장로들의 정신체였다.

꿈틀거리며 검은색의 정신체들이 일어서기 시작했다. 영혼의 상태로 차원 간 경계를 넘느라 막대한 정신력을 소모한 장로들이 흑룡회주가 부여해 준 힘으로 인해 이제 정신을 차리며 깨어나기 시작한 것이다.

흑룡회주와 마찬가지로 그들의 몸에서도 백광이 흘러나오고 있었다. 흑룡회주의 기운과 동조를 시작한 것이다. 동조를 시작한 후 점차 완벽하게 사람의 형상을 갖추어갔다.

사람의 형상을 갖추기 시작한 그들의 정신체는 전과는 다른 힘을 발산하며 대전 안에 자리했다.

흑룡회주의 의지로 힘과 정신을 회복한 장로들은 하나둘 자리에서 일어나 주변을 살폈다. 제일 먼저 힘을 회복한 것은 박천승이었다.

'이상하군.'

박천승은 주변을 살핀 후 이상이 발생했음을 알 수 있었다. 차원의 경계를 넘기 전 대전 안에 남겨놓았던 자신들의 육체가 사라지고 없다는 것을 발견한 것이다.

'흑룡회주가 손을 쓴 것인가?'

흑룡회의 일장로이자 남다른 야망을 품고 있는 박천승은 상황의 심각함을 깨닫고는 흑룡회주를 살폈다. 육체가 사라지면 온전히 힘을 쓸 수 없었다. 이런 식으로 일을 꾸밀 자는 흑룡회주밖에는 없기에 그의 모습을 살핀 것이다.

혹시나 그가 자신들을 제약하기 위해 육신을 없앤 것일 수도 있었기 때문이다.

"회주! 이것이 어찌 된 일입니까? 우리가 두고 간 육신들이 하나도 없다니 말입니다."

회주의 표정에서 아무것도 찾을 수 없자 박천승은 자신이 알아낸 사실을 알려주었다.

"으음."

흑룡회주도 박천승의 말에 주변을 살폈다. 그의 말대로 남겨두고 간 육체는 어디에도 없었다. 미처 인식하고 있지 않았던 탓인지 갑자기 드러난 사실에 그의 입에서는 자신도 모르는 사이에 신음이 흘러나왔다.

강대한 힘을 얻은 탓에 흥분해 있어 미처 대전 안의 상황을 파악하지 못한 것이다.

'차원을 건너기 전에 남겨놓은 육체가 없다. 일장로가 내 의도를 알고 있었던 것인가? 혹시, 그것도……'

대전 안에는 자신들이 두고 간 육신이 하나도 없었기에 흑룡회주 또한 의문스러운 눈길로 박천승을 바라보았다.

그렇지만 박천승의 눈에서는 자신을 의심하는 것만 발견할 수 있을 뿐이었다.

'일장로는 분명 아닐 것이다. 나에게 감출 수 있는 것은 아

무엇도 없으니까. 일장로가 아니라면 누군가 이곳을 침입했다는 이야기인데…….'

육체가 없다면 장로들을 권속으로 만들기 위한 이단계 금제는 아무런 소용이 없었다. 그것은 자신으로서도 곤란한 상황이었다.

아무리 살펴봐도 침입한 흔적은 보이지 않았다. 미네르바가 한철과 함께 대전을 떠나며 나노 로봇으로 하여금 흔적을 지우도록 했기 때문이다.

'으음, 흔적이 없다. 만약 일장로가 이미 손을 쓴 후에 나를 속이는 거라면 일이 커진다.'

완벽하게 흔적을 지우는 일은 일장로의 특기 중 하나다. 만약 자신의 계획을 미리 알고 손을 썼다면 흑룡회주로서는 큰 문제였다. 차원을 넘기 전 자신이 베풀어둔 금제를 풀기 위해 뭔가를 준비하고 있었던 것이면 자신이 숨겨놓은 비밀도 탄로가 났을지 모르는 일이었다.

'회주가 손을 쓴 것은 아닌 것이 분명하다.'

박천승은 흑룡회주가 손을 쓴 것이 아닌 것을 짐작할 수 있었다. 흑룡회주의 눈빛이 혹시나 네가 그런 것이 아니냐는 뜻이 역력했던 것이다.

흑룡회주가 아니라면 빨리 상황을 파악해야 했다. 육체가 없어진 것은 그로서도 큰일이었기 때문이다.

"아무래도 알아봐야 할 것 같습니다. 누군가 이곳에 침입한 것이 틀림없으니 말입니다. 육신이 없다면 이곳에서 활동하기가 상당히 불편할 테니 빨리 조치를 취해야 하고 말입니다."

　박천승은 상황을 수습해야 함을 말했다.

　'저렇게 말하는 것을 보니 일장로는 아닌 것 같군. 다른 장로들도 마찬가지고. 태사도 손을 쓴 것 같지 않은데 도대체 어떤 놈이라는 말인가? 으음!'

　일장로의 말에 흑룡회주는 다른 장로들과 태사를 살펴보았다. 자신과 같이 그들도 의문이 가득한 눈빛이었다. 육체가 사라진 사건에는 관계가 없어 보였다.

　'이렇게 되면 두 번째 금제를 미루어야 하는가? 으음, 시간이 없는데… 위험하기는 하지만 일단은 그것을 얻을 수 있는지 시도해 보고 생각하도록 하자. 눈치가 빠른 놈들이니 그동안 좀 속여야겠군. 우리가 떠나 있는 동안 육체를 없앨 정도라면 시간을 벌어줄 수 있을 것이다.'

　박천승이 자신과 장로들의 육신을 없앤 것이 아닌 사실을 알았기에 흑룡회주는 육체를 없앤 자들의 이목이 장로들과 태사에게 쏠리도록 하기로 했다.

　명왕의 힘을 수습하려면 자신에게 있어 시간을 얻는 것이 무엇보다 중요했기 때문이다.

　"일장로의 능력이면 이곳에 침입한 놈들의 단서를 찾을 수 있을 테니 일장로가 최대한 찾아보도록 하시오. 어떻게 해서든지 이곳에 침입한 자를 찾아야 할 것이요. 만약 결계를 뚫고 들어와 육신을 소멸시켰다면 우리와는 양립할 수 없는 자들일 것이니 말이오."

"알겠습니다, 회주."

박천승이 공손히 대답했다. 누구인지는 모르지만 근거지를 쉽게 뚫고 들어온 것을 보면 반드시 없애야 할 자다. 경복궁 지하에 펼쳐진 결계는 초인이 아닌 자는 뚫기 어려운 것이었기 때문이다.

자신들의 힘의 근원이 있는 곳에 손쉽게 들어왔다면 같은 계열에 속한 자들일 것이기에 그 또한 오랜만에 위기감을 느끼고 있었다.

스스스!

대답을 마친 박천승의 유체(幽體)가 부유하듯 허공을 맴돌았다. 대전 안에서 일어났던 상황을 파악하기 위해서였다. 한동안 대전 안을 유영하던 박천승의 유체가 흑룡회주 앞으로 다시 돌아왔다.

"회주, 죄송하지만 이곳에는 단 하나의 기억도 남아 있지 않았습니다. 도대체 어찌 된 일인지 모르겠습니다. 아무리 초인이라 할지라도 반드시 기억이 남아 있어야 하는데 말입니다. 이러한 것은 차원을 주관하는 자라 할지라도 불가능한 일인데……."

박천승의 말에는 불안감이 잔뜩 묻어났다. 보이지 않는 누군가에게 자신의 모든 것이 발가벗겨진 것 같은 상황이었기 때문이다.

"큰일이로군."

불안한 박천승의 말에 흑룡회주의 음색도 가라앉아 있었다. 육체가 없어진 것도 문제지만 이로 인해 의외로 사태가 심각해질 수 있다는 것을 그 또한 인식하고 있었던 것이다.

'도대체 어떤 놈들이 이런 짓을……'

차원의 균형이 새로운 균형을 찾은 후 차원의 통로가 열리자 기회라 생각했었다.

그러나 육체가 사라진 지금 자신이 가지게 된 힘 중에 어느 정도는 손실을 감수해야 했기에 흑룡회주로서는 심각할 수밖에 없었다.

"잠시만 기다려 보십시오. 주변의 기억을 읽어들이지 못하니 초령을 한번 해보겠습니다."

흑룡회주의 근심과 마찬가지로 당혹해하고 있던 박천승은 돌아올 때를 대비해 자신들의 몸에 일부 남겨놓은 영(靈)의 행방을 찾기로 했다.

영을 찾기만 한다면 대전 안에서 벌어졌던 상황을 알 수 있을 것이기에 모두의 눈이 박천승에게 몰렸다. 박천승은 고개를 끄덕이며 초령을 시전할 준비를 했다.

스팟!

박천승의 전신에 예리한 기운이 솟구치듯 사방으로 뻗어나갔다.

흑룡회주를 비롯한 다른 장로들의 영을 찾기 위해서 박천승은 자신의 정신체를 분할해 힘을 나눈 후 주문을 외우기 시작했다.

“급급여울령(急急如律令)! 초(招)! 사혼령(死魂靈)!”

음산하지만 힘이 실린 주문이 박천승의 입에서 흘러나오고 언령의 힘이 다시 사방으로 퍼져 나갔다. 지난날과는 달리 확실한 실체를 가진 그의 언령이 사방을 맴돌았다.

‘으…음, 없단 말인가?’

주문에 대한 반응이 아무 곳에도 없었다. 대지의 기억이 없어졌다고 할지라도 반드시 있어야 할 영의 답변이 없자 박천승의 얼굴이 일그러졌다.

아무리 멀리 떨어져 있어도 반드시 부름에 화답해야 정상이건만 아무 소식도 없었기 때문이다.

“급급여울령(急急如律令)! 초(招)! 사혼령(死魂靈)!”

박천승은 다급히 다시 한 번 주문을 외운 후 사방을 살폈다. 혹시나 자신이 놓친 기운이 있나 살핀 것이다.

‘역시, 완전히 사라진 것인가?’

역시나 반응은 없었다.

‘소멸까지도 생각을 해야겠군.’

아무런 반응이 없는 것을 보면 남겨진 육신과 영이 소멸을 당했을 확률이 컸다. 소멸되었을 확률이 무척 높았기에 자신의 영(靈)을 부르던 박천승은 낙담한 표정으로 입을 열었다.

“아무래도 본신은 물론 남겨두었던 사혼의 영까지 소멸당한 것 같습니다.”

“그럴 수가!! 어, 어떻게?”

장로들이 일제히 탄식을 흘렸다. 절대 일어날 수 없는 일이 일어난 까닭이다.

"도대체 어떤 놈이 그런 일을, 이곳은 함부로 들어올 수 있는 곳이 아니거늘……!"

상황이 파악이 되지 않는 박천승이 고개를 저었다.

차원을 넘는데 제약이 되는 육신을 버리고 영혼의 상태에서 경계를 넘었던 흑룡회주 이하 장로들은 아연실색하지 않을 수 없었다.

"일장로 말대로 아무런 반응이 없는 것을 보니 그런 것 같군. 그럼 이제 어떻게 해야 하는 것이오?"

제일 먼저 이성을 찾은 것은 역시 흑룡회주였다. 그는 박천승에게 앞으로의 일에 대해 방법을 물었다. 흑룡회의 모든 것을 진두지휘했던 박천승의 경험으로 볼 때 범인을 찾을 수 있을 것이기 때문이었다.

또한 차원을 넘기 전까지는 자신의 힘을 넘보던 자였지만 지금은 어느 정도 믿을 수 있었기 때문이기도 했다.

"생각을 좀 해봐야 할 것 같습니다, 회주!"

흑룡회주의 물음에 생각할 것이 있는 듯 박천승이 눈을 감았다.

'제기랄!! 어떤 놈들인지 모르겠구나. 다 된 밥에 코를 빠뜨리다니…….'

박천승은 기가 막혔다. 자신들의 본거지로 돌아온 순간 남기고 간 육체와 사혼령들이 하나도 남지 않고 소멸해 버렸다. 완전히 빈집이 털린 꼴이나 마찬가지였다.

　'지금은 분노할 때가 아니다. 상황을 최대한 파악해야 한다. 우선은 놈들에 대한 단서를 최대한 빨리 찾아야 한다. 회주에게 말을 하지는 않았지만 이곳에 있던 육체에 남아 있던 사혼령들은 소멸된 것이 아니라 이곳에 왔던 자들에게 흡수된 것일 수도 있으니까.'

　분노가 치밀어 올랐지만 지금은 차분히 생각할 때였기에 그는 침묵 속에 빠져들었다. 힘을 얻고자 하는 자가 사혼령들을 흡수했을 수도 있기에 증거를 찾고자 했지만 찾을 수가 없었다. 흡수되었다면 사혼령들이 흔적을 남겼을 텐데 아무것도 없었던 것이다.

　'완전히 소멸된 것이 분명하다. 본신이 없어진 지금, 다른 자들의 육신을 얻는 것 이외에는 힘을 되찾을 방법은 거의 없다. 그렇다면 우리가 스며들 육신들을 어떻게 얻느냐 하는 것인데……..'

　본신과 사혼령들이 없는 이상 자신들은 모든 차원으로 통할 수 있는 통로가 만들어진 현 차원에서는 제대로 된 육체를 가질 수 없는 상태였다.

　영혼 상태로 존재한다고 해도 차원의 경계를 넘기 전이라면 어떻게 해서든지 육체를 가질 방법이 있었다. 본신의 육체가 아니더라도 다른 이의 영혼을 지워 버리고 육체를 얻어 부활에 버리면 그만인 것이다.

　그러나 지금은 그런 시도를 할 수가 없었다. 차원을 넘기 전과 자신들이 가진 힘의 차이가 많이 다르기 때문이다.

이대로 무리해서 다른 이의 육체를 사용한다면 넘치는 힘을 감당하지 못하고 붕괴될 우려가 높았다. 아니, 확실히 붕괴될 것이 틀림없었다.

마지막 방법으로 자신들의 힘을 감당할 만한 육체를 찾을 수도 있지만 그것은 실질적인 대안이 될 수 없었다.

그런 육체를 찾기 힘들뿐더러 설사 찾아다손 치더라도 그런 육체를 가진 자들은 다른 차원의 힘을 가진 자들일 것이기 때문이다.

그런 육체를 얻었다고 하더라도 자칫 실수했다가는 육체가 가지고 있는 힘과 자신들이 가진 힘이 충돌을 일으켜 그대로 소멸할 수밖에 없는 사태가 발생할지도 몰랐다.

당장은 영혼인 상태로 있을 수밖에 없었다.

'이렇게 된 이상 그자들을 이용하는 방법밖에는 없다. 놈들이라면 우리의 힘을 감당할 만한 육체를 가지고 있고, 무리하지만 않는다면 놈들이 가진 힘과 충돌할 염려도 없을 테니까. 그러면 놈들을 어떻게 끌어들이냐가 문제인데……'

생각을 거듭하던 박천승은 암천문을 떠올렸다. 암천문의 최정점에 있는 자들이라면 최소한 아홉은 현 차원으로 부활하는 것이 가능할 것이기 때문이었다.

암천문의 인물들을 끌어들일 방법까지 생각을 정리한 박천승은 흑룡회주에게 자신이 생각한 바를 말했다.

"회주, 지금으로서는 우리가 선택할 방법은 한 가지밖에는 없습니다.”

“무엇이오?”

“암천문에 있는 그자들을 이용할 수밖에는 없습니다. 놈들의 힘이 아무리 강대하다고는 하나 그들이 가지고 있는 힘은 천조가 가졌던 힘의 일부에 지나지 않으니 잘만 끌어들인다면 힘의 충돌 없이 놈들의 육체를 이용해 현 차원에 나설 수 있을 겁니다. 놈들도 하늘의 파편을 노리는 이상, 그것을 얻기 전에 먼저 놈들의 육신을 차지해야 합니다.”

“암흑의 율사들을 이용하자는 말이오?”

박천승의 말에 흑룡회주가 입을 열었다. 그 또한 자신의 육체가 없어진 것을 알고 나서 어느 정도 생각하던 부분인 것이다.

“그렇습니다. 그들의 힘은 우리가 예전에 가졌던 힘의 이면이니 거두어들이는 데는 그다지 위험이 없을 겁니다. 지금으로서는 다른 방법이 없으니 그들의 육신을 빼앗는 것이 최선의 방법일 겁니다. 그렇게만 된다면 놈들이 가진 천조의 힘도 얻을 수 있을 것이고 말입니다.”

좋은 생각이었다. 명왕의 힘에 천조가 가진 힘이 더해진다면 그보다 금상첨화는 없을 터였기에 흑룡회주는 박천승의 의견에 찬성을 했다.

“좋소, 일장로. 그 방법대로 하는 것이 좋을 것 같소. 우리의 힘을 수용할 만한 육체는 우리 자신의 육체밖에는 없지만 암흑의 율사들이 가진 육체도 충분할 것 같으니 말이오. 하지만

우리의 일을 방해한 놈들도 반드시 찾아야 할 것이오. 그리고
놈들의 육체도 고스란히 보존해야 하오."

　"찾기는 할 것입니다만. 놈들에게 다른 뜻이 있으십니까?"

　자신의 육체를 소멸시킨 자를 찾기만 하면 하나도 남김없이
없애 버릴 생각을 하던 박천승이 흑룡회주의 지시에 의아한
듯 물었다.

　"암흑의 율사들이 가진 육체가 괜찮기는 하지만 놈들의 육
체를 얻는 것은 쉽지 않을 것이오. 한꺼번에 놈들을 처리하면
모를까 하나하나 상대해야 하니 놈들에게 알려질 테니까 말이
오."

　"상당히 위험한 일이기는 합니다만 그 방법밖에는 없을 것
같습니다."

　"일장로의 말이 맞소. 하지만 나는 한 가지 가능성이 더 있
다고 생각하오. 이곳에 설치된 관문을 뚫고 들어와 우리의
육체를 소멸시킬 정도의 힘을 발휘했다면 놈들의 육체도 쓸
모가 있을 것이라는 것이 내 생각이오. 놈들에게도 차원 주
관자들의 힘이 스며 있지 않았다면 이곳에 들어오지 못했을
테니까 말이오. 암흑율사들의 육체를 못 얻게 되는 만약의
사태에 대비하자는 것이니 놈들도 최대한 빨리 찾아야 할 것
이오."

　일리가 있는 생각이었기에 박천승이 고개를 끄덕였다.

　"알겠습니다. 염려하지 마십시오. 놈들이 이곳에 있는 기억
을 모두 지웠다고는 하지만 어딘가 실마리를 남겨놓았을 겁니

다. 실마리만 찾는다면 놈들을 잡는 것은 여반장이나 마찬가지니 너무 심려하지 마십시오.”

“일장로만 믿겠소. 내가 가진 모든 힘을 동원해서라도 이곳에 들어온 놈들을 찾으시오. 이곳에 놈이 펼친 재주로 보아 놈은 하늘의 파편을 얻은 자들일 수도 있으니 반드시 찾아야 되오.”

박천승의 야망이 아무리 크더라도 이제 이단계 금제만 완성한다면 자신의 손을 벗어나지 못할 것이기에 흑룡회주는 박천승에게 모든 것을 위임했다. 박천승이 자신의 의도를 몰라야 하기 때문이었다.

“명심하겠습니다.”

스스스!

박천승의 대답이 끝나는 것과 동시에 흑룡회주의 모습이 사라졌다. 다들 흑룡회주의 움직임에 놀랐다. 지금 보여준 모습이라면 자신들의 성취를 훨씬 능가하는 것이던 것이다.

‘역시, 원정(元精)을 얻은 모양이로군. 하지만……’

흑룡회주가 사라지는 것을 보면서도 놀라지 않는 박천승이었다. 그도 차원을 건너뛴 후 흑룡회주 못지않은 성취를 이루고 있었던 것이다.

하지만 박천승은 지금 자신을 비롯한 장로들에게 잃어버린 육체가 어떤 의미로 다가오게 될지를 모르고 있었다.

*　　*　　*

경복궁 지하에서 자신들의 육체를 소멸시킨 한철을 잡으려 하는 의논이 이루어지고 있는 시각. 청도에서 벌어진 일련의 사건으로 인해 세계가 뒤숭숭한 가운데 조용하지만 세상을 변화시킬 일들이 착착 진행되고 있는 중이었다. 세계의 경제가 한얼의 발표로 들썩이기 시작한 것이다.

한얼 측에서 발표한 내용이 사실이라면 일약 세계경제의 흐름이 뒤바뀔 만한 일이었기에 모두가 예의 주목하며 한얼의 행보를 지켜보고 있었다.

한국이 한태호의 발표로 들썩이는 것과는 달리 동양창업투자에 대한 인수인계는 착실히 진행되었다. 이미 인수를 위한 조사는 다 끝난 상태였기에 회사에 대한 실사 작업이 곧바로 착수되었다. 자금이나 영업 관계보다는 근무하고 있는 사람들에 대한 심사의 성격이 강했다.

경영진이 바뀐 후, 흑룡회의 인물들은 모두 강제로 퇴진시켰다. 경영권 교체 발표와 함께 곧바로 자금을 동결시키고, 업무를 중단시켰기에 흑룡회의 인물들이 움직여 회사를 위태롭게 할 염려는 거의 없었다.

실사가 완전히 끝났을 즈음 한태호를 비롯한 한철의 선배들은 무척이나 놀랐다. 흑룡회의 사주를 받아 민사준이 상당한 투자를 했기에 생각과는 달리 회사가 무척이나 건실했던 것이다.

파악한 바로는 자산 규모가 5조 원이 넘었고, 부채는 다른 투자회사들에 비해서는 거의 없다고 해도 과언이 아닐 정도였다. 9조 원에 달하는 미우해양조선을 인수하기 위해 착실히 준비해 오고 있었던 것이 분명했다.

자신들의 부를 늘리기 위한 것 때문인지, 그동안의 동양창업투자에서 했던 사업 투자도 매우 건실했다. 동양창업투자가 그동안 중소기업에 투자한 자금 중 불량 채권이 2퍼센트를 밑돌고 있었다.

비정상적인 회수 상황을 볼 때 보통의 투자회사 같은 방법을 사용한 것 같지는 않았다.

드러난 바에 따르면 이토록 회사가 건실했던 것은 암중에 투왕을 비롯한 흑룡회의 인물들이 많은 도움을 주었기 때문이다.

불량채무자의 경우 투왕이 비밀리에 조직을 동원해 해결하고 각종 이권에 대한 잡음을 인맥과 권력을 통해 막음으로써 문제를 해결했던 것이다.

금왕인 민사준이 흑룡회의 자금을 상당 부분 투자한 상태라 투왕을 비롯한 흑룡회의 인물들이 음으로 양으로 나섰던 것이다.

민사준의 장부를 통해 확인한 사항이지만 미우해양조선을 인수하기 위한 흑룡회의 투자는 워낙 교묘히 개입을 한 터라 꼬투리를 잡을 수는 없었다.

법적으로는 전혀 관계가 없지만 동양창업투자의 지배를 받고 있는 회사들이 미우해양조선에 대해 일정 부분 지분을 가지고 있었던 것이다.

그 회사들 중 상당수가 흑룡회의 투자로 만들어진 것으로 자본금이 가히 조 단위를 넘어가는 회사가 대부분이었다. 아직 상장이 되지 않아서 그렇지 만약 상장만 된다면 주식의 가치를 헤아릴 수 없을 정도였다.

그리고 기존 경영진들이 회사를 운영하면서 알게 모르게 많은 비리를 저질렀지만 그다지 염려할 바는 아니었다. 이미 검찰에 고발된 상태였고, 빼돌린 자금으로 마련한 재산들의 소재와 권리관계는 모두 파악한 뒤였기에 머지않아 회수가 될 터였기 때문이다.

회사에 대한 실사와 직원들에 대한 심사가 끝나자 내부 정비에 착수했다. 인물들에 대한 적성 조사도 끝났기에 대대적인 조직 개편이 진행되었다.

단행된 조직 개편은 기존의 조직과는 완전히 다른 형태의 조직이었다. 남아 있는 인물들은 각자 능력에 맞게 업무가 주어졌고, 후속 조치로 주천문도들이 그들의 의식을 조정해 애사심을 높이고 내부 정비를 마무리하는 것으로 조직정비가 끝이 났다.

금왕과 투왕은 동양창업투자와는 실질적으로 관련이 없는 것으로 되어 있었고, 이제는 내 사람이나 마찬가지인 상태라 회사 내에 있는 문제점들이 이로써 모두 해소됐다고 볼 수 있었다.

　남아 있는 것 중 문제가 하나 있다면 어떻게 하면 암중에 지배를 받고 있는 회사들을 흡수해 나가냐 하는 것이었는데 그 문제는 창운의 힘으로 해결될 수 있었다.

　이미 어느 정도 그런 사항을 알고 있던 창운이 합병의 형식으로 빠르게 흡수 작업을 진행했던 것이다.

　기존의 다른 회사들이 진행하던 기업합병과는 달리 민사준으로부터 얻은 주식 등 권리관계 증서로 인해 한철이 실질적인 지배권을 가지고 있었기에 합병은 무척이나 빠르게 진행되었다.

　전체를 하나로 묶는데 겨우 15일밖에는 걸리지 않았던 것이다.

　모두가 비상장회사라 언론에 그리 주목을 받는 회사들은 아니었지만 어느 정도 마무리한 후, 주주들에게 합병을 하겠다는 공시를 했다.

　주식의 가치를 올리려는지 주주들이 금융가에 정보를 흘렸고 이로 인해 증권가에 큰 반향을 불러일으켰다. 회사가 합쳐지고 난 후의 자금 규모가 상상을 초월한 금액이었기 때문이다.

　합병을 모두 완료했을 때는 자산 규모가 40조 원을 넘어섰다. 부채가 거의 없고 자산만 40조 원이라면 투자할 수 있는 금액으로 따졌을 때 국내 굴지의 펀드회사들도 따라올 수 없는 것이었다.

　그렇게 증권가를 중심으로 기자회견 때 발표했던 내용들이

사실로 굳혀져 갔다. 진짜 우주왕복선을 만들 수 있다는 확신
이 굳어져 갔던 것이다.

이 때문에 주식시장의 불황으로 인해 투자를 기피하는 시점
인데도 불구하고 동양창업투자의 주식은 부르는 것이 값일 정
도로 무척이나 가치가 높아졌다.

그동안 나머지 주식도 틈틈이 모아 한얼의 소유가 아닌 것
은 채 0.5퍼센트도 되지 않았지만 팔지 않고 가지고 있던 사람
들은 그야말로 벼락부자가 되었다.

총 1억 주의 주식을 단순 비교로 자산 규모로 나누었을 때
주당 40만 원이 넘었다. 매물이 나오지 않아 거의 거래가 없었
지만 장외 주식시장에서는 주당 주가가 200만 원이 넘어가고
있어 어쩔 수 없이 주식 분할을 해야 할 정도였다.

주식을 분할해 주식 수를 열 배로 만들었지만 주가가 20만
원대 후반을 기록하는 것은 어쩔 수 없었을 정도였다.

그렇게 합병을 모두 완료하고 난 후 한얼은 상장을 준비했
다. 앞으로의 본격적인 행보를 위해서 여러 가지 복잡한 문제
들을 해결하기 위해서였다.

주주들이야 미네르바에 의해 완벽히 가공된 허구의 사람
들로 채워져 있기에 문제가 없지만 거대 자금을 보유하고 있
는 동양창업투자에 대해 군침을 흘리고 있을 자들 때문이었
다.

정권을 차지한 자들에 의해 거대 회사들이 한순간에 공중분
해 되었다는 것을 알기에 한얼의 식구들이 취한 조치였다.

앤트 가문과의 협약이 있었기에 그들의 힘이 미치는 굴지의 회사들이 투자자로 참여하는 결정을 내려놓은 상태였다. 상장 이후의 외압을 충분히 막아줄 것이기에 한얼의 행보는 빠르게 진행되었다.

그렇게 한얼의 움직임이 차츰 제 속도를 내고 있었지만 한철은 청도에서 돌아온 후 심각한 고민에 빠져 있었다. 청도에서 어쩔 수 없이 데리고 온 세 명의 아가씨 때문이었다.

"골치 아프게 됐군. 저 아가씨들도 가이아가 남긴 안배 중 하나였다니……."

은좌의 주방에서 에이미와 함께 한국 음식을 만드는 데 열중인 세 아가씨를 바라보며 한철은 고개를 흔들었다.

얼떨결에 데리고 온 아가씨들은 가이아의 안배이기도 했지만 그들로 인해 새로운 적이 생겼기 때문이었다.

"가이아에 의해 남겨진 힘을 간직하고 있는 사람들을 찾은 것은 좋은 일이지만 그로 인해 다른 적들을 불러들였으니 큰 일이로군. 죽련방에서 나왔다는 그자가 가진 힘이 심상치가 않던데……."

세 명의 아가씨는 모두 죽련방과 관계가 있는 사람들이었다. 죽련방으로서는 청도를 잿더미로 만들 정도로 반드시 필요로 하는 아가씨들이었다.

거대한 중국은 물론, 전 세계로 퍼져 있는 화교들을 암중 장악하고 있는 죽련방이라는 거대한 적이 새로 나타났기에 한철로서는 고민이 되지 않을 수 없었다.

자신을 궁지로 몰아넣었던 상대가 죽련방의 인물이라는 것을 석가령으로부터 들었다. 정말이지 만만치 않은 자였다.

석가령과 백소빙, 그리고 주민이라는 세 아가씨를 어떻게 해야 할지 감이 잡히지는 않았지만 일단은 보호해야 하는 상황이었기에 한철은 잠시간 고민을 접었다.

"품 안에 든 새인데 버릴 수는 없는 노릇이지. 내 눈치를 보고 있는 것 같으니 요리하는 것이나 도와주어야겠다."

생전 처음 해보는 요리가 잘될 턱이 없었다. 거기다 자신의 눈치를 살피고 있으니 더욱 그랬다. 한철은 요리하는 것을 봐주기 위해 주방으로 걸어갔다.

다들 한국 요리를 배우느라 정신이 빠져 있는 척했지만 사실 한철의 눈치를 살피고 있던 세 사람은 한철이 다가오자 일제히 시선을 돌렸다.

"이거는 어떻게 하는 거예요? 자꾸 미끄러져서……."

아가씨답지 않게 꼼지락거리며 손 안에서 빠져나가려는 미꾸라지를 잡아채며 석가령이 물었다. 석가령은 중국인답지 않게 매우 유창한 한국어를 사용했다.

"일단 소금을 뿌리고 거기 체처럼 생긴 것에다가 비벼요."

"알았어요."

석가령은 이내 옆에서 굵은 소금을 집더니 스테인레스로 만들어진 양재기 안에서 꿈틀거리는 미꾸라지들에게 뿌리고는 다시 체에 담아 씻어내기 시작했다.

"저는요?"

석가령이 하는 모습을 지켜보던 에이미가 물었다.

"에이미는 두부 좀 썰어요. 크기는 주먹만 하게 썰면 될 거예요. 그리고 두 분은 저기 미나리랑 야채를 좀 다듬어줘요. 미나리 안에 거머리가 있을지도 모르니까 조심하구요."

한철은 자신을 보며 빤히 눈빛을 빛내고 있는 에이미를 비롯해 백소빙과 주민에게 해야 할 것들을 말해주었다.

"알았어요."

"예!"

"예……."

에이미는 석가령 못지않게 한국말이 유창했고, 백소빙과 주민도 한국말을 알아들었기에 곧바로 지시대로 움직이기 시작했다.

'큰일이로군.'

자신의 지시에 다시 요리에 빠지는 네 사람을 바라보며 한철은 답답한 마음이 들었다. 석가령을 비롯한 세 사람의 시선이 남달랐기 때문이었다.

'하필이면 그런 상황이 벌어져 가지고…….'

에이미는 상관이 없지만 청도에서 돌아왔을 때 난처한 상황이 벌어졌었다. 공간을 열고 한국으로 돌아오기는 했지만 장백령이 펼친 힘의 여파를 모두 피하지 못해 벌어진 상황이었다.

공간을 여는 순간 강력한 에너지 중 일부가 공간 안으로 투사되었고, 그로 인해 석가령을 비롯한 세 사람이 입고 있던 옷들이 한순간에 먼지로 화해 버렸다.

각자 가지고 있는 힘으로 인해 육체가 부서지는 것은 면했지만 알몸이 되는 것은 피할 수 없었다.

거기다 갑작스러운 충격의 여파로 세 사람 다 내상을 입어 기절했기에 한철은 자신의 방으로 공간을 건너오자마자 치료를 시작해야 했다.

최대한 빨리 치료를 하고 옷을 입히려 했지만 석가령이 도중에 깨어난 것이 문제였다. 알몸 상태로 깨어난 그녀는 어째서 자신이 알몸으로 있는 것인지 상황을 알아차린 탓에 뭐라고 그러지는 않았다.

하지만 그 이후로 마치 남편을 대하듯 한철을 대하기 시작했다. 그것은 다른 두 여인도 마찬가지였다. 고루한 사상이기는 하지만 알몸을 보였다는 이유만으로 세 여인이 한철을 매우 어렵게 대하고 있었던 것이다.

그리고는 보는 것과 같은 일이 발생해 버렸다. 요리를 하면서도 힐끔거리며 얼굴을 붉히는 세 아가씨와 그것을 보면서 의미심장한 미소를 짓는 에이미, 한철로서는 미칠 지경이었다. 다소곳하게 자신을 따르는 세 아가씨를 말릴 수 없기 때문이다.

그다지 기분이 나쁘지는 않았지만, 문제는 상대에 대한 질

투심도 없는지 세 아가씨가 합심해서 덤빈다는 것이었다.

'아무것도 그려져 있지 않은 하얀 도화지 같은 사람들이다. 가이아가 남긴 힘을 품고 있는 사람들이라지만 각자 삶이 있을 텐데… 일단은 밥부터 먹고 생각하자. 이제 선배들이 올 때가 됐으니까.'

한철은 생각을 접고 네 사람에게 다가가 같이 음식을 준비하기 시작했다. 워낙 많은 사람들의 식사를 준비해야 하는 터라 주방은 바쁘게 돌아갔다.

한철이 식사 준비를 모두 마쳤을 때 사람들이 은좌로 몰려들어 왔다. 동양창업투자에 있던 선배들을 비롯해 한얼연구소에 있는 선배들까지 한꺼번에 들이닥친 것이다.

헨리는 물론이고 헨리의 연인인 강은아도 얼마 있지 않아 도착해 같이 식사에 참석했다. 오늘 한얼의 미래를 의논하기 위해 한철이 관련이 있는 사람들을 모두 모이도록 했던 것이다.

두부 속에 미꾸라지가 들어간 충청도식 추어탕으로 식사를 하며 의논이 이어졌다.

"한철아, 머지않아 미우에 대한 인수전이 시작될 텐데 어쩔 거냐?"

식사를 하면서 태호가 물었다.

"문제가 있나요?"

"아무래도 정부 압력이 장난이 아닐 것 같다. 은행권에서도 우리에게 미온적인 것 같고."

"산은이 문제인가요?"

"그래, 아무래도 누군가 압력을 넣고 있는 것이 분명한 것 같다. 지금도 충분한데 우선협상대상자 선정에서 우리를 제외하려는 것을 보면 말이야."

"으음, 한번 알아봐야겠군요. 누가 손을 쓰고 있는 것인지 말이에요."

"그래야 할 거다. 대부분의 채권을 산은이 소유하고 있으니까. 산은의 협조가 없다면 우리가 미우를 인수하는 것은 불가능할지도 모른다."

"알았어요. 그것은 제가 어떻게든지 해결해 볼게요. 다른 문제는 없나요?"

"이야기를 해도 되는 거냐?"

헨리를 쳐다보며 태호가 물었다. 발표한 것을 제외하고는 다른 신기술에 대한 사항은 극비로 다루고 있었기 때문이다. 한철도 태호의 심정을 아는 듯 이야기를 해주기로 했다. 이제부터는 서로 손발을 잘 맞추어야 하기 때문이었다.

"괜찮아요, 선배. 저분들은 이제부터 파트너로서 우리와 함께 유럽과 미국을 상대할 분들이니 말입니다."

"우리 파트너라는 말이냐?"

우리와 함께 싸울 파트너가 있다는 말에 다른 이들도 한철의 말에 주의를 기울였다.

"그렇습니다. 자세한 말씀을 드리지는 못하지만 이분들의 협조 없이는 이번 계획이 성공하기는 힘듭니다. 이분들도 우리와 마찬가지로 세계를 지키기 위해 오랜 세월 동안 암중에 노력해 오신 분들입니다.”

“그러냐?”

한철의 설명에 새삼스럽다는 듯 태호가 헨리 일행을 바라보았다.

“그렇습니다. 믿으셔도 될 겁니다. 이분들이 미국이나 유럽의 압력을 상당 부분 막아줄 것입니다.”

“그렇다면 이 자리에서 말해도 상관없겠구나. 이번에 아버님으로부터 연락이 왔다.”

“회장님께서요?”

“그래, 엔진 부분을 완성하셨다고 한다.”

“벌써 말입니까?”

한철은 이미 미네르바로부터 보고를 들어 알고 있었지만 짐짓 놀란 듯 되물었다. 원래의 계획보다 한참을 앞당긴 일이었기 때문이다.

“그래, 주야로 파고드신 모양이더라. 실험을 할 필요가 있다고 하시는데 완성된 기체가 없어 걱정이 되시는 모양이다. 빨리 끝나서 좋기는 한데 어떻게 하면 좋겠냐?”

“후후후, 걱정 마십시오.”

한철이 웃으며 대답했다. 미네르바로부터 보고를 받은 직후 기체에 대한 준비는 해놓았기 때문이다.

“걱정을 말라니 무슨 소리냐?”

기체는 미우해양조선을 인수한 후 만들기로 했던 일이라 태호가 궁금한 듯 물었다.

"혹시나 몰라 준비를 하고 있었습니다. 아버님께는 내일 완성된 기체 하나가 회사로 갈 거라고 연락을 드리십시오. 아마 오후쯤에는 도착을 할 겁니다."

"준비를 벌써 했다는 말이냐?"

"미우해양조선에 대한 인수가 지지부진할 수도 있을 것 같고, 행여 시간이 없을 수도 있어 미리 서둘러 준비를 해놓았습니다. 보내드린 기체에 엔진을 탑재하고 시운전 준비를 해주십사 전해주십시오. 북한에서도 광명성2호를 발사한다고 하니 우리가 먼저 선수를 치지요. 그쪽이 로켓이라면 우리는 우주셔틀이 있다는 것을 보여주면 미우해양조선을 인수하는 데도 상당히 도움이 될 겁니다."

태호는 한철의 말을 알아들은 듯 고개를 끄덕였다.

"알았다. 언론 플레이를 하자는 말이로구나."

"예, 일단 그렇게 해서 언론을 유리하게 할 생각입니다. 기존 신문들은 제외하고 인터넷 매체를 통해 발표하도록 하고, 실험을 볼 사람들을 선발하는 이벤트를 열도록 하십시오."

"이벤트까지?"

이벤트까지 개최하자는 말에 태호가 물었다.

"그렇게 하십시오."

태호의 말에 헨리가 나서며 한철을 거들었다.

"우리 측에서도 그에 대한 준비를 하고 있습니다. 굴지의 회사들이 이번 프로젝트에 협력업체로 참여할 거니까 누가 압력을 가하고 있는지 모르지만 더 이상 압력을 행사하지 못할 겁니다. 거기다 국민들의 성원을 얻는다면 금상첨화겠지요.”

“협력업체라니 무슨 말입니까?”

협력업체가 나선다는 헨리의 말에 태호가 물었다.

“네, CM과 테크노엑스가 기술을, 씨씨은행은 자본을 투자하는 것으로 되어 있습니다.”

“하지만 그 업체들은······.”

굴지의 글로벌 기업들이지만 요사이 어려움을 겪고 있는 기업들임을 알고 있는 태호는 걱정스러운 마음이 들었다. 경제 상황에 위기를 겪지 않는 기업들이 없다고는 하지만 지금 언급한 기업들은 자칫 도산의 위험까지 있었던 것이다.

태호의 걱정을 아는 듯 헨리가 미소를 지으며 다시 입을 열었다.

“자금 문제는 걱정 마십시오. 미국 대통령이 돈을 푼다고는 하지만 본 가에서 풀 돈에 비하면 아무것도 아니니 협력업체가 될 기업들은 곧 정상을 찾을 겁니다. 아마 4일 후 회생 대책에 대한 발표가 있을 테니 주식이나 미리 사두십시오.”

“······.”

헨리의 말에 태호를 비롯한 사람들이 한철을 바라보았다.

“후후후, 내부자 비밀로 볼 수도 있겠지만 세 곳의 주식을 매입하도록 하십시오. 발표는 4일 후 저녁쯤이니까 최대한 매입하시는 것이 좋을 겁니다, 창운 선배.”

“그렇다는 말이지? 알았다. 실탄은 넉넉히 있으니까.”

눈빛을 빛내고 있던 창운이 입맛을 다셨다. 지금 한얼에는 충분한 돈이 있지만 훗날을 생각하면 터무니없이 부족할 수 있을 것이기에 이번 기회에 마련해야겠다는 생각이 든 것이다.

헨리와 한철의 말대로라면 떨어질 대로 떨어진 세 회사의 주식은 머지않아 황금주가 될 것이기에 자금을 마련하는데 상당한 도움이 될 것이 분명했다.

Chapter 2
미래를 위한 준비

미우해양조선에 대한 인수전은 곧바로 시작되었다.

동양창업투자를 인수하고 나서 한 달이 지난 후, 자산관리
공사에서 미우해양조선의 채권에 대한 매각 결정이 내려졌고,
주채권은행에서 적당한 인수절차를 거쳐 미우해양조선의 새
주인을 찾겠다는 것을 주식시장에 공시한 것이다.

이런 결정이 내려지기까지 무척이나 많은 노력이 필요했다.
아낌없이 내가 가지고 있는 능력을 발휘한 것이다.

반드시 미우해양조선을 인수해야 하기에 전방위적인 정신
조작을 실시했다. 관련이 있는 자들에 대해서는 한 달간 정치
권은 물론이고, 재계와 금융계, 그리고 언론까지 상당수의 인
물들의 정신을 조작한 것이다.

　혼자만으로는 불가능한 일이었지만 주천문도들의 능력이 비약적으로 상승했기에 작업을 마무리할 수 있었다.

　이미 만반이 준비를 해놓은 상태라 호성중공업이 1차 우선 협상대상자로 선정되었고, 동양창업투자를 인수해 미우해양조선의 2대주주가 된 나는 호성중공업과 컨소시엄을 구성해 인수 작업에 참여했다.

　예상처럼 모산이나 유성그룹에서 여러 가지 방해 공작을 펼쳤다. 언론계에 막대한 로비전이 펼쳐져 호성중공업에 대한 안 좋은 기사를 쓰도록 했지만 이미 손을 써놓았기에 그들의 시도는 거의 무산되다시피 했다.

　처음 시도가 무산되자 그들은 관계나 정계의 인맥을 이용해 압력을 넣기 시작했다. 호성중공업보다는 모산이나 유성그룹으로 미우해양조선이 매각된다면 더욱 좋을 것이라며 압박을 가해왔던 것이다.

　사실, 관계나 정계에 어떤 자들이 흑룡회와 직접적인 관계가 있는 것인지 사실 여부를 파악하기가 조금은 힘들었는데 적당한 기회였다.

　우선 부당한 압력이 행해지고 있다는 언론 플레이와 함께 강성의 성향을 지닌 사회단체를 이용해 압박을 가한 정치인들이나 관계의 인물들이 저지른 비리와 유성그룹과의 유착관계를 자세한 자료와 함께 인터넷에 공표하고, 검찰에 고발하도록 했다.

　거기다가 내가 세뇌한 권력자나 정치인, 그리고 검찰 등을 이용해 적절한 조치를 취했다. 걸려들어 온 자들에게 빠져나오지 못하도록 올가미를 씌운 것이다.

일이 뜻대로 완료된다면 아마도 대한민국의 정치판이 깨끗이 세탁되지 않을까 싶을 정도로 걸려든 자들이 많았다.

또한 준비한 이벤트로 결정타를 먹였다. 봉화에 대한 시운 전과 이에 따른 참여자 이벤트가 인터넷을 통해 한국 내에서 진행되었고, 국민들의 열화와 같은 지지를 등에 업었다.

만약 우리의 사업계획이 정부의 반대에 의해 지지부진하게 된다면 그로 인해 입을 막대한 정치적 타격을 감당하기 힘들 정도의 여론이 형성되었다.

그러나 가장 염려하는 부분은 그런 것이 아니었다. 이미 그런 압력들에 대한 준비가 철저히 되어 있었기 때문이다. 그것들보다 위협적인 것은 선배들을 비롯해 이번 계획에 참여한 사람들의 안전 문제였다.

흑룡회나 암천문, 그리고 죽련방과 미국 측에서 한국으로 몰려오는 초월자들이 내 감시를 피해 손을 쓴다면 상당히 많은 수의 사람들이 희생될지도 몰랐던 것이다.

"미네르바."

—예, 함장님.

"중국에서의 움직임은 어때?"

—상당히 강력한 힘을 가진 자들이 상당수 북경으로 몰려들고 있습니다. 그리고 중국 정부에서 암암리에 함장님의 소재

를 찾느라 부산스럽습니다.

"그래? 중국 정부에서 나섰다니 죽련방이라는 자들이 가진 힘이 상상하는 것 이상이로군."

나를 찾고 있다는 사실이 놀라웠다. 그것도 중국 정부에서 공식적으로 찾고 있는 것이 분명했다.

―염려하실 필요는 없습니다. 함장님의 신원이 밝혀지지는 않을 겁니다.

"알아서 손을 쓴 모양인데 고마워, 미네르바."

신경을 쓰지 못하고 있던 부분이었다. 미네르바가 암중으로 손을 쓴 것이 분명하기에 고마움을 표시했다.

―아닙니다, 함장님. 그보다는 주목하실 일이 있습니다. 암중에 북경으로 향하는 자들 중에는 고대 무예를 익히고 있는 자들이 상당수 있는 것 같습니다. 그들이 향하는 곳은 북경 외곽 쪽인데 그곳에서 강력한 에너지 파장이 나오고 있는 것으로 봐서는 죽련방의 근거지가 분명 합니다.

"그래?"

―에너지 파장이 나오는 곳을 계속 살펴본 결과, 군부의 인물들은 물론이고 상무위원회의 인물들까지 드나들고 있었습니다.

미네르바는 천상천과 나노 로봇을 통해 이미 장백령이 흘리고 있는 힘을 포착하고 있었기에 파악한 것을 하나하나 차례대로 설명했다.

"본거지를 파악했다니 놈들의 의도를 살피는 것은 어렵지 않겠군. 그런데 그들이 나를 찾고 있다고 했나?"

─그렇습니다. 거의 실사나 다름없는 함장님의 몽타주를 이용해 각급 대학의 학적부를 살피고 있는 것이 포착되었습니다. 그리고 주요 공관을 통해 수배를 내렸습니다. 혹시나 몰라 찾을 수 없도록 손을 쓰기는 했지만, 왜 그러십니까?

"후후후, 엉뚱한 곳을 뒤지고 있군. 그럼 몇 군데 조작을 해서 내 인적 사항을 뿌려. 사천성 정도면 좋을 거야. 이곳에서의 일을 마무리 지어야 하니까 놈들의 이목을 잠깐이라도 다른 곳으로 쏠리게만 만들어주면 돼."

─그럼 다시 작업을 해야겠군요. 알겠습니다. 놈들의 이목을 돌리는 것은 그리 어렵지 않은 일입니다. 그렇게 조치를 하도록 하겠습니다.

"좋아, 중국 쪽은 그렇게 마무리 짓도록 하고. 일본과 미국 쪽은 어때?"

─그쪽도 움직임이 심상치 않습니다.

"그쪽도?"

─예, 우선 일본 쪽을 말씀드리겠습니다. 일전에 함장님께서 포섭하신 가네가와와 맞먹는 힘을 가진 자들이 한국에 입국할 것으로 보입니다. 모두 세 명인데 아마도 가네가와의 움직임에서 이상을 느끼고 한국으로 오려는 것 같습니다.

"암천문의 암흑율사들인가 하는 그놈들이로군."

가네가와로부터 암천문에 대한 정보를 들은 터라 이번에 한국에 온 자들이 암흑율사들인 것을 알 수 있었다.

많아야 두 명을 예상했는데 세 명이나 들어오다니 일이 조금은 껄끄러워질 것 같았다.

─흑룡회의 놈들도 그들에게 볼일이 있는 모양인데 어떻게 할까요?

"흑룡회에서도?"

─함장님께서 그들의 육신을 소멸시킨 탓에 놈들이 암흑율사들을 노리는 것 같습니다.

흥미로운 소식이었다. 흑룡회와 암천문 사이에 어떻게 싸움을 붙일 것인가 고민하고 있었는데 저절로 해결되는 것 같아 한철은 기분이 좋았다.

"후후후, 그렇단 말이지. 그렇다면 재미있는 싸움이 될 것 같군. 가네가와에 대한 보호를 병행하며 흑룡회에 그들에 대한 정보가 자연스럽게 들어갈 수 있도록 조치를 해둬. 가네가와는 그동안에 흑룡회의 말단들을 모두 흡수해야 하니까."

가네가와는 지금 한철의 지시로 흑룡회의 인물들을 하나하나 제거하며 그들의 기반을 흡수하고 있는 중이었기에 시선을 돌릴 필요성을 느껴 미네르바에게 지시를 내렸다.

─염려 마십시오.

"미국 쪽은?"

일본 쪽에 대한 지시를 내리고 난 후 미국의 동태를 물었다. 정보를 조작해 놈들의 이목을 따돌리고 있기는 했지만 워낙 강력한 힘을 가진 국가이니 그들의 동향에 따라 대처 방향이 달라질 것이기 때문이다.

─CIA에서 움직임이 있었습니다. 얼마 전에 CIA에서 암호문이 전 세계로 타전이 되었는데 암호를 수신한 자들이 일제히 워싱턴으로 모여들고 있습니다. 에너지 파장으로 볼 때 그들도 예사로운 자들은 아닌 것 같습니다. 대부분 가지고 있는 힘들이 암흑율사에 못지않았습니다.

"암흑율사에 버금가는 자들이라… 총 몇 명이지?"

─타전된 암호문을 수신한 곳은 모두 아홉 군데입니다.

"그럼, 최소한 아홉 명이라는 소리로군. 일루젼이라는 조직을 구성하고 있는 아홉 종가에서 움직이기 시작했다는 것인데. 중국도 그렇고, 일본이나 미국 쪽의 지시를 받고 오는 자들이 한국에서 싸움을 벌이면 정말 큰일 나겠군."

놈들과 싸우는 것은 어렵지 않으나 피해가 만만치 않을 것 같았다. 청도에서의 일이 한국에서 재현되는 것은 나도 원하지 않는 일이었다.

─예상하신 것처럼 상당한 피해가 있을 것으로 사료됩니다. 어쩌면 대한민국의 전 국토가 날아갈 수도 있습니다, 함장님.

"그렇겠지. 각자가 가히 원자폭탄과 맞먹는 전력을 가진 자들이니까."

걱정이 되지 않을 수 없었다. 한두 놈도 아니고 그런 놈들이 한국에 들어와 드잡이를 벌인다면 전 국토가 남아나지 않을 것이 분명했다.

아무래도 놈들을 적당한 곳으로 유인해 내야겠다는 생각이 들었다.

─유인하실 생각이십니까?

"후후후, 어디가 좋을까?"

미네르바가 내 생각을 알아차린 것 같아 의견을 물었다.

─글쎄요. 이곳보다는 각자의 안방에서 한 번씩 휘저어주는 것이 좋을 것 같은데요.

"미네르바도 나와 같은 생각이로군. 그럼 행방이 확실히 파악된 자들부터 조지는 것이 좋겠지? 일단 중국 쪽을 한 번 흔들어놓을 필요가 있겠어. 한국으로 들어오려는 자들의 시선을 돌릴 필요가 있으니 말이야."

─정보전을 펼치실 생각입니까?

"그래야 하지 않을까 하는데 말이야."

─알겠습니다. 천상천이 완벽하게 완성되지 않아서 그러니 조금 더 상황을 파악한 후 계획을 마련하도록 하겠습니다.

"좋아. 그리고 중국 쪽의 일이 마무리되고 나면 일본 쪽으로 떠날 준비를 좀 해둬."

─일본에는 직접 가실 생각이십니까?

"확인할 것이 있어서 말이야."

─알겠습니다. 마무리가 되는 대로 일본으로 떠나실 준비를 해놓겠습니다.

"일본에 남아 있는 자들이 네 명이니까 단단히 준비를 해야 할 거야. 선배들이나 회사 관계자들을 보호하려면 주천문도들은 남겨야 할 테니 아이들만 데리고 가는 것으로 해야겠어."

─곧바로 이동하시면 놈들이 눈치를 챌 수도 있으니 여권과

비행기 편을 준비하도록 하겠습니다.

"좋아, 그럼. 어느 정도 방향이 정해졌으니 놈들에 대한 감시만 강화하고 미네르바는 골든나이트를 만드는데 서둘러 줘."

—이미 구십 퍼센트의 공정이 끝났습니다. 앞으로 며칠 뒤면 골든나이트가 완성되니 염려 마십시오.

"그럼, 이제 그만 연락을 끊어. 잠시 생각을 좀 해야 할 것 같으니까 말이야. 들어오는 정보는 계속해서 전송하도록 하고."

—예, 함장님.

여러 가지 움직임이 포착되고 있었다. 주변에서 심상치 않은 움직임이 시작되고 있는 중이다. 강력한 힘을 지닌 존재들이 한국을 향해 이동을 준비하고 있는 것이 포착되었기에 나름대로 손을 써야 했다.

가장 문제가 되는 것은 미국 쪽과 유럽 쪽이었다. 자칫 놓칠 수 있는 정보였으나 CIA의 버논 국장이 단초를 제공했다.

미네르바를 통해 확인한 사항으로 버논이 미국의 국방성 고위직과 연결되는 것이 확인되었고 추적 끝에 지금까지 나타난 자들과 차원이 다른 존재들을 발견한 것이다.

버논이 속한 조직은 무척 특이했다. 일루전이라는 이름을 가졌는데 아홉 개의 대종가가 모여 의사 결정을 하는 조직으로 구성 자체가 무척이나 방대하기 그지없었다.

　CIA의 연락에 워싱턴으로 향하는 자들은 아마도 일루젼을 구성하는 종가들에서 오는 자들이 분명했다.

　종가들의 모임은 미네르바가 내용을 파악하기 힘들 정도로 결계로 완벽하게 차단된 곳에서 진행되었다. 그렇지만 모임의 내용을 파악하는 것은 그리 어렵지 않았다. 버논에게 붙여놓은 나노 로봇을 통해 나중에 모임의 내용을 확인할 수 있었기 때문이다.

　모임의 내용은 추측한 것과 같았다. 각 종가에서는 최대한 협력을 하도록 하고, 조직의 대외무력인 팔라딘이라는 성기사를 파견해 한국에서의 일을 파헤치기로 한 것이었다.

　그렇게 일루젼의 기둥이라고 할 수 있는 각 종가의 협력 사항에 대해 확약을 받은 버논은 곧장 하와이로 날아갔다. 팔라딘이 하와이에 모여 있었던 것이다.

　버논의 움직임을 통해 확인한 팔라딘이라는 자들은 모두 마스터 급에 준하는 능력자들이었다.

　이름과 같이 종교적 색채가 짙은 자들이었다. 생긴 연원이 3,000년이 넘어갈 정도로 오래된 능력자 집단으로 상당한 파괴력을 가진 자들이었다.

　버논은 팔라딘들에게 청도에서 발생한 사건과 한국에서 벌어진 오메가의 실종에 대해 조사토록 지시를 내렸다. 사안의 중요성을 감안해 종가들의 준비가 끝나는 대로 팔라딘 중 반수인 30명이 한국과 중국으로 가서 조사하기로 한 것이다.

　유럽 쪽에서의 움직임은 헨리를 통해 들어왔다. 매직나이트라는 자들이 모임을 갖고 한국으로 향할 준비를 하고 있다는 것이었다. 이자들도 하와이에서 모인 자들 못지않게 강력한 힘을 보유하고 있는 자들이었다.

매직나이트들은 특별히 소속된 곳은 없지만 유럽국가의 이면을 지배하는 자들이다. 이들은 미국에 있는 일루젼의 움직임이 심상치 않다는 것을 파악하고는 대응 차원에서 한국으로 사람들을 보내려고 계획하고 있었던 것이다.

아직은 시간을 벌어야 했기에 나름대로 조치를 취했다. 이런 자들이 한국으로 들어와 활동하기 시작한다면 내가 심혈을 기울여 계획하고 있는 일은 시도도 하지 못하고 무너질 수가 있었기 때문이다.

사전에 의논한 대로 일단 허위 정보를 제공함으로써 놈들의 시선을 중국 쪽으로 돌리기로 작전을 짰다. 놈들이 상상도 하지 못할 미네르바와 천상천이 내게 있었기에 정보 공작은 손쉽게 진행되었다.

이번 작전은 청도사건이 있었으니 놈들의 이목을 그곳으로 집중시킨 후 혼란을 가중시켜 제대로 된 판단을 하지 못하도록 하는 것에 있었다.

우선 죽련방의 대외정보망을 무력화시키는 일을 진행시켰다. 화교들과 연계된 조직이라 그리 쉬운 일은 아니었지만 가동할 수 있는 천상천의 위성정보망과 나노 로봇, 그리고 화교측 인물과 바꿔친 안드로이드를 이용해 정보를 조작했기에 죽련방의 정보 조직은 무력화된 것이나 다름없었다.

죽련방의 눈과 귀를 멀게 한 후 일단 미네르바를 통해 사실에 가까운 정보를 흘렸다.

조작된 정보는 별다른 것이 아니었다. 죽련방의 존재와 그들이 획책하고 있는 중화족의 순혈주의 프로젝트를 부풀려 놈들에게 들어가도록 정보를 흘린 것이다.

또한 오메가의 모습도 그와 함께 섞여 제공되었다. 각국의 첩보 조직이 마련한 중국 내 주요 거점들을 오메가를 이용해 초토화시키면서 그 모습이 첩보위성을 통해 놈들에게 들어가도록 한 것이다.

조작된 정보가 세계에 퍼지고 난 뒤, 가장 빨리 움직인 것은 역시나 미국 쪽이었다. 오메가가 죽련방에 넘어간 상황을 우려한 CIA에서 적극적으로 나서기 시작한 것이다.

인공위성을 통해 오메가의 모습이 중국 쪽에 나타난 것도 그렇지만 인공위성에 의해 포착된 오메가가 중국 쪽에 심어진 CIA와 군산복합체의 능력자들을 도륙해 버린 탓에 제일 먼저 움직이기 시작했던 것이다.

정보가 전해지자 한국으로 향하던 팔라딘까지 전부 중국 쪽으로 보내졌다. 모든 상황이 조작된 것이지만 인공위성을 통해 확실한 증거가 포착된 상태였기에 모두가 중국 쪽으로 향했던 것이다.

CIA가 움직이고, 팔라딘이라 불리는 능력자들이 움직이기 시작하자 유럽 쪽의 매직나이트는 물론이고 각국의 정보원들도 특별한 관심을 가지기 시작했다.

그들도 중국 쪽에 뭔가 있다고 생각하기 시작했고, 상황을 파악하기 위해 대규모의 인원을 파견했다.

그렇게 감시하고 있던 자들이 움직이기 시작하는 것을 확인하고 난 뒤 혼란을 좀 더 가중시키기 위해 미네르바를 통해 차원에 대한 몇 가지 정보를 가공하여 은밀하게 흘렸다.

죽련방의 인물들이 차원의 주관자 중 하나의 힘을 이어받은 존재라는 것을 흘린 것이다. 정보의 여파는 대단했다. 중국이 세계 정보 단체들의 각축장이 되는 것은 순식간이었다.

그렇게 정보를 흘렸지만 일본 쪽은 움직이지 않았다. 한국에서 일어난 일에 대해 뭔가 미심쩍은 듯 쉽게 움직이지 않았다. 해서 암천문에게는 가네가와가 중국 쪽에서 뭔가를 도모한다는 정보를 은밀히 흘렸다. 암천문도 끌어들여야 혼란스러운 상황이 지속될 것이기 때문이다.

그렇지만 암천문은 무척이나 약은 단체였다. 중국을 향해 몇몇 인물들을 파견하기는 했지만 다른 놈들과는 다르게 파견한 이들은 그리 큰 능력을 가진 자들이 아니었다.

가공된 정보를 계속 흘려 놈들을 참여시킬 수도 있었지만 그렇게 하지 않았다. 놈들에 대해 몇 가지 확인할 것도 있지만 가네가와를 통해 해결을 해야 하는 일이기에 그들의 움직임은 그냥 놔두기로 한 것이다. 다만 한국으로 향하는 시기를 늦추는 것으로 일단락 지었다.

그렇게 한국에 대한 놈들의 관심을 중국 쪽의 죽련방으로 완벽하게 돌릴 수 있었다. 워낙 감쪽같이 정보를 조작한 터라

나를 찾기 위해서 중국 전역을 뒤지고 있는 죽련방으로서는
자신들을 향해 거대한 세력들이 이목을 집중시키고 있다는 것
을 알지 못하고 있었다.

　놈들의 이목을 돌리느라 바쁜 나날들을 보내고 있는 와중에
좋은 소식이 들렸다. 민석 선배를 비롯한 이들의 마지막 훈련
이 끝났다는 소식을 들은 것이다.
　사막에서 데리고 올 때는 불완전한 훈련 상태였는데 이제는
겐트리온 연합이 자랑하는 전사양성 프로그램을 잠재의식 속
에서 완전히 이수한 상태로 앞으로의 전쟁에 상당히 도움이
될 것이라는 이야기였다.
　좋은 소식은 또 있었다. 내가 기획하고 미네르바가 만들어
낸 천상천이 드디어 완성되었다는 것이다.
　미국의 NSA(국가안보국)에서 만들어낸 에셜론시스템을 훨
씬 능가하는 첩보시스템이 완벽하게 구축된 것이다.
　에셜론은 중요 키워드를 검색하는 BRS서치 시스템을 사용
하여 정보 분석관들이 정보를 분석하지만 천상천은 키워드 검
색뿐만 아니라 문장의 전체 뜻을 해석하고 숨겨진 의미까지
찾아내는 자체 분석까지 할 수 있는 시스템이었다.
　지금까지 나노 로봇은 대부분 내 주변 인물들을 보호하거나
천상천의 완성을 위해 쓰였기에 체계적인 정보 활동을 하지
못하는 상태였는데 지금은 가능해진 것이다.
　비록 미네르바가 각국의 전산망을 제집 드나들 듯이 할 수

는 있었지만 여러 가지 한계가 있었기에 전방위적인 정보 수집은 어려웠었다. 그렇지만 이제는 그 어떤 시스템이든 침투가 가능하게 된 것이다.

천상천의 기능은 그뿐만이 아니었다. 건물 내부에 있더라도 그것을 뚫고 감시할 수 있는 것은 물론 지하 10킬로미터까지도 충분히 감시가 가능한 시스템으로 만들어진 것이었기에 나로서는 막강한 힘을 손에 넣은 것이다. 누구보다 유준이가 좋아할 것 같았다.

천상천이 완성된 후 천상천을 유지하기 위한 것들만 남겨놓은 채 보호 대상의 사람들에게 부착해 놓은 나노 로봇을 모두 회수하도록 했다.

그렇지만 김한석 원장은 제외시켰다. 1급 감시 대상으로 분류하고 감시하고 있었는데 아직까지는 별다른 첩보가 없었지만 뭔가 비밀을 가지고 있는 것이 분명했기 때문이다.

나에 대한 정보를 정기적으로 수집하는 것 이외에는 별다른 활동이 없었지만 뭔가를 꾸미고 있는 것은 틀림없었기에 계속 감시하기 위해서였다.

회수된 나노 로봇은 다른 용도로 돌렸다. 세계 각국에 포진해 있는 정보기관들에 직접 침투시켜 최대한 정보를 모으도록 한 것이다. 지금까지 나타난 적이 없는 세계 최강의 첩보 조직이 만들어진 것이다.

능력자들이 나타나기 시작한 이상 비밀에 가려진 고급 정보가 필요했기에 취한 조치였다.

그렇게 나노 로봇을 침투시킨 곳 중에 한 곳이 바로 NSA이다. NSA는 정보의 보물창고나 마찬가지였기 때문이다.

막강한 정보능력을 가지고 있는 미국의 국가안보국인 NSA는 세계 정보기관들이 자신들의 요원들을 침투시키고 싶어하는 1순위의 기관이다. 그것은 그들이 가지고 있는 정보 수집능력 때문이다.

앵글로 섹슨 계통의 미국, 영국, 캐나다, 호주, 뉴질랜드가 연합해 UKUSA 네트워크를 결성하고, 인공위성을 통해 전화, 전보, 무선통신 등의 정보를 수집하고 이를 분석해 정보를 얻는 에셜론시스템의 막강한 정보력을 알기에 다른 곳과는 달리 나노 로봇을 30대나 배정할 만큼 심혈을 기울인 것이 바로 NSA였다.

그동안 그들이 모아놓은 방대한 정보를 털어내기 위해서다. 그들이 가진 정보 중에는 자신들조차 완벽하게 해석하지 못하고 있는 정보들이 많았다. 특히나 전산망이 가동되기 전에 모아놓은 정보들 중에는 내게 필요한 것이 많았기에 우선적으로 침투시킨 것이다.

그렇게 구축된 천상천과 첩보 조직을 통해 미네르바는 세계 각국의 정보를 수집하고 분석하기 시작했다. 국내 정보 또한 마찬가지였다. 내가 계획하고 있는 일에 대한 특정 정보를 수집하는 것은 물론이고, 흑룡회에 대한 단서도 끊임없이 찾고 있었다.

그렇게 첩보를 수집하고 분석된 정보를 통해 나는 몇 가지 놀라운 소식을 접할 수 있었다. 중국 쪽으로 시선을 돌렸는데도 불구하고 미국의 CIA에서 몇몇 특급 요원을 한국으로 보내 백무요를 파헤치기 위해 움직임을 보이고 있다는 것과 흑룡회의 실체에 대해 파헤치기가 쉽지 않다는 것이었다.

CIA의 움직임이야 한국으로 오는 자들이 중국으로 향한 자들보다 능력이 떨어지는 자들이기에 대비를 하면 되지만 흑룡회의 정체를 파악한다는 것이 어렵다는 것은 의외였다.

하지만 어차피 투왕과 금왕이 내 손에 있는 이상 그들의 움직임이 시작될 것이기에 나는 이번 계획에 참여하는 사람들의 보호에 최선을 다하는 한편 흑룡회에 대한 정보를 수집하는 데 심혈을 기울였다.

그렇게 흑룡회에 주의를 기울이는 동안 흑룡회에 대한 정보가 들어왔다. 미네르바가 흑룡회의 본거지에 남겨놓은 나노 로봇으로부터 정보가 들어온 것이다.

미네르바로부터 전송되는 정보를 받아보며 나는 놀라지 않을 수 없었다. 그동안 흑룡회주에게 내심 반기를 든 것으로 보이던 흑룡회의 중요 인물들이 뜻밖의 모습으로 나타났던 것이다.

차원을 건너뛰어 새로운 힘을 가지게 됐지만 나름대로 야망을 가지고 있던 흑룡회의 장로들이 흑룡회주에 완전히 복속되어 버렸던 것이다.

흑룡회주는 놀랍게도 천부경과 짝을 이루는 것을 가지고 있었다. 하늘의 파편이 담긴 또 하나의 천부경으로 명왕이 가진 어둠의 힘이 고스란히 담겨 있는 것이었다.

차원을 건너뛰어 돌아온 후 경복궁 지하에서 갑자기 사라져 버려 행방을 파악하느라 곤욕을 치렀는데 놈은 사라진 동안 또 하나의 천부경 안에 담긴 힘을 자신의 것으로 만들기 위해 사라졌었던 것이다.

놈은 흑룡회의 장로들의 눈을 피해 그 힘을 완전히 자신의 것으로 만든 후 장로들을 복속시켰다. 그동안은 차원의 힘을 얻지 못해 그냥 두었지만 새로운 힘을 얻은 후였기에 시도를 한 것이 분명했다.

흑룡회의 장로들이 자신들의 육체가 없어진 이유와 동양창업투자의 경영권을 빼앗은 한얼에 대해 알아보는 등 예기치 못한 일련의 상황을 파악하는 데 분주할 즈음 흑룡회주는 자신이 얻은 명왕의 힘을 수습하고 이를 이용해 장로들을 하나하나 자신의 권속으로 만들어 버렸던 것이다.

뒤통수를 맞은 장로들은 당황했지만 어쩔 수가 없이 흑룡회주를 따라야 했다.

육체를 잃어버린 탓에 가지고 있는 힘을 제대로 쓸 수 없었을 뿐만 아니라, 명왕이 남긴 암흑의 힘을 얻은 흑룡회주가 차원을 넘어오며 걸어놓았던 금제로 인해 언제든지 흑룡회주의 말 한마디로 소멸당할 수 있었기 때문이다.

그렇지만 흑룡회주의 이러한 움직임은 아주 위험한 것이었다. 본신의 힘을 사용할 수 있는 육체를 잃어버린 탓이었다.

제대로 된 힘을 발휘할 수 없는 상태에서 무리를 하면 정신체가 붕괴해 소멸에 버릴 수 있는 상황에서 모험을 건 것이 성공했던 것이다.

자칫 어떻게 이런 일이 일어났는지 모를 뻔하다가 흑룡회주가 자신의 행동에 분노하고 있는 장로들에게 친절히 설명해 줌으로써 큰 노력 없이 알 수 있었다.

친절히 설명해 주며 장로들의 화를 돋우는 흑룡회주를 보니 아마도 그동안 배신의 칼날을 감추고 있는 장로들에게 어지간히 맺힌 것이 많았던 모양이다.

장로들을 권속으로 삼은 후, 흑룡회주는 흑룡회의 행동을 중단시켰다. 또 다른 천부경을 통해 장로들을 자신의 권속으로 만드느라 대부분의 힘을 소진한 탓이었다. 자칫 외부의 적들이 자신을 비롯한 장로들이 한동안 힘을 쓰지 못한다는 것을 알면 흑룡회 자체가 사라질 수 있었기 때문이다.

흑룡회가 활동을 중단한 것은 나로서는 상당히 다행스러운 일이었다. 조금 열이 받아 놈들의 육체를 소멸시킨 것이 나에게 시간을 준 것이다.

중국 쪽이 시끄러워지면서 시간을 얻기는 했지만 문제가 없었던 것은 아니었다. 죽련방의 움직임을 주시하던 조직들에게로 나에 대한 정보가 들어간 것이다. 죽련방의 세력이 대거 동원되어 중국 전역에서 대대적으로 찾고 있는 마당이니 안 들어갈 수가 없었다.

할 수 없이 그에 대한 대책을 따로 세웠다. 좀 더 혼란스러

운 상황을 원했기에 비밀스러운 능력자 단체가 존재하고 있다
는 허위 정보를 미네르바를 통해 놈들에게 어느 정도 흘려보
낸 것이다. 물론 내가 소속되어 있는 비밀단체였다.

믿지 않을 수도 있기에 각국 정보국이나 암중의 단체들이
믿지 않을 수 없도록 다른 방면에서도 손을 썼다.

나와 미네르바를 통해 완성한 생체 로봇인 안드로이드들을
이용해 놈들과 정보전을 벌이도록 하는 등 직접적인 활동을
하게 한 것이다.

안드로이드들을 통해 중국은 물론 일본과 미국, 그리고 유
럽에서 놈들에 대한 정보를 캐내며 신경을 자극하게 만드는
것은 물론 충동이 있을 시 무력도 사용할 수 있도록 했기에 모
두가 신경을 곤두세우고 나를 찾았다.

그 덕분에 암천문에서 온 자들을 제외하고 중국 쪽에 몰려
있던 자들 중 상당수가 자신들의 근거지로 되돌아가지 않을
수 없었다. 내가 파견한 안드로이드들로 인해 자국에서 상당
한 피해를 입고 있었기 때문이다.

미네르바가 만들어낸 생체 로봇들은 일전에 얻은 오메가의
기술을 차용한 탓에 상당한 전력을 지니고 있었다.

정보를 캐내면서 놈들과 몇 번 부딪쳤고, 막강한 전력으로
그들을 제압 또는 소멸시킴으로써 놈들에게 위기의식을 준 탓
에 돌아가지 않을 수 없었던 것이다.

내가 직접 가야 할 일이었지만 한국 내에서의 일을 해결해
야 하기에 임시방편으로 취한 조치였다. 그냥 생각나는 대로

계획한 임시조치였음에도 상당한 성과를 거두었다.

중국 쪽은 이미 각국의 정보 단체들과의 충돌로 상당한 피해를 입은 마당이었고, 거기다 나와 부딪친 중요 조직들이 깨지는 탓에 신경을 쓸 필요가 없어졌다. 미국과 유럽 쪽은 자신들의 조직이 직접적인 타격을 받기 시작하자 촉각을 곤두세우며 범인을 찾기에 급급했기에 어느 정도 시간을 벌 수 있었다.

내가 일단 놈들에 대한 일을 마무리 지으려는 것은 이유가 있어서다. 흑룡회에서 조력자들을 이용해 손을 썼던 일들이 모두 실패하자 활동을 중단하며 다른 형태로 손을 쓰기 시작했기 때문이었다.

예상대로 유성그룹 측에서 선배들에게 직접적으로 손을 쓰기 시작했던 것이다.

처음에는 선배들의 가족들에게 접근해 지위와 돈을 이용해 매수하려는 시도를 했다.

하지만 이미 가족들에게도 단단히 주의를 준 상태였기에 그런 시도는 미수에 그치고 말았다. 유성그룹에서는 가족들에 대한 매수가 여의치 않자 직접적으로 손을 쓰기 시작했던 것이다.

놈들은 그동안 암암리에 유성그룹의 뒷거래를 담당해 오던 조직들을 동원해 은근히 협박을 가해왔다.

덩치가 좋은 깍두기들을 동원해 나서면 다친다는 등, 같이 살아야 하지 않느냐는 등 공포 분위기를 조성하며 가족들을 위협하기 시작한 것이다.

　그렇지만 그런 것들은 이미 나 또한 예상한 바였다. 오히려 힘을 회복할 동안 활동을 접고 이미 세상에 공개적으로 나서지 않기로 해서인지 초월자들이 나서서 손을 쓰지 않는 것 같아 나로서는 다행이었다.

　협박을 가하는 조직들은 민석 선배를 통해 해결됐다. 그들이 쓰는 방법을 잘 알고 있었던 선배가 역으로 유성그룹의 하수인이라고 할 수 있는 조직들을 박살 내버린 것이다.

　선배는 무척이나 단호하게 손을 썼다. 다시는 회생하지 못하도록 조직들을 철저히 분해해 버린 것이다.

　선배의 손에 박살 난 조직들만 셋이었다. 강남권을 장악하고 있는 조직들 중 상위에 속하는 조직들이었는데 협박을 하고 며칠이 지나지 않아 무참히 박살 내버린 것이다.

　미네르바에 의해 훈련된 민석 선배의 사람들과 투왕을 비롯한 그의 수하들이 참여한 탓에 조직들은 뿌리째 뽑혀 버렸다.

　수뇌부와 그들이 가지고 있던 이권들을 가차없이 흡수해 버리면서 사람이 필요했기에 갱생이 가능한 자들은 정신교육 후 어느 정도 받아들였다. 그렇게 덩치가 커진 조직을 민석 선배가 관리했다.

　민석 선배의 조직과 함께 강남을 4분하고 있던 조직들이 통합되었기에 그것은 많은 파장을 일으켰다. 이번 일에 투왕이 직접 개입되어 있다는 것이 조직들 사이에 알려졌던 것이다.

　내가 투왕의 존재를 드러낸 것은 흑룡회의 반응이 너무 미온적이라는 생각 때문이었다.

모든 시도가 물거품이 되어가고 있었다. 그럼에도 언론이나 권력자, 그리고 조직을 동원하는 것 말고는 영혼체로 남아 있던 자들이 아무런 움직임도 보이지 않고 있기에 이상했던 것이다.

이 정도의 움직이라면 아무리 힘을 회복하기 위해 활동을 중단했다고 하더라도 반응이 왔어야 했기 때문이다.

반응이라고는 유성그룹에서 법적인 소송을 걸어온 것인데 그 정도면 그저 형식적인 반응처럼 느껴졌기에 투왕을 드러내 놈들을 한 번 자극해 본 것이었다.

흑룡회의 반응을 보기 위해 일부러 투왕의 존재를 드러냈지만 그것은 아무런 효과를 보지 못했다. 예상했던 움직임은 하나도 없었던 것이다.

그렇다고 헛일은 아니었다. 강남권의 통합으로 위협을 느낀 강북 조직의 움직임을 사전에 차단할 수 있었기 때문이다. 강남의 조직이 모두 민석 선배의 손에 들어온 탓에 강북을 장악하고 있던 2대 조직에서 움직임이 있었지만 투왕이 드러나자 모두 지켜보자는 쪽으로 돌아섰던 것이다.

민석 선배의 조직이 자신들에게 위협이 되기는 했지만 투왕이 관여된 사실이 드러난 이상, 그들로서도 함부로 움직일 수 없었던 것이다.

민석 선배가 조직들을 장악한 이후 미우해양조선에 대한 인수 작업은 순조롭게 진행이 되었다. 여론 형성도 유리하게 돌아가고 있었고 후원자 중 하나가 우리에게 큰 도움을 주었던 것이다.

인수에 도움을 준 것은 우리 학교의 1회 졸업생이었다. 야당 중진의원으로 전 정권시절 산업자원부장관을 지낸 선배가 자신의 인맥을 활용해 암암리에 도움을 주었던 것이다.

도움이라 봐야 국회상임위에서 자산관리공사가 인수대상자에 대해 공정하게 심사를 해야 한다는 발언을 한 것과 자신이 거느리고 있다가 퇴임과 함께 산업자원부를 나온 사람들을 소개시켜 주는 것이었지만 그것만으로도 상당히 도움이 되었다.

선배의 도움과 함께 우리 또한 인맥을 통한 로비전을 벌이며 정치권에도 손을 썼다.

충분한 운영 능력과 자금을 가지고 있다는 것을 보여주는 한편, 정부의 눈치를 보지 않고 법적으로 허용된 범위 내에서 적극적으로 기업 후원을 하겠다는 약속을 했던 것이다.

한얼의 발표로 이미 센세이션을 일으키고 있는 터라 이에 편승해 자신의 이미지를 높여보고 싶었는지 꽤나 적극적으로 옹호하는 국회의원들이 늘어났다.

그 와중에 한주성 회장님의 도움도 있었다. 오랫동안 은밀하게 회장님이 후원해 온 여야의 국회의원들도 여론이 형성되자 앞다투어 나서서 손을 쓴 것이다.

아마도 1차 협상자로 선택된 것도 그들의 도움이 있었기 때문인 것 같았다.

막강한 자금력을 토대로 미우해양조선이 가지고 있던 주식

'과 부채를 평가액보다 높게 모두 인수하고, 굴지의 호성중공업이 경영을 맡자 한얼이 미우해양조선을 인수하는 데에 대한 논란은 없어졌다.

막대한 자금이 소진되는 일이었지만 미우해양조선의 인수는 성공적으로 끝이 났다. 미우해양조선의 인수에 따른 각종 절차들을 최대한 서둘러 매듭을 지어버리고 그동안 준비한 계획대로 밀고 나갔다.

인수가 끝난 후에 선배들은 지금보다 더 바빠졌다. 여러 가지 법적 문제들을 해결하고, 태호 선배를 대표이사로 하는 새로운 경영진을 파견하여 정상적인 경영을 하기 위한 구조조정이 진행된 것이다.

구조조정은 기술사업부와 연구사업부로 나뉘어 진행되었다. 구조조정의 와중에서 회생절차를 거쳤기에 이미 상당한 슬림화가 진행된 상태라 정원 감축은 거의 없었다.

비정규직의 정규직 전환을 통해 정원을 확대한 것과 아울러 기존 정원의 감축이 없이 진행되니 구조조정은 순조롭게 진행되었다. 회사를 인수하고 나서 노조에도 그 점은 분명히 통보했기에 반발이 거의 없었던 것이다. 구조조정은 한마디로 사업의 노선을 다각화하는 데에서 그쳤던 것이다.

혹시나 몰라 동양창업투자를 이용해 주식을 최대한 사 모았다. 그리고 그동안 사 모은 것과 함께 30%가량의 주식들을 모두 우리 사주로 돌려 버렸다. 인수와 구조조정으로 불안한 사원들을 달래는 당근 책으로 쓰인 것이다.

사원들에게 지급한 주식은 퇴사시 회사에 팔게 되어 있었기에 크게 문제될 것은 없었다. 회사를 퇴직하고 팔 때는 시중가격으로 보상을 하기로 했기에 별 불만은 없었던 것이다. 오히려 환영을 하는 편이었다.

그것은 우리 사주이기는 하지만 다른 회사의 것과는 조금은 다른 개념이 적용되었기 때문이다. 다들 미친 짓이라고 했지만 회사의 경영에 참여할 수 있는 표결권한을 주는 것이 포함되어 있어 노조에서는 대대적으로 환영을 표시했다.

사업부의 개편 등 구조조정이 어느 정도 끝나자 동양창업투자를 이용해 시중에 풀려 있는 주식들을 사 모으기 시작했다. 만약에 있을지도 모르는 경영권에 대한 공격을 대비한 준비였다. 한 회장님의 제의로 태호 선배와 어느 정도 의견의 조율이 이루어진 사항이었다.

가격이 상당히 많이 올랐지만 이미 인수 전부터 상당량을 매입해 놓았기에 자금 부족으로 경영이 흔들리는 일이 없도록 여유가 되는 한도 내에서만 추가적으로 매입을 했던 것이다.

그렇게 회사의 합병이 끝나고 경영이 안정되자 나뉘어진 사업부들을 독립된 법인으로 만들었다. 기존의 호성중공업과 조선, 해양플랜트를 묶은 기술사업부를 한얼조선이라는 회사로 만들었고, 호성과 미우의 R&D센터와 합쳐진 연구사업부를 미래비전이라는 독립된 법인격을 가진 종합연구소로 만들었던 것이다.

빠르게 진행된 구조조정과 아울러 두개의 회사가 합쳐졌다가 다시 두 개의 회사로 나뉘어진 탓에 정치권은 물론 여론에서도 모두들 의아한 시선을 보냈으나 개의치 않았다. 아직 모든 것이 끝나지 않았기 때문이다.

두 개의 회사를 만든 후 한 개의 회사를 더 만들었다. 연구 중심의 회사인 미래비전 산하에 두었던 해양연구부와 항공연구부 중 항공연구부를 독립시켜 한얼우주항공이라는 항공회사를 설립한 것이다.

조선계통의 산업이 주력 분야인 회사가 합병해 조선, 항공, 그리고 연구 분야로 나뉘어 세 개의 회사로 만들어진 것은 호성중공업이 미우해양조선을 인수한 지 불과 4개월 만의 일이었다.

여론 쪽에서는 이를 두고 호성중공업에서 무척이나 철저하게 인수를 진행했다는 것을 알아차리고는 앞으로의 행보에 관심을 기울였다. 오래전부터 한주성 회장이 항공 분야에 관심을 가지고 있다는 것을 알고 있었기 때문이다.

3개의 독립된 회사를 만들고 3개월간은 안정화 작업에 주력했다. 대해조선은 기존에 수주한 선박들의 건조를 최대한 앞당기도록 했고, 미래비전과 한얼우주항공에는 각자 과제를 주어 기초 연구를 진행하도록 시켰다.

더 이상의 수주를 받지 않고 기존에 수주받은 선박만 건조토록 한 일에 대해 노조에서 의문을 제기했지만 새로운 프로 젝트를 위해 취한 조치라는 것을 알리고, 새로운 개념의 선박을 제조하는 프로젝트를 진행하게 될 것이라는 것으로 노조의 의문을 일단락 지을 수 있었다.

상당수의 기술자들이 미래비전에 들어와 기초 연구를 같이 진행했기에 새로운 개념의 선박이 건조될 것이라는 것이 은연 중 알려졌기 때문이었다.

그렇게 안정화를 기하고 나서는 서서히 본격적인 프로젝트를 가동했다. 한얼연구소와 미래비전의 합병을 단행한 것이다. 생전 들어보지도 못한 한얼연구소가 미래비전과 합병한다는 소식은 정계나 재계에 무척이나 큰 이슈였다.

몇 가지 놀라운 발표는 했지만 한얼이라는 이름없는 연구소와 세계 최고라고 할 수 있는 조선분야 연구소가 합쳐진다는 소식에 한주성 회장의 의중이 무엇인지 모르겠다는 의견이 분분했다. 가지고 있는 기술이 검증된 것이 아무도 없었기 때문이다.

하지만 인터넷을 통해 한얼의 실체가 어느 정도 알려지고 난 후에 재계는 경악을 하지 않을 수 없었다. 한얼이 보유하고 있는 기술이 속속 특허를 취득하며 실재 보유하고 있는 기술이라는 것이 알려진 탓이었다.

한국을 제외한 전 세계에서 한얼이 가지고 있는 특허가 무려 10만여 가지가 넘고, 그 특허 내용의 대부분이 에너지와 항공 분야에 관련되어 있다는 사실은 가히 충격이었다.

창립된 지 얼마 되지 않는 연구소가 그 많은 특허를 가지고 있다는 것도 놀라운 일이지만 특허의 내용도 놀라운 것이었던 것이다. 대부분의 특허가 당장 상용화해도 엄청난 가치를 지닌 것들이었기 때문이다.

더욱 놀라운 일은 특허를 내지는 않았지만 한얼이 지금 기초 분야가 진행되고 있는 플라즈마를 이용한 핵융합로기술을 가지고 있다는 사실이 흘러나온 것이었다.

비록 완전한 것은 아니지만 상온에서 30분 동안 플라즈마를 구현할 수 있는 기술을 한얼이 가지고 있다는 것이 국책연구소에 근무하다 한얼로 입사한 사람의 입에서 흘러나왔던 것이다.

한국형핵융합로인 KSTAR는 현존하는 것 중 최고의 것이었다. 토카막방식을 사용하는 것으로 섭씨 영하 268.6도의 액체 헬륨 속에서 초저온상태로 토카막 초전도자석을 구동하는 것으로 1억 도 정도의 플라즈마를 300초 정도 구현할 수 있을 정도의 연구만이 진행되고 있었다. 상용화하기 위해서는 3억 도 정도의 플라즈마를 안정적으로 구현할 수 있어야 하기에 아직은 기초 단계라 할 수 있는 것이었다.

그런데 한얼의 기술은 상온인 상태에서 초전도체를 구현하고 3억 도 상태를 30분간이나 유지한다니 놀라운 일이 아닐 수 없었던 것이다.

대부분 지금은 불가능한 일이라고 여기고 있었지만 한얼이 가지고 있는 특허의 내용대로라면 플라즈마 기술을 가지고 있을 수도 있었기에 모두들 촉각을 곤두세웠다.

차세대 에너지의 한 분야로 에너지 문제를 해결할 수 있을 것으로 기대되는 플라즈마 기술을 한얼이 가지고 있다는 것은 재계에 지각변동을 일으킬 일이었기에 모든 이의 관심이 집중되지 않을 수 없었다. 새로운 에너지원이 상용화된다면 경제는 물론 정치 질서가 새로이 개편되는 일이었던 것이다.

미래비전과 한얼연구소가 합병되고 난 뒤 회사의 명칭이 한얼연구소로 바뀌었다. 미래비전이 한얼연구소에 흡수된 것이다. 명칭이 바뀐 것은 그뿐만이 아니었다. 조선분야도 사명을 한얼조선으로 명칭을 바꿨다.

그렇게 해서 한얼그룹이 생겨난 것은 미우해양조선이 합병된 후 3개월 때의 일이었다. 한마디로 번갯불에 콩 구워 먹듯이 새로운 그룹이 생겨난 것이다.

한얼연구소와 한얼조선, 그리고 한얼우주항공 등 단 3개의 회사일 뿐이지만 자산 규모가 총 200조 원에 부채비율이 자본금의 20%밖에 되지 않는 거대 그룹이 생긴 것이다.

보통의 경우라면 불가능한 일이었지만 미네르바가 있었기에 완벽하게 합병과 분사가 이루어졌다. 가능한 수단이 모두 동원되었기에 빠른 시간에 매듭지어진 것이다.

미우해양조선을 인수할 당시 수주해 건조 중인 선박은 모두 두 척이었다. 더 이상 수주를 받지 않았기에 첫 번째 배는 인수 후 최대한 마무리를 지어 1개월 정도가 됐을 때 건조가 끝나 진수를 시켰다.

두 번째 배도 상당 부분 건조가 끝나가고 있었기에 3개로 회사가 나뉠 무렵에는 진수식을 가질 수 있었다.

수주받은 배들을 인도하고 난 후, 비상 삼족오를 본격적으로 가동시켰다. 호성중공업 시절 이미 소형 셔틀에 대한 연구개발이 끝나가고 있었기에 본격적인 계획이 시작된 것이다.

소형 셔틀의 제작은 빠르게 시작됐다. 이미 안정성 및 상용 여부에 대한 실험을 완료한 후였고, 그에 따라 대부분의 부품들이 준비되어 있었기에 소형 셔틀의 조립에 대한 작업을 빨리 시작할 수 있었던 것이다.

부품을 제작하는 데는 한주성 회장님의 공이 컸다. 기존의 호성중공업에서 부품을 대고 있는 중소기업들과 미우해양조선에 부품을 납품하고 있는 중소기업들에게 부품을 조달한 것이다.

상당한 기술력을 가진 중소기업에 할당함으로 인해 부품 제작에는 그다지 어려움은 없었다. 그렇지만 보안이 중요하기에 각 부품들은 3차에 걸쳐 조립을 한 후에야 작동이 가능하도록 철저하게 분업화했다.

중소기업별로 부품이 만들어지지만 그것만 가지고는 그들이 만들고 있는 것이 정확하게 무엇인지는 모를 것이기에 비밀이 새어나갈 염려는 없었다.

그렇게 1개월 동안 조립된 소형 셔틀은 모두 두 대였다. 전장 50미터에 폭 20미터, 높이 12미터의 소형 셔틀들이 공장 안에서 빠르게 조립을 끝낸 것이다.

조립에 대한 것도 모두 비밀리에 진행되었다. 조립 과정에는 미네르바의 지휘하에 철저한 보안 속에서 작업이 진행되었다.

조립 작업을 진행하는 것도 미네르바가 워프시킨 로봇들이었기에 정확하게 어느 부품이 어디에 들어가는지 알고 있는 것은 나와 미네르바뿐이었다.

한주성 회장님과 몇몇 관계자들도 소형 셔틀 봉황에 대해서 대략적인 것을 알고는 있지만 전체적인 상황을 알 수는 없는 상태였던 것이다.

언젠가는 알려주어야 하지만 지금은 조금 곤란했다. 플라즈마를 이용한 핵융합반응로에서 나오는 에너지를 동력원으로 사용한다고는 했지만 봉황의 동력원으로 쓰이는 넵코는 지구상에서는 절대로 만들 수 없는 것이었기 때문이다.

봉황을 조종할 사람들에 대해서도 이미 선발을 끝내고 훈련을 하고 있는 중이었다. 봉황에 장착될 컴퓨터가 자동으로 조종하는 상황이지만 수동으로 해야 할 부분도 있었기 때문이다.

훈련을 받는 것은 우주에 나가 작업을 할 사람들도 마찬가지였다. 그들은 특별한 임무를 띠고 있는 중이다. 작업자들이 우주에 나가서 하게 될 작업은 무한한 태양에너지를 이용하여 넵코를 만들어낼 수 있는 에너지 변환장치를 만드는 일이었다.

반물질상태에서 물질상태로 전환하며 뿜어내는 막대한 에

너지를 활용한 것이 넵코다. 미네르바가 완성한 넵코는 아직 에너지를 저장하지 않은 상태였기에 태양에너지를 변환시킨 에너지 저장작업을 해야 하는 것이다.

지금은 물질상태이지만 태양에너지를 흡수하여 반물질상태로 전환시키는 절차가 필요하기에 태양에너지를 변환시키는 장치가 필요했고, 그 일을 작업자들이 해야 했던 것이다.

그렇게 봉황이 만들어지고 출항 준비를 끝내가고 있었지만 출항하는 것은 그리 쉽지가 않았다. 인공위성발사도 다른 나라에 발사체를 빌리는 마당에 자체 동력으로 우주로 가는 우주왕복선을 만들었다는 사실을 관계 당국에서는 믿을 수가 없다는 것이었다.

이미 항공사업 분야에 대한 사업권은 얻어낸 상태에서 관계 당국에서 그러는 것은 이유가 있을 것이라는 생각이 들어 미네르바를 통해 알아보도록 했다.

나노 로봇과 천상천을 가동하자 관계 당국에서 그러는 이유가 밝혀졌다. 알게 모르게 우리가 하는 일에 대해 제재가 있었던 것이다.

플라즈마를 이용한 핵융합로의 상용기술을 가진 것을 일부러 소문낸 탓인지 미국과 일본, 그리고 중국에서 압력을 가해 온 것이었다. 미국 측에서는 기술에 대한 이전을 중국과 일본에서는 전략적으로 위협이 된다는 이유로 우리 정부에 압력을 가해오고 있었던 것이다.

　자체적으로 개발한 기술을 이용해 만들어진 봉황의 출항이 남의 나라에 의해 좌우된다는 것이 조금은 열이 받았다. 세계 최초로 기술을 개발하고도 남의 눈치를 보는 정부에 열이 받았다는 것이 맞는 말일 것이다.

　그냥 눈치만 보면 다행이었겠지만 한 술 더 떠 관계 당국에서 기술에 대한 실사를 요청해 왔을 때는 정말이지 열이 받아 푸른 기와지붕을 모두 불태워 버리고 싶은 심정이었다.

　한얼우주항공을 실사할 사람들 중 최고의 석학이라는 이유만으로 상당수의 미국인이 포함되어 있었다. 나사(NASA:미항공우주국)의 주요기술진들이 실사를 진행한다는 것이었다.

　정부고위층에서도 기술에 검토가 이루어져야 한다고 판단하고 있기에 반드시 실사를 받아야 한다고 못을 박았다. 미국 측에서 핵심기술을 대놓고 훔쳐가겠다는 소리나 마찬가지인데 무슨 생각으로 실사를 진행하는 것인지 모를 일이었다. 미국 측의 입김이 작용했다는 것을 모르는 것은 아니지만 이렇게 줏대없는 지도층을 믿고 있는 국민이 불쌍할 지경이었다.

　정부가 실사를 하겠다는 요청은 당연히 거절되었다. 그러자 기다렸다는 듯이 당국에서는 실사를 통해 안정성이 확보되지 않으면 발사를 허용하지 않겠다는 입장을 분명히 했다.

　국가의 미래를 좌우하는 계획을 외국에 팔아먹으려다가 되지 않으니 중단시키겠다는 소리였기에 어처구니가 없는 일이 아닐 수 없었다.

　실패해도 우리 측의 돈만 왕창 깨지는 것이다. 하지만 어느

정도 진전을 보인다면 앞으로의 장래성을 봐서라도 실패도 수
용해야 하는 것이 정부가 해야 할 일이었는데 이런 행태를 보
이니 나도 다른 생각을 하지 않을 수 없었다.

열이 받아 있는 마당에 당국에서 그런 결정을 내리자 당초
의 계획과는 달리 방향을 수정했다. 봉황에 대한 것을 있는 그
대로 알릴 뿐만 아니라, 향후 봉황을 이용한 우주계획을 대대
적으로 홍보하기로 한 것이다.

방송이나 언론도 믿지 못할 상황이었기에 일단은 인터넷을
통해 이벤트성 홍보를 하기로 했다. 대상은 전 세계였다. 전
세계를 대상으로 봉황이 발사되는 것을 관전하는 것이 아닌
진정한 우주왕복선 봉황의 탑승자를 선발하는 이벤트를 홍보
하기로 한 것이다. 당국의 뜻을 거스르고 그런 이벤트를 한다
고 하자 모두들 우려를 표시했지만 그대로 밀어붙였다.

인터넷은 폭발적인 반응을 보였다. 처음에는 우주로 갈 사
람들을 뽑는다는 것에 모두들 의아해했지만 봉황의 기체를 공
개하고, 봉황이 우주에 나가서 하게 될 실험에 대해 설명을 시
리즈로 이어나가자 폭발적인 반응을 보인 것이다.

또한, 미네르바의 조작이기는 하지만 이미 발사체에 대한
비밀실험이 진행되었고, 성공적으로 끝났음을 동영상으로 확
인시켜 주었기에 신청자가 기하급수적으로 늘어났다.

언론에서도 난리가 났다. 세계 유수의 언론사에서 봉황에
대한 취재를 요청했지만 모두 거절했기에 추측성 기사만 난무
했다. 그들 또한 인터넷을 통해서만 봉황에 대한 소식을 접할

수 있었기 때문이다.

  좀 더 확실한 사실을 확인하고자 호성중공업 근처에 기자들이 진을 치기 시작했다. 출퇴근하는 사람들을 붙잡고 사실을 알고자 하는 취재 경쟁이 연일 이어졌다.

  난리가 난 것은 성층권도 마찬가지였다. 미국과 중국, 일본, 러시아의 쾌도 위성들이 봉황의 실체를 확인하기 위해 가동되기 시작했던 것이다. 하지만 위성들은 아무런 정보를 얻을 수 없었다. 이미 미네르바에 의해 제압되어 천상천에 편입된 상태였기에 아무런 정보도 얻을 수 없었던 것이다.

Chapter 3
미지의 무기 젠가이드

　조성된 여론과 세계의 관심은 결국 정부가 백기를 들게 만들었다. 국민의 여론은 애써 무시하고 있었는데 정부가 미치지 않고서야 지원을 못할망정 방해하는 이유가 무엇인지 알아보던 한 여기자의 열성으로 인해 미국과의 거래가 세상에 드러났기 때문이었다.

　미국과의 거래가 드러나자 정부는 국민적 저항에 부딪쳤다, 가뜩이나 친미국 성향으로 인해 여론이 좋지 않은 마당에 이런 일이 터지자 국민이 분노하기 시작한 것이다.

　연일 정부의 퇴각을 요구하는 촛불시위가 이어지고, 각종 여론은 물론 대정부 질문을 통한 여당의 공격이 시작되자 봉황의 발사를 허가해 주었던 것이다.

발사 허가가 나고 난 뒤의 일은 착착 진행되었다. 이미 완벽한 준비를 끝냈지만 세계의 이목을 생각해 조금 시간을 끌었다.

그렇게 봉황의 발사에 대한 마지막 절차가 진행될 즈음 기쁜 소식이 들려왔다. 그동안 고대해 왔던 골든나이트의 완성이 임박했다는 소식이었다.

골든나이트가 제대로 된 기능을 발휘하기 위해서는 나의 도움이 필요하다는 미네르바의 요청에 오랜만에 네르키즈로 가야 했다.

"오셨습니까, 함장님."

네르키즈에 당도하자 미네르바가 반갑게 나를 맞았다. 하늘거리는 원피스를 입고 안경을 낀 모습이 순진하면서도 이지적인 모습이었다.

"골든나이트로 가야 하는데 어째서 이쪽으로 부른 거지?"

화성에서 만들어지고 있는 골든나이트에 가야 하는데 먼저 네르키즈로 부른 미네르바의 뜻을 알 수 없었기에 연유를 물었다.

"제가 함장님을 이쪽으로 모신 이유는 골든나이트에 있는 겐트리온 연합의 사람들 때문입니다."

"전에 네르키즈를 운용했다는 그 사람들 말이로군."

동면을 시킨 후 골든나이트가 만들어지고 있는 곳에 보냈다는 이야기를 들었지만 이제와 그들에 대해 말을 꺼내는 것이 이상했다. 그래서 미네르바의 설명을 들어보기로 했다.

"그렇습니다. 이번 차원전쟁에 있어 그들의 도움이 필요할 것 같아서 함장님을 이곳으로 모신 겁니다. 잠깐 화면을 봐주십시오."

미네르바이 말이 끝나자 푸른색의 입체형상이 함교에 나타나더니 여러 명의 인물들이 나타났다.

'우리와 별달리 다른 모습은 아니군.'

화면에 나타난 자들에 대해 처음 이야기를 들었을 때는 영화에서 보던 것 같은 우주인이라는 생각이 들었는데 지금 보니 지구의 사람들과 별 차이 없는 모습이었다.

"함장님, 지금 함장님께서 모아놓으신 세력들을 보면 상당히 강한 자들입니다. 비록 많은 준비를 해놓았다고는 하지만 함장님이 혼자서 감당하기에는 벅찬 수라고 봅니다. 해서 전 함장님께 겐트리온 연합의 인물들을 이용하시라고 정식으로 건의드리고 싶습니다."

"저들을 이용하라고? 그만한 능력이 있는 건가?"

사실 걱정이 되지 않는 것은 아니다. 미네르바의 말대로 난 혼자고, 놈들을 상대할 만한 능력을 가진 이들은 다섯 아이밖에는 없기 때문이다.

"지금은 없습니다만 조금 있으면 완성될 골든나이트와 젠가이드로 능력을 향상시킨다면 지금 속속 나타나고 있는 자들을 상대할 수 있을 것이라 생각합니다."

"음!"

지금까지 미네르바는 젠가이드에 대한 정보만은 공개하지 않았다. 속으로 꼭꼭 숨겨놓고 있던 젠가이드에 대해 이야기를 꺼내는 것을 보니 이제는 알려줄 모양이었다.

"죄송하지만 지금까지 함장님께 젠가이드에 대해 숨겼던 것은 정확한 힘을 파악하지 못했기 때문이었습니다."

"그럼 이제는 알아냈다는 건가?"

"얼마 전 분석이 끝나 젠가이드가 가진 대부분의 힘을 알아냈습니다."

"뭐지?"

"젠가이드는 일종의 정신적인 촉매 역할을 하는 것입니다."

"촉매?"

"그렇습니다. 인간, 즉! 휴먼 계열의 종족들이 가지는 특성을 제거하는 역할을 하는 것이 바로 젠가이드였습니다."

"그럼, 봉인된 자라 뜻하는 인간의 봉인을 푼다는 이야기란 말이야?"

가진바 능력을 봉인당한 휴먼족의 금제를 해제할 수 있다는 말에 상당히 놀라지 않을 수 없었다. 금제가 해제된 휴먼족은 차원 주관자 만큼이나 강력한 존재로 거듭날 수 있기 때문이었다.

"그렇습니다. 씰이라 불리는 인간의 특성이 사라지는 것이죠. 젠가이드를 통해 인간에게만 부여된 봉인이 제거된다면 얼마큼 강해질지는 저로서도 추측이 불가능합니다."

"도대체 젠가이드라는 것이 무엇이기에 그런 역할을 한다는 거지?"

나도 세계수의 가지들로 인해 힘을 얻기는 했지만 인간의 특성조차 완전히 바꾼다는 것이 믿어지지가 않아 물었다. 젠가이드가 겐트리온 연합에서 전력을 기울여 찾는 물건이기는 하지만 그런 능력이 있다고 믿을 수 없었던 것이다.

"함장님께서 젠가이드를 직접 보시면 어느 정도 아실 수 있을 겁니다."

미네르바의 말이 끝나기 무섭게 함교의 중심부에서 뭔가 솟아올랐다.

'으음.'

투명한 수정체로 만들어진 십육면체였다. 각 면의 중심에는 낚시 바늘의 미늘 같은 날카로운 작은 갈고리가 양쪽으로 달린 촉이 돋아나 있었다.

머나먼 우주에서 차원의 비틀림을 뚫고 찾으러온 젠가이드가 뭔지 궁금했지만 이런 모습일 줄은 정말이지 몰랐다.

"저것이 젠가이드라는 건가?"

"그렇습니다. 한번 만져 보십시오."

미네르바의 권유대로 젠가이드를 손으로 들었다. 자체가 열을 발산하는 듯 우선 따뜻했다. 청량감을 가진 따뜻함이 손을 타고 느껴졌다.

"젠가이드의 사용법은 겐트리온 연합에서도 아는 자가 없습니다. 전설에 의하면 젠가이드 안에는 모든 것을 아우르는 힘이 있다는 것만 전해질 뿐입니다. 하지만 기록을 분석해 볼 때 젠가이드가 겐트리온을 있게 했다는 것은 틀림없습니다."

"미네르바도 사용법을 모른다는 말이지?"

미네르바도 차원의 비틀림을 뚫고 찾으러 온 젠가이드의 정체가 무엇인지 궁금했다. 하지만 초자아 컴퓨터인 미네르바가 이토록 확신한다면 젠가이드에는 무엇인가 알지 못하는 특별함이 감추어져 있는 것이 분명했다.

"그렇습니다. 전혀 알려진 바가 없습니다. 하지만 기록에 의하면 우주를 떠돌며 간신히 겐트리온에 정착할 수 있었던 것도 젠가이드로부터 힘을 부여받은 이들이 있었기에 가능했다고 합니다. 아무도 사용법을 모르는 것은 아마도 젠가이드는 자신이 선택한 자에게만 진정한 모습을 드러내기 때문이라고 판단됩니다."

"스스로 주인을 선택한다는 말이지?"

"예, 젠가이드를 사용했었던 이들이 남긴 기록을 보면 하나같이 의지를 가진 자가 진정한 뜻을 얻을 수 있다고 했으니까요."

"으음, 그럴 확률이 크군."

"젠가이드로 인해 겐트리온 우주가 탄생했다는 것은 누구나 알고 있는 사실입니다. 그렇다는 것은 안에 담겨 있는 힘이 상상을 초월할 것이라는 것이 제 판단입니다. 함장님께서 반드시 얻어야 하는 힘일 것 같습니다."

"음, 그렇다는 말이지? 그럼 한번 살펴봐야겠군."

미네르바의 말대로라면 반드시 확인해야 했다. 우주 하나를 탄생시킬 정도라면 창조신에 버금가는 힘이었기 때문이다.

이리저리 살펴봤지만 살펴보는 것만으로는 젠가이드에 대해 알아낼 방법은 없었다. 아무런 반응을 보이지 않았던 것이다.

반응을 살펴보기 위해 일단은 내가 가지고 있는 힘을 젠가이드에 넣어보기로 했다.

가이아로부터 비롯된 차원의 힘인 네 가지 절대력에 젠가이드가 어떻게 반응하는지 알 수 있다면 젠가이드의 정체를 알 수 있을 것 같았다.

우선 자연의 기운이라 할 수 있는 하이드내츄럴포스를 집어넣었다. 고농도로 압축된 자연의 기운인 하이드내츄럴포스가 젠가이드로 스며들자 조금 반응이 왔다.

하얀색의 광채가 젠가이드의 표면에 서서히 맺히기 시작한 것이다.

하지만 그뿐 더 이상의 반응은 없었다.

'다른 것을 한번 넣어볼까?'

하이드내츄럴포스에도 반응이 없는 것 같아 이번에는 넵코에너지를 쏟아부었다.

지이이잉!

빠르게 반응이 왔다. 빛을 발산할 뿐만 아니라 젠가이드가 진동을 하고 있었다.

'내 몸 안에서는 융화가 가능하지만 젠가이드 안에서는 아니라는 말인가?'

앞서 집어넣었던 하이드내츄럴포스와 뒤이어 집어넣은 넵
코에너지가 격렬히 반응하는 것이 느껴졌다. 느껴지는 에너지
의 파동으로 볼 때 가히 핵융합을 방불케 하는 힘이 젠가이드
안에서 꿈틀거리고 있었다.

'이런 힘이 안에서 충돌하고 있는데도 반응이 이 정도뿐이
라 이거지?'

한 번의 진동만 있었을 뿐이었다. 안에서 느껴지던 반응도
어느 사이인가 사라져 버렸다. 젠가이드는 더 이상 아무것도
보여주지 않았다.

다만, 십육면체를 이루는 젠가이드의 색깔이 하얀색에서 프
리즘처럼 여러 가지 색으로 변해 버린 것뿐이었다.

'좋아, 그렇다면⋯⋯.'

두 가지 힘을 쏟아부어도 별다른 이상이 없기에 앞서 집어
넣었던 기운들과 함께 하이드마나와 사이코 매트릭스를 동시
에 집어넣어 보기로 했다.

붕붕붕!

가지고 있는 힘을 모두 쏟아부어 버리자 마치 벌새가 날 때
나는 소리처럼 젠가이드로부터 소음이 들려왔다.

여러 가지 빛이 젠가이드의 표면에 맺혔다. 그리고 천천히
내 양손을 떠나 부양하기 시작했다.

피피피핏!

잠시 놀라는 사이에 젠가이드로부터 뭔가가 빠른 속도로 빠
져나왔다. 각 면의 중심에 있던 뾰족한 촉수들이 솟아올라 왔

던 것이다.

지지직!

츠츠츠츠!

각면에서 돋아난 촉수들에서 방전이 시작되었다. 오색의 번개가 촉수들 사이에서 떠다녔다. 강력한 에너지의 파동이 느껴졌다. 뇌전들은 마치 서로 연락을 하는 것처럼 결코 젠가이드를 떠나지 않고 흐르고 있었다.

'어?

뇌전이 흐르는 것을 지켜보고 있자니 이상했다. 방전이 시작되고 난 후부터 머릿속이 망치로 맞은 것처럼 띵했다. 하얗게 바랜 것처럼, 머릿속에 아무것도 없는 것처럼 멍해져 있었다.

"함장님!!!"

미네르바가 지르는 날카로운 소리가 정신을 일깨웠다. 멍해져 가던 정신이 다시 돌아왔지만 내 몸이 전과 같은 상태가 아니라는 것을 짐작할 수 있었다.

그리고 또 하나, 방금 전까지 눈앞에서 방전을 하고 있던 젠가이드가 어느 사이인가 사라지고 없었다.

"미네르바, 이게 어떻게 된 거지?"

잠시지만 정신을 잃는 사이에 뭔가 일어난 것이 틀림없었다. 순식간에 젠가이드가 눈앞에서 사라지다니 말이다.

"다, 다행입니다."

“뭐가 다행이라는 거지?”

“정말 모르시는 겁니까?”

미네르바가 무슨 말을 하는 것인지 몰랐다. 뭔가 특별한 일이 내게 일어났음을 짐작할 수 있었다. 그러니 어찌 된 일인지 물을 수밖에 없었다.

“잠깐 정신을 잃은 것은 기억이 나는데…….”

“잠깐이 아니었습니다. 함장님으로부터 신호가 끊어진 것이 지구 시간으로 벌써 6시간 전입니다.”

“6시간?”

아주 잠시였다. 잠깐 지켜보고 있었던 것이 벌써 6시간이 지났다니 알 수 없는 일이었다.

“무슨 일이 있었는지 자세하게 이야기해 봐.”

“함장님으로부터 신호가 끊어지고 난 후, 젠가이드가 갑자기 변화하기 시작했습니다. 젠가이드가 함장님의 머리 위로 이동을 하더니 날카로운 촉수를 뻗어냈습니다. 그리고는…….”

미네르바의 설명은 나로서도 놀라운 일이었다.

머리 위로 이동한 젠가이드에서 촉수 같은 것들이 뻗어 나와 내 몸에 꽂혔다는 것이다. 그리고 젠가이드에서와 같이 내 몸 전체에 방전되었다고 한다. 온갖 색의 뇌전이 방전하는 것처럼 몰아쳤다는 것이다.

“그래서?”

“방전이 끝난 것은 방금 전이었습니다. 6시간 동안 계속해서 방전이 일어나고 있다가 조금 전에 그쳤습니다. 그동안 수십 차례 함장님과 교신을 시도했지만 전혀 교신이 되지 않아 기다리고 있었습니다. 섣불리 함장님의 몸을 살피거나 제어를 했다가는 어떤 사태가 발생할지 몰라서 함부로 손을 쓸 수도 없었습니다. 하지만 젠가이드가 스며들 듯 함장님의 몸으로 사라진 후에는 더 이상 기다릴 수 없어 교신을 시도해 함장님을 깨운 것입니다."

"그런 일이 벌어졌었다는 말이지?"

"예."

어째서 그런 일이 벌어졌는지는 모를 일이었다.

다른 차원의 문명을 열 정도로 강력한 힘을 가진 젠가이드가 내 몸에 흡수됐다고 하는데 나는 전혀 그런 징후를 느끼지 못하고 있었던 것이다.

일단 내부단속에 들어갔다. 살펴본 결과 기존에 가지고 있던 힘은 모두 정상이었다. 미네르바의 운용에도 이상이 없는 것을 보면 확실히 내 몸에는 문제가 없었다.

아무리 살펴봐도 젠가이드가 몸 안으로 들어온 것이 분명한데도 별달리 변한 것이 없었다. 그저 기분이 약간 좋고 마음이 편안하다는 것 이외에는 모든 것이 의문투성이일 뿐이다.

"함장님."

잠시 고민하는 중에 미네르바가 걱정스러운 듯 물었다.

"왜?"

"함장님의 몸을 잠시 검사해도 되겠습니까?"

미네르바가 그토록 찾아 헤매던 젠가이드가 사라진 마당이었다. 젠트리온 연합을 되살리기 위해서는 반드시 필요한 젠가이드가 사라지자 당혹스러운지 미네르바로서는 검사를 통해 상황을 알아보고 싶은 모양이었다.

"그래, 나도 궁금하군. 어떤 상태인지 말이야."

미네르바의 뜻대로 하게 내버려 두었다. 나도 궁금하던 참이었다. 젠가이드가 내게 무슨 변화를 일으켰는지 알아야 대처할 계획을 세울 것이기에 미네르바의 요구를 승낙했다.

"그럼 곧바로 시작하겠습니다."

미네르바의 검사는 바로 시작되었다. 푸른색의 기운이 함교 전체에 가득 차고 무엇인가가 내 몸을 훑었다. 함교 안에 가득 찬 부드러운 기운이 전신을 맴돌았다.

미네르바도 심혈을 기울이는 듯 세포 하나하나까지 검사하는 것 같았다. 검사 시간은 상당히 길었다.

"어때?"

몸을 훑어나가던 미네르바의 기운이 가신 것 같아 검사 결과를 물었다.

"저로서도 알 수가 없습니다. 함장님의 몸에서는 젠가이드의 흔적이 전혀 보이지를 않습니다. 아무래도 젠가이드의 행방에 대해서는 함장님께서 스스로 알아내시는 수밖에는 없을 것 같습니다."

미네르바도 당혹스러운 듯 검사 결과를 알려주었다.

초자아를 가진 미네르바의 엄청난 연산능력으로도 젠가이

드의 행방을 알 수가 없다니 조금은 답답했다. 미네르바 말대로 스스로 알아내는 수밖에는 없는 것 같아 보였다.

"할 수 없지, 미네르바의 말대로 내가 스스로 알아내는 수밖에. 그런데 어디 조용한 데 없을까? 명상을 통해 나를 바라보려면 아주 조용한 데가 필요한데 말이야."

시간을 두고 지켜보며 알아본다는 것은 성미에 맞지 않았다. 미네르바의 검사 결과에 만족하지 못해 당장 알아보고 싶었기에 조용한 장소를 물었다.

"함장실이 좋을 겁니다."

"알았어. 얼마나 걸릴지는 모르겠지만 내가 나오기 전에 골든나이트가 완성되면 겐트리온 연합의 인물들에 대한 작업을 곧바로 시행해 줘. 아무래도 지구에서의 일이 심상치 않으니까."

상당한 시일이 걸릴 것이기에 혹시나 몰라 미네르바에게 네르키즈를 타고 온 겐트리온 연합인들에 대한 부탁을 했다.

"염려하지 마십시오. 이미 준비는 끝내놨습니다. 완성되는 즉시 시행토록 하겠습니다. 그들도 함장님이 젠가이드를 얻은 것을 알면 세뇌를 하지 않더라도 도움을 줄 것입니다."

"그렇다면 다행이야. 세뇌하는 것이 조금 마음에 걸렸는데 말이야. 그럼, 곧바로 함장실로 가도록 하지."

"예, 함장님."

미네르바의 대답과 동시에 시야가 약간 흐려졌다가 밝아졌다. 함장실로 곧장 워프한 것이다.

미네르바가 손을 쓴 듯 함장실은 이미 명상을 하기 좋은 공
간으로 바뀌어 있었다.

아무런 집기도 없이 가운데에 조금 푹신한 포단이 깔려 있
었고, 청량감을 느끼게 하려는 듯 함장실 전체가 약간의 광채
가 흐르는 푸른색으로 칠해져 있었다.

주저없이 가운데 있는 포단에 가서 가부좌를 틀고 앉았다.
그리고 편안한 마음으로 명상에 들었다. 그리고 일부러 차단
해 버린 정신의 차폐를 차례차례 풀어나갔다.

＊　　　　＊　　　　＊

김해국제공항, 오사카에서 이륙해 한 시간 반 정도 현해탄
을 건너온 JAL기가 공항에 착륙했다. 비행기가 착륙하고 얼마
안 있어 승객들이 입국장을 나서기 시작했다.

연휴를 맞은 탓에 쇼핑과 관광을 즐기러 온 많은 일본인 관
광객들 사이로 조금은 낯설어 보이는 이들이 빠르게 공항을
벗어나고 있었다. 짧게 깎은 머리에 푸른색이 감도는 옷을 입
은 자들이었다.

“저 사람들 말이야. 스님인가?”

“그러게. 우리나라 스님들하고는 좀 다른데……”

염주 같은 것을 손에 쥐고 공항을 나서는 낯선 이들을 본 이
들은 일본의 승려들을 호기심 어린 눈빛으로 바라보았다.

공항을 나선 일본 승려들은 곧장 주차장으로 갔다. 차량이

빼곡하니 들어선 주차장에는 검은색 밴 한 대가 서 있었는데 그들은 곧장 그곳으로 걸어가 이내 문을 열고 올라탔다.

"어서 오십시오."

밴 안에 타고 있던 중년 신사가 정중한 목소리로 일본 승려들을 맞았다. 일본 내각 정보 조사실에서 상사주재원이란 신분으로 위장해 한국으로 파견을 나와 있는 가메이란 자였다.

위장된 신분을 통해 한국의 첨단산업기술 정보를 노리는 산업스파이였다.

"서울로."

각진 인상의 중년 스님이 출발을 지시했다.

'까칠하기는, 그나저나 본국에서 적극 협조하라고 했는데 어떤 자들인지 모르겠군. 최대한 협조하고 정체에 대해서는 궁금증도 갖지 말라고 했으니 일단 서울로 출발하고 보자.'

기분이 나쁘기는 했지만 상부의 지시가 워낙 강력했다. 절대적인 협조를 하라는 지시가 있었던 것이다.

"알겠습니다."

가메이는 밴의 시동을 걸고 서울을 향해 출발했다. 경부고속도로를 통해 서울로 가는 동안에도 세 승려는 일언반구도 없었다. 그저 묵묵히 창밖을 내다보며 감정없는 표정으로 앉아만 있을 뿐이었다.

백미러를 통해 세 사람을 살피던 가메이는 궁금증이 들었다. 이런 경우는 예전에 없던 것이었기 때문이다.

'인천이나, 김포로 가든지. 김해까지 와서 차로 서울로 향하

는 것은 또 무슨 일인지…….'

서울 근교에 비행장들이 있음에도 굳이 김해에서부터 출발한 이유가 궁금했다. 다른 일이 있는 것도 아니고, 시간을 낭비할 필요가 없었던 것이다.

하지만 가메이의 생각과는 달리 세 승려는 그저 가만히 앉아 있는 것이 아니었다. 그들은 경부고속도로를 달리는 동안 나름대로 매우 바쁘게 움직이고 있었기 때문이다.

그들이 움직이는 방법은 텔레파시를 이용한 통신이었다. 세 명은 한국 내에 있는 자신들의 수하들에게 계속적으로 지시를 내리며 서울로의 합류를 명령하고 있었던 것이다.

계속해서 텔레파시를 사용하고 있기에 가메이의 눈에는 그저 무심히 창밖만 바라보고 있는 것으로 비친 것이다.

밴이 김해국제공항에서부터 경부고속도로를 타고 서울에 올라온 시간은 해가 거의 저물 무렵이었다.

송파에 위치한 호텔로 들어선 그들은 엘리베이터를 타고 곧장 그들이 묵을 방으로 들어섰다. 세 사람의 방문을 대비해 가메이가 미리 방을 잡아놨던 곳이었다.

"그럼, 저는 이만 가보도록 하겠습니다."

방으로 들어온 가메이는 자신의 임무를 마쳤기에 인사를 했다. 김해국제공항에서 세 승려를 데리고 호텔까지 안내하는 것이 그의 임무였던 것이다.

"그렇게 하도록!"

무심히 말하는 승려의 말에 기분이 별로 좋지 않았던 가메이는 신형을 돌려 방문을 열고 나섰다.

땡!

문을 닫자마자 머리 조금 아파왔다. 가메이는 고개를 갸웃거리며 엘리베이터를 향해 갔다.

엘리베이터를 타고 내려간 후 문이 열리자 호텔 로비가 보였다.

"어, 내가 왜 여기 있는 거지?"

이상했다. 일본 본토에서 오는 특별한 손님들을 묵게 했던 호텔임을 어렵지 않게 짐작할 수 있었지만 어째서 자신이 호텔에 와 있는지 알 수가 없었다.

승려 중 하나가 정신동력을 이용해 기억을 일부 지워 버린 탓에 가메이는 자신이 어째서 호텔 안에 있는 것인지 알 수가 없었던 것이다.

"이상한 일이로군."

가메이는 황당무계한 일에 고개를 연신 저으며 빠르게 호텔을 나섰다.

"우리에 대한 행적이 노출되지는 않겠지?"

"그럴 것이다.

가메이에 대한 정신 조작이 잘 끝난 것인지 아키야마가 물어왔지만 마츠다는 대답을 해주고 싶은 마음이 별로 없었다.

조용히 창밖을 응시하고 있는 조지마를 비롯해 마츠다 역시 자신과 같은 암흑율사이기는 하지만 각자의 일에 대해서는 간섭을 할 수 없었기 때문이다.

"가네가와의 행방은?"

창밖을 보고 있던 조지마가 마츠다를 향해 물었다.

"올지 안 올지는 모르지만 일단 연락은 했다."

"통신을 받아들이던가?"

가네가와와 연락을 했다는 소리에 조지마가 의외인 듯 눈빛을 빛냈다. 암천문에서 소환했음에도 불응한 그가 자신을 잡으러 온 것을 알면서도 통신을 허락했다는 것이 궁금했던 것이다.

"뭔가 있군."

일대 삼이면 가네가와로서는 전혀 승산이 없었다. 무엇을 노리는지는 모르지만 자신에게 남은 것은 파멸뿐이라는 것을 모를 리 없는 가네가와였다.

눈치 빠른 가네가와라면 쉽사리 통신을 허락할 리가 없다는 것을 누구보다 잘 아는 아키야마는 가네가와가 뭔가 감추고 있다는 것을 직감할 수 있었다.

"인형들은?"

가네가와처럼 뭔가 있다는 것을 느끼고 있던 조지마는 자신들이 불러들인 인형들의 행방을 물었다.

"오는 데 시간이 걸리겠지만 최소한 자정이면 모두가 모일 것이다."

마츠다가 차분한 어조로 대답을 했다.

“후후후.”

한반도에 심어둔 암천문의 비밀 중 하나가 인형들이었다. 패전 직후 한반도를 떠날 때 전대의 율사들이 남긴 안배로 자신들의 손발이 될 자들이었다.

평상시에는 보통 사람처럼 생활하지만 금제를 풀면 인간의 능력을 벗어나는 존재가 되어버리는 인형들은 큰 도움이 될 것이기에 조지마는 조용히 미소를 지었다.

“인형들보다는 흑룡회에 관심을 둬야 할 것이다. 그자들의 움직임이 심상치 않아 보였으니까.”

“흑룡회?”

마츠다의 설명에 아키야마가 의문을 표시했다. 흑룡회의 움직임이 이상하다는 것은 그로서도 금시초문이었기 때문이다.

“얼마 전부터 지휘부의 모습이 보이지 않는다는 연락이 있었다. 회주는 모르겠지만 장로 급들은 가끔 모습을 드러냈는데 요사이 전혀 보이지 않는다는 정보가 들어왔다. 문주께서도 그 일에 관심이 지대하신 만큼, 사라진 놈들이 노리는 것이 무엇인지 반드시 밝혀내야 할 것이다.”

“그까짓 피라미들이야 단숨에 쓸어버릴 수 있는데 문주께서는 너무 신경을 쓰시는군.”

아키야마는 문주가 흑룡회의 움직임에 너무 민감하게 반응한다고 생각했다. 언제든지 쓸어버릴 수 있는 자들에게 신경을 쓸 바에는 요즈음 움직임이 심상치 하는 죽련방에 쓰는 것이 더 나을 것이라는 것이 그의 생각이었다.

"문주께서 방심을 삼가라 하셨다. 반도를 떠난 후 중요한 축을 담당하고 있던 자들이니만큼 그들의 행방에 대해 철저히 알아보라고 하셨다. 어쩌면 하늘의 파편이 나타났을 수도 있다고 하셨으니……."

스윽!

"하늘의 파편이라는 말인가?"

공간을 이동하듯 마츠다 앞에 얼굴을 들이민 조지마는 차가운 얼굴로 물었다.

가네가와의 이상 때문에 한국으로 온 것으로 알고 있었는데 하늘의 파편이라는 말이 나오는 것을 보면 마츠다가 문주로부터 특별한 명령을 받았음이 분명했던 것이다.

"현재로서는 추측이지만 내각조사실의 정보와 우리가 수집한 정보로 볼 때 분명한 것 같다. 지난번 한국에서 생겨난 파장도 그렇고, 이번 청도에서의 일도 그렇고, 문주께서는 하늘의 파편으로 인해 벌어진 것이 아닌 가 추측하고 계시다."

"죽련방도 움직이고 있는 모양이로군."

"확실히 움직이고 있는 것으로 보이더군. 죽련방은 누군가를 찾고 있었다. 그것이 하늘의 파편 때문인지는 모르겠지만 전력을 기울이고 있는 것을 보면 예사로운 일은 아닌 것 같다."

"……."

조지마의 인상이 점점 더 굳어졌다. 죽련방까지 움직이는 것으로 볼 때 이번에 시작된 작전이 그리 쉽지만은 않을 것 같다는 예감 때문이었다.

"그럼 제일 먼저 가네가와의 일부터 해결하고, 그다음은 흑룡회에 대해서 알아봐야겠군. 놈들이 하늘의 파편에 대해서 어디까지 파고들었는지 말이야."

조용히 듣고 있던 아키야마가 나섰다 일의 우선순위를 어떻게 정할 것인지 궁금했던 모양이었다.

"네 말대로 일단은 가네가와의 일이 먼저다. 하지만 가네가와가 한국 내에 구축한 세력도 만만치가 않다. 심어두었던 인형들을 동원한다고 해도 그리 쉽게 잡을 수는 없을 것이다."

"어차피 인형들은 소모품으로 쓰여질 자들이니 상관없다. 인형들은 놈을 끌어낼 미끼로 쓰일 자들이니까. 거기다 이번에는 우리의 분신들도 나서는 일이다. 가네가와는 우리의 손을 절대 피하지 못할 것이다."

아키야마가 살기 어린 눈빛을 보였다. 가네가와를 잡기 위해서라면 그에게 사람이 죽어나가는 것은 아무것도 아니었기 때문이다.

"좀 쉬도록. 조만간 정보가 들어올 테니까."

살기 어린 아키야마를 보면서 마츠다는 쉬기를 권했다. 고속으로 달리며 텔레파시를 보내는 것이 그리 쉽지만은 않았기 때문이다.

인형들이 가지고 있는 각각의 특성과 신상을 모르는 채 암천문의 방식에 따라 무작위로 텔레파시를 보냈던 탓에 그들도 지쳐 있었던 것이다.

"자정이면 충분하겠군. 놈에 대한 소재는 그다음에 찾아도 충분할 테니까. 그럼, 그동안은 쉬도록 할까."

"어차피 잠자기는 틀린 것 같으니 명상이나 하며 몸을 다스려야겠군."

세 사람은 각자 자리를 잡고 명상에 들기 시작했다.

인형들이 도착하면 곧바로 시작할 생각이었기에 그동안 흐트러진 정신을 회복할 생각이었던 것이다.

암흑율사들이 명상에 든 그 시각, 김해국제공항에 내릴 때부터 세 사람을 추적해 온 미네르바는 심각하게 고민하기 시작했다. 젠가이드를 흡수한 한철이 아직 함장실을 나오지 않은 상태에서 암흑율사들에 대한 처리에 대해 결정을 내려야 했기 때문이다.

"가네가와에게 연락이 올 때부터 준비는 하고 있었지만 의외로군. 텔레파시를 사용해 잠재의식 속에 있는 봉인들을 깨워 순식간에 각성을 시킬 정도라면 보통인 자들은 아닌데… 생각 외로 각성된 자들도 많고, 어떻게 한다?"

암흑율사들이 공항에 내리는 순간부터 감시에 들어갔던 미네르바였다. 서울로 향하면서 그들의 안배에 의해 각성된 능력자들이 백여 명을 넘어가면서 촉각을 곤두세우며 모든 감시망을 동원하고 있었다.

암흑율사들이 올 줄은 알고 있었지만 그런 안배를 한국에 숨겨놓았을 줄은 짐작 못했다. 어떻게 처리할지 몰라 망설이던 미네르바는 이내 결심을 굳혔다.

"어찌 되었던 가네가와가 처리할 일이다. 흑룡회에서도 그 자들을 노릴 테니 한번 제대로 엮어줘야겠군. 문제는 각성에서 깨어난 자들인데……."

각성한 자들에 대한 처리를 고민하던 미네르바는 한철과 밀접한 연관을 맺고 있는 한 단체의 사람들을 떠올릴 수 있었다. 바로 주천문의 사람들이었다.

"그들은 주천문도들에게 맡기면 되겠구나. 오랫동안 안배되어 온 자들이지만 각성한 지 얼마 되지 않으니 충분히 상대할 수 있을 것이다."

상황 정리가 끝난 미네르바는 자신의 의념을 가네가와를 비롯해 주천문도들에게 전했다.

이미 한철과 한 몸이나 마찬가지였기에 미네르바의 의념은 사람들에게 한철의 의지로 전해졌다.

미네르바는 자신이 얻은 모든 정보를 전할 수 있었다. 암흑율사들의 위치는 물론 각성한 자들의 위치를 실시간으로 전한 것이다.

각성한 자들이 움직이고 있었지만 모두가 서울을 향해 몰려들고 있는 만큼 그들의 위치를 파악하는 것은 그다지 어렵지 않았기에 상세히 알려줄 수 있었다.

가네가와를 비롯해 주천문도들은 각자 자신의 일에 몰두하던 중에 한철의 의념으로 변한 미네르바의 연락이 들어오자 하던 일을 멈추고 자세히 듣기 시작했다.

미네르바는 세부적인 계획을 짜고 각자의 역할을 정해주었다. 혹시나 하는 생각에 주천문도들은 조를 이루어 각성한 능력자들을 상대하도록 했고, 가네가와에게는 암흑율사들에 대해 감시만 하도록 일러두었다.

일단 조치를 취한 미네르바는 흑룡회의 인물들을 감시하고 있는 나노 로봇들이 흘리는 파장을 찾기 시작했다. 활동을 중단했지만 나노 로봇을 통해 지속적으로 감시하고 있었기에 찾는 것은 순식간이었다.

흑룡회의 인물들은 의외의 장소에 있었다. 암흑율사들이 한국으로 들어오는 것을 알기는 했지만 정확히 어디로 오는 것인지 알지 못했는지 몇몇은 인천공항에서 대기하고 있었고, 흑룡회주를 비롯한 몇은 관악산 근처 수도방위사령부에 모여 있었다.

"사대천왕이라 불리는 자 중에 나머지 두 명도 합류했나 보군."

수도방위사령부를 맡고 있는 자는 흑룡회에서 전왕(戰王)이라 불리는 서현준(徐晛俊)이란 자였다.

육군중장으로 수도권방위를 책임지고 있는 그는 군사전력에 탁월한 식견을 가지고 있을 뿐만 아니라, 개인적으로 가지고 있는 능력 또한 여타 능력자를 상회하는 것이었다.

그리고 그와 함께 흑룡회와 합류한 자는 묵왕(墨王) 전규석(全

圭爽)이었다. 흑룡회가 가지고 있는 실질적인 무력을 담당하는 자로 그동안 외국에 나가 있다가 얼마 전 합류한 자였다.

전규석은 주로 흑룡회의 해외업무를 총괄하며 삼합회, 야마구치, 마피아 등과의 연계를 총괄하고 있었는데 흑룡회의 변고 소식을 듣고 부랴부랴 합류한 것이었다.

"암흑율사라는 자들을 노리는 것 같은데 그들의 육체를 얻으면 모든 힘을 발휘할 수 있다고 생각하나 보군. 하지만 뜻대로 되지는 않을 텐데……."

무엇을 원하는지는 알지만 그리 쉽게 될 일이 아니었다. 회주를 비롯해 흑룡회의 장로들이 차원을 건너뛰어 자신들이 얻고자 하는 힘을 얻기는 했지만 그것은 이번에 한국으로 들어온 암흑율사들도 마찬가지였다.

거의 대등한 힘을 가지고 있는, 아니, 어쩌면 더 뛰어난 능력을 가지고 있는 암흑율사들을 흑룡회에서 상대나 할 수 있을지 의문이 아닐 수 없었다.

"어찌 됐거나 이대로 부딪친다면 잘해야 양패구상이나 하면 다행이니 이대로 놔두는 것이 좋을 것 같고, 그럼 서로 부딪칠 기회를 만들어주면 되는 건가?"

미네르바는 흑룡회에 암흑율사들에 대한 정보를 흘리기로 했다. 비록 세 명이지만 전력을 기울여야 상대할 수 있는 상대였다. 정확한 정보는 피하고 위치만 알려준다면 서로 간에 피해를 입을 것이기에 약간의 정보만 제공하기로 한 것이다.

온다는 것은 알고 있지만 정확한 시기나 입국 경로를 파악하지 못하고 있는 흑룡회라면 기회를 놓치지 않을 터였다.

지하벙커에 마련된 회의장에는 지금 서현준과 전규석을 비롯한 흑룡회의 일원들이 심각하게 앞으로의 일을 의논 중이었다. 제일 시급한 문제가 한국으로 들어올 암흑율사들이었지만 아직은 행방을 몰라 애태우는 가운데 의견이 분분했다.

"아직 그자들의 행방을 파악하지 못하다니 어찌 된 일인가?"

옛날 같으면 있을 수 없는 일이었기에 흑룡회주는 불같이 화를 냈다. 그의 노기로 인한 것인지 회의장 안으로 강렬한 기운이 맴돌았다.

"정보망의 대부분이 무너진 상태입니다. 긴급히 복구하고 있기는 하지만 언제 복구될지는……."

박천승은 어찌할 바를 모르는 모습으로 흑룡회주에게 상황을 보고했다. 미네르바로 인해 무너진 정보망을 가지고서는 제대로 된 정보를 얻을 수 없었기 때문이다.

"어떤 자들이기에 이리 손도 못쓰고 당한다는 말인가? 놈들의 정체를 알아야 박살을 내든지 할 것이 아닌가?"

흑룡회주는 분기가 차오르는 듯 소리를 질렀다.

"조금 더 기다려 보십시오. 군 정보망을 가동 중이니 머지않아 소식이 올 겁니다."

전왕이 나서서 흑룡회주를 진정시켰다. 나름대로 정보망을 가동하고 있는 터였기에 조만간 적에 대해 확실히 알 수 있을 것이었다.

정보가 들어온 후 대책을 마련하기 위해서는 주위를 환기시킬 필요가 있었던 것이다.

"뭔가 있는 것인가?"

"예, 회주님."

"그래, 말해보라."

"회주님을 비롯한 장로님들에게 육체에 암수를 가한 자들은 아무래도 이번에 동양창업투자를 인수한 자들과 깊은 관련이 있을 것이 분명합니다."

전왕은 예상외의 의견을 내놨다. 다들 한얼에 대하여 의심은 하고 있었지만 확증이 없었는데 전왕은 단정하듯 말하고 있었기 때문이다.

"그들과 말인가? 이장로가 조사한 바로는 그들은 일반인에 불과하던데 그런 자들이 우리의 육신을 소멸시킬 수 있다는 것인가?"

전왕의 보고가 의문이 아닐 수 없었다. 비록 육체만 남아 있었다고 하지만 인간의 힘으로 그토록 깨끗이 소멸시키기는 불가능한 일이었기 때문이다.

"제가 그들에 대해 의문을 가지고 있는 것은 다른 것이 아닙니다. 그들에 대한 자료를 검토한 결과 너무 깨끗하다는 것입니다. 그리고 주주총회장에 갔던 암흑전대원들이 귀환하지 않은 것을 보면 놈들이 가지고 있는 힘은 우리와 거의 대등하거나, 어쩌면 이상일 것이라는 것이 제 추측입니다."

"으음……!"

흑룡회주가 침음성을 터뜨렸다. 어느 정도 생각은 하고 있었지만 전왕의 입을 통해 들으니 자신이 생각하고 있는 것이 사실임을 짐작할 수 있었던 것이다.

"그렇지만 너무 심려하지 마십시오. 묵왕이 돌아온 이상 놈들에 대한 반격이 시작될 것이니 말입니다."

옆에 있던 박천승이 부언을 했다.

"반격을 할 수 있다는 말인가?"

"그렇습니다. 놈들이 서울의 중심이라고 할 수 있는 강남을 석권했다고는 하지만 전국에 산재한 조직들 대부분이 아직은 우리의 지시를 받고 있습니다. 그들이라면 충분히 놈들을 압박할 수 있을 겁니다. 투왕의 위세에 겁을 먹기는 했겠지만 묵왕이 나서면 모든 것이 해결될 겁니다."

"좋아, 그것은 그렇게 하기로 하고 다른 방법은 없나?"

회주는 박천승을 바라보며 물었다. 조직을 동원한 물리적인 방법도 있지만 다른 루트로 한얼을 처리할 방법이 없는지 물은 것이다.

"한얼에 대해서는 실패했지만 협력업체는 물론, 금융기관들의 압박이 시작될 것입니다. 물론 정치인들도 이제까지와는 달리 한얼에 대해 전방위적인 압박을 할 테니 놈들이 정체를 드러내지 않을 수 없을 겁니다. 정체가 드러난다면 최대한의 전력을 투입해 말살시키면 이번 사태는 어느 정도 진정될 것 같습니다, 회주님."

"문제가 없겠나?"

박천승의 대답에 흑룡회주가 전왕을 바라보았다. 예전부터 써오던 작전이기는 하지만 이번에 나타난 적은 정말이지 만만치 않을 것 같았다.

아무리 정신 조작을 통해 인원을 동원한다고 해도 여론이 너무 한얼 측에 유리하게 작용하고 있었던 것이다.

"여차하면 제가 조성한 특수부대원들도 투입할 예정이니 너무 걱정하지 않으셔도 될 것 같습니다. 놈들을 제거하고 난 뒤 공권력을 동원해 처리한다면 놈들이 가지고 있는 각종 권리도 우리 것이 될 테니 너무 심려하지 마십시오."

"아직 그들까지는……."

전왕의 발언에 박천승이 우려가 되는지 말끝을 흐렸다. 특수부대원들은 최후에나 쓰일 카드였던 것이다.

"나도 그렇게 생각한다. 네가 키우고 있는 자들을 이번 일에 투입했다가 알려진다면 자칫 더욱 강력한 도발이 있을 수도 있으니까."

전왕이 지금 말한 것은 상당히 강경한 발언이었기에 흑룡회주 또한 우려를 표시했다.

조직들을 동원한다는 것은 이해가 가지만 전투 병력을 투입했다가는 자칫 흑룡회를 조르는 올가미가 될 수도 있을 것이기 때문이다.

특수부대원들의 움직임이 각국에 알려진다면 그들이 가진 강력한 파괴력으로 볼 때 그만큼 위험부담이 컸던 것이다.

"적들이 안개 속에 가려져 있는 이상 강력한 공격이 최선의 선택일 수도 있습니다."

회주의 우려에도 전왕은 자신의 뜻을 굽히지 않았다.

"네 생각은 알겠다만 병력을 투입하는 생각은 조금 뒤로 미루는 것이 나을 것이다. 김한석 그자가 그런 기회를 놓치지 않을 테니까. 자칫 우리가 내세운 대통령을 자극할 수도 있고."

흑룡회주는 오랜 숙적인 김한석을 상기시켰다. 병력을 투입한다면 김한석이 나설 것이고 그렇게 된다면 보통 심각한 문제가 아닐 수 없었다. 아직은 한국 내의 기반이 필요했기에 전왕을 말린 것이다.

또한 자신들이 전면에 내세운 대통령도 문제였다. 어느 때인가부터 자신과 대립각을 세우기 시작한 대통령이 거부반응을 일으킨다면 돌아올 여파는 감당할 수 없을 정도로 클지 몰랐다.

"후후후, 염려하지 마십시오. CIA와 합작한 일의 성과가 조금 있었습니다. 얼마 있지 않아서 완성이 될 것 같으니 그들을 투입하면 됩니다. 전투 병력 말고 그들을 투입한다면 김한석도 쉽사리 움직이지 못할 겁니다. 어찌 되었든 그들은 국정원에 소속된 자들이니까 말입니다. 오히려 김한석 그자가 곤란을 겪을 수도 있을 겁니다."

"그들이 완성이 되간다는 말인가?"

흑룡회주가 반색을 하며 물었다.

"그렇습니다. 이미 MP들에 대한 세뇌작업은 끝이 났습니다. 그리고 지금은 바이오 테크놀러지를 가미한 첨단 무기들이 신체에 장착되고 있습니다. MP들이 보유한 싸이킥에너지 전환 장치 또한 완성을 본 상태이니 이번 기회에 그들을 투입해서 전투력이 얼마인지 측정해 볼까 합니다.”

MP를 동원하다면 상당한 전력이 될 터였다. 그런 그들을 시험하기 위해 한얼을 상대한다는 것은 조금 무리가 있었다. 가지고 있는 전력 중 암흑전대를 능가하는 유일한 전력이었기에 말이다.

전투력을 측정한다는 이면에 뭔가 다른 뜻이 있음을 짐작한 흑룡회주가 전왕을 향해 물었다.

“시험을 위해서라는 말인가?”

“그렇습니다. 조금 다른 의미이기는 하지만 그곳으로 가려면 아무래도 시험을 거쳐야 할 것입니다. 그렇지 않다면 오히려 우리가 당할지도 모르니 말입니다. 그리고 MP들을 동원하는 것에는 다른 이유도 있습니다. 한얼이라는 곳의 숨겨진 힘 이외에도 상대할 자들이 있기 때문입니다.”

“그자들 말고 다른 자들도 있다는 말인가?”

새로운 적이 나타났다는 소리였기에 박천승이 다급히 물었다.

“그렇습니다. 회주님을 비롯해 장로님들께서는 육체가 필요하기에 암흑율사들을 제거하시고 싶어하시지만 제가 보기에 그 일도 만만치는 않을 것입니다.”

“우리가 직접 암흑율사들을 처리하는 일에 문제가 있다는 말인가?”

　차원을 건너 새로운 힘을 얻었기에 자신이 있던 장로들과 회주는 박천승의 물음에 공감하는 표정을 지었다. MP들까지 동원해 암흑율사들을 제거할 필요성을 느끼지 못하고 있었기 때문이다.

　“그렇습니다. 제가 보기에 암천문의 암흑율사들은 혼자만 오지는 않을 것입니다. 그동안 암천문에 대해 무수한 공작을 벌이며 지켜본 바로는 그들은 틀림없이 한 번도 나타난 적이 없는 새로운 세력을 이끌고 올 것이 분명합니다. 그리고 그들 개개인 또한 회주님 이하 장로님들의 힘과 그리 차이가 없을 것이라는 것이 제 생각입니다.”

　“그리 생각하는 이유가 뭔가?”

　“일본에서 들어온 소식에 의하면 그곳에서도 묘한 일이 벌어졌다고 합니다.”

　“묘한 일?”

　“예, 주주총회가 끝날 무렵 후지산을 비롯해 일본 전역에 걸쳐 화산 활동이 감지되었고 강력한 에너지 파장이 흘러나왔다고 합니다.”

　“화산 활동에다가 강력한 에너지 파장이라는 말인가?”

　흑룡회주는 전왕의 말에서 일본에도 자신이 겪었던 일과 같은 현상이 일어났다는 것을 짐작할 수 있었다.

　“그렇습니다. 아쉽게도 어쩌면 암흑율사들도 자신들이 원하는 차원에서 힘을 얻었을 수 있습니다. 만약 제 생각이 맞는다면 그들을 상대하는 것이 그리 쉽지만은 않을 겁니다."

"큰일이로군."

전왕의 예상대로일 것이 분명했다. 천조의 힘을 얻은 것이 확실하다면 제압해 육체를 빼앗는 것에 문제가 생길 소지가 다분했다.

"그렇습니다. 이번에 우리는 총체적인 어려움을 겪고 있습니다. 한얼 때문에 발생한 자금 문제도 그렇고, 김한석을 비롯한 국정원의 감시도 심해졌으니 말입니다. 해서 특수부대원들이 아니면 MP들의 동원을 생각한 것입니다. 암흑율사들을 상대하는 것이기는 하지만 MP들이 가진 무력이 한얼을 비롯해 암천문의 인물들을 강력히 견제할 것이니까요."

"견제의 의미가 강하다는 것인데… 그러다가 기회가 생기면 놈들에 대한 말살 작업에 들어가겠군."

"그렇습니다. 일단 이장로께서 준비하신 것들만 해도 놈들에 대한 경고가 될 것이고, 완성된 MP들이 암흑율사들이 준비한 것들을 상대한 후라면 견제가 충분히 가능할 것이니까요."

"그럼 우리도 준비를 해두어야 하겠군."

"그러시는 편이 좋을 겁니다. 아무리 MP들을 동원한다고 해도 암흑율사들의 육체를 얻는다는 것이 그리 쉽지는 않을 테니까요. 문제는 얼마나 빨리 그들의 움직임을 파악하느냐인데 한국에 들어온 것이 확실한 것 같으니 놈들의 행방에 대해 조만간 알 수 있을 겁니다."

"놈들이 벌써 한국으로 들어왔다는 말인가?"

전왕의 말에 박천승이 물었다.

"그렇습니다. 틀림없이 놈들은 지금 한국에 들어와 있는 상황입니다."

"그렇게 예상하는 근거가 있겠지?"

"전국에서 심상치 않은 움직임이 있다는 보고입니다. 그동안 암천문과 접촉했던 인물들에 대한 감시 작업을 하고 있었는데 일제시대 그들과 돈독한 관계를 유지했던 자들의 후손들이 방향은 많이 다르지만 하나둘 서울로 움직임을 보이고 있다고 합니다."

"그럼?"

"그렇습니다. 제 판단으로는 암흑율사들이 심어놓은 힘들이 움직이고 있다고밖에는 생각이 되지 않습니다."

"그렇다면 인천에 나가 있는 장로들을 불러들여야겠군."

"최소한 세 명은 왔을 테니 그렇게 하는 것이 좋겠습니다. 자칫 놈들과 장로들이 마주친다면 힘 한 번 제대로 써보지 못한 채 당할 우려가 많으니 말입니다."

흑룡회주는 전왕의 말대로 하는 것이 좋을 것 같아 곧장 의념을 보냈다. 인천공항에 나가있는 장로들에게 보낸 것이다.

인천공항에 나가 있는 장로들은 회주의 의념을 받자마자 곧장 수도방위사령부를 향해 날아왔다.

장로들이 도착하고 얼마 있지 않아 수도방위사령부의 통신실에는 기묘한 정보가 송신되고 있었다. 미네르바를 통해 송신된 정보로 암흑율사들의 행방에 대한 정보가 담긴 통신이었다.

마츠다를 비롯한 암흑율사들이 송파에 있는 호텔에 머물고 있다는 정보가 날아들자 흑룡회의 분위기는 한층 들떴다.

자신들이 가진 힘을 온전하게 발휘할 수 있는 육체를 얻는다는 것은 지난 시간 동안 잃어버린 것들을 다시 되찾을 수 있을 뿐만 아니라, 그들이 최종적으로 얻고자 하는 하늘의 파편을 얻을 수 있는 길에 한걸음 더 다가선 것을 의미했기 때문이었다.

*　　　*　　　*

톨게이트를 향해 다가오는 버스를 바라보는 주천문도의 눈이 빛났다. 운전석에 앉아 운전을 하고 있는 자가 잿빛 눈동자를 가지고 있었기 때문이다.

한철을 대신해 미네르바가 보내온 연락과 모든 것이 일치하는 자였다.

'저자가 암천문이 심어놓은 자들 중 하나인가 보군. 신호를 보내야겠다.'

확인이 끝나는 순간 톨게이트 지붕에 있던 주천문도는 서울로 뻗어 있는 도로를 향해 수인을 맺었다.

수인을 맺는 것과 동시에 투명한 기운이 그의 손을 떠났다. 암흑율사에 의해 각성된 자들을 처리하기 위한 계획을 시작하라는 신호였다.

작전을 지휘하기 위해 신호를 기다리던 천유동은 막상 기다리던 신호를 보자 몸이 경직됐다. 능력자들과의 전쟁이 시작되는 순간이었기 때문이다.

'이제부터 진정한 전쟁이 시작되는 것인가?'

싸움을 지휘하는 자신이 이 정도면 이번에 나선 사람들도 그럴 것이기에 사념을 보내며 근육의 긴장을 풀었다.

"모두들 준비하십시오. 한두 놈이 아닌 것 같으니 각오를 단단히 해야 할 겁니다. 놈들로 인해 민간인에게 피해가 가는 것을 최대한 막아야 하니까요. 그럼, 지금부터 놈들을 일망타진할 천밀대진을 펼칩니다."

천유동의 말이 끝남과 동시에 고속도로를 중심으로 작은 아지랑이들이 피어올랐다. 목표는 지금 멀리서 다가오는 버스였다. 천밀대진은 공간을 가르는 환상진이다.

한철과 미네르바로 인해 향상된 주천문도들의 능력으로 인해 환상만이 아니라 새로운 공간을 만들어낼 수 있는 진으로 변모한 지 오래전이었다.

능력자들의 싸움은 상상을 불허하는 것이었다. 특히 암천문의 능력자들은 파괴적인 성향이 강했다. 자칫 잘못하면 심각한 피해를 입을 수 있기에 천밀대진을 통해 만들어진 이공간에서 암천문의 인형들을 제압하려는 것이다.

천밀대진이 발동되고 얼마 후 암천문의 암흑율사들에 의해 각성한 인형들을 태운 버스가 천밀대진의 입구로 천천히 다가왔다.

"지금입니다."

버스가 들어서는 동시에 진의 입구가 닫혔다. 버스를 몰던 인형은 자신이 공간을 가르는 진 안에 들어선 것을 모르는 듯 액셀러레이터에서 발을 떼지 않았다.

주변에 스쳐 지나가는 풍경이 점차 바뀌어갔다. 고속도로를 함께 달리던 차량들은 어느새 사라지고 없었고, 오직 버스 혼자만이 도로를 내달릴 뿐이었다.

"응?"

이내 주변의 풍경이 이상하다는 것을 느낀 인형은 버스를 도로변으로 몰았다. 차가 서자 뒤편에 앉아 있는 자들 중 하나가 운전석으로 다가왔다.

"무슨 일인가?"

"뭔가 이상하다."

운전석에 앉아 있던 자가 손가락을 들어 도로를 가리켰다. 손가락을 따라 주변을 살펴보니 정말이지 이상했다. 항상 붐비던 도로에 차가 한 대도 보이지 않았다. 그리고 멀리 보이는 산야가 빛에 굴절된 것처럼 일그러져 이상하게 보였다.

"으음, 결계로군."

"결계?"

"누군가 우리를 기다린 모양이다. 도로 전체에 결계를 치다니… 무시하지 못할 능력을 가진 놈들 같으니 지금부터 전투 준비를 해야겠다."

말이 떨어지기가 무섭게 버스에 타고 있던 자들의 기세가 일변했다. 결계를 치고 기다리는 적들이라면 예사로이 볼 것이 아니었기에 인형들이 일제히 자신의 능력을 개방한 것이다.

치이익!

유압에 의해 작동하는 문이 천천히 열리고 인형들이 하나둘 버스에서 내렸다. 둥글게 원형을 이루며 도로에 자리 잡은 인형들은 사방을 경계하며 주변을 살폈다.

"어떤 놈들인지는 모르겠지만 주인님을 만나기 전에 몸을 풀게 생겼군."

도로 전체에 결계를 친 것이 마음에 걸리기는 하지만 적에 대한 걱정은 없었다. 이미 인간의 한계를 훨씬 벗어난 자신들이었기에 그저 주인을 만나기 전에 전초전 삼아 적들을 죽이면 된다고 생각했다.

"저놈들인가?"

얼마 안 있어 주변을 포위하고 있는 적들이 나타났다. 원래부터 있었던 것처럼 갑작스럽게 나타났는데도 불구하고 인형들은 그리 놀라지 않았다.

Chapter 4
암천문의 인형들

“결계를 친 놈들인가 보군.”

“아직도 이런 놈들이 남아 있었다니… 후후, 재미있지만 빨리 끝내야 한다.”

인형들이 보기에 주천문도들은 한 번도 본 적이 없는 기운을 가진 이들이었다.

오랜 시간 동안 대부분의 능력자들이 암천문의 인물들에게 제거되어 온 대한민국에 새로운 능력자들이 나타났다는 것은 그들로서도 놀라운 일이었다.

암흑율사들에 의해 대한민국에 심어진 인형들의 주요 임무가 능력자들의 제거에 있었기 때문이다.

서로 대화를 끝낸 인형들 중 하나가 전면에 나섰다. 자신들을 가두고 있는 천밀대진을 깨뜨리기 위해서였다. 고대 비문을 계승한 자들 중 진법을 이용하는 자들이 있지만 자신의 능력이라면 충분히 깨뜨릴 수 있다고 생각한 것이다.

전면으로 나선 자는 왼손을 죽 펴더니 장심을 전방을 향해 내밀었다. 그러자 그의 손을 중심으로 공기가 응축되기 시작했다.

휘이잉!

바람이 휘몰아치며 주변에 있는 자들의 옷자락이 펄럭이기 시작했다. 급속도로 가속되면서 공기가 압축된 탓에 숨쉬기 불편할 정도로 주변의 대기가 희박해져 갔다.

"기환포!!!"

콰콰쾅!!

기합과 같은 외침이 터져 나온 후 응축된 공기가 일순간 터지며 전면을 향해 뻗어갔다. 인형의 손길을 따라 뻗어나간 것은 응축 된 공기뿐만이 아니었다. 그의 몸에서 뿜어져 나온 강력한 에너지 파동이 뒤를 따랐다.

쫘자자작!

고속도로를 덮고 있는 아스팔트가 일시에 깨져 나가며 파편을 튀겼다. 회오리치며 뻗어나가는 에너지 파동에 견디지 못하고 터져 나간 것이다.

쾅!!!

응축된 공기와 파동이 뻗어나간 공간의 이면에서 폭발음이 터져 나왔다. 수십 개의 다이너마이트가 일시에 터진 것 같은 강력한 폭발에 주변의 대기가 급격히 흔들렸다.

투투툭!

폭발이 있는 직후 빨려 들어가 떠올랐던 아스팔트들이 도로에 떨어지며 비명을 질러댔다.

"으음……!"

기환포라 이름 붙여진 파동포를 쏘아냈던 인형이 신음을 흘렸다. 자신했던 그의 예상과는 달리 결계를 이루던 천밀대진은 아무런 타격을 받지 않았던 것이다.

"후후후, 발악을 하는 건가?"

천유동은 쓸데없는 행동을 했던 인형을 비웃으며 전면에 나섰다. 강력한 기세를 흘리는 그의 모습에 인형들이 일순 긴장을 했다.

인형들은 자신들의 전면에 나타난 천유동을 살피며 공격 자세를 취했다.

"네놈은 누구냐?"

버스를 몰던 인형이 물었다.

"나? 후후후, 주천문을 이끌고 있는 사람이다."

"주천문?"

한 번도 들어보지 못한 이름이었다. 그동안 한국에서 암약을 하지만 능력을 각성하지 못한 탓에 정보수집에만 주안점을 두었던 인형들은 주천문이라는 소리에 의문을 표시했다.

고대 비문의 계보에도 박식한 그들이었지만 주천문이라는 이름은 한 번도 들어본 적이 없던 이름이기 때문이다.

"고대 비문들을 상대하기는 했지만 우리에 대해 잘 모르나 보군. 후후후, 암천문에서도 잘 모르는 우리들을 한낱 꼭두각시에 지나지 않는 네놈들이 알 턱이 없지."

"......."

암천문이라는 이름이 나오자 인형들의 긴장감은 높아졌다.

자신들뿐만 아니라 암천문에 대해서 알고 있음에도 이렇게 나타났다는 것은 자신이 있다는 뜻이었다. 흑룡회만이 자신들의 상대가 될 수 있을 것이라 생각했는데 뜻밖의 복병이 나타난 것이다.

"오랫동안 한국에 숨어 암약한 놈들이라고 들었다. 흑룡회 놈들을 상대하려고 왔나 본데. 우리는 네놈들이 이 땅에서 날뛰는 꼴은 못 봐서 말이야."

천유동은 분노를 감춘 채 인형들을 노려보았다. 일제시대 이후 육십 년이 넘게 한국에서 암약하며 암천문을 도와 민족정기를 훼손한 자들이기에 보기 좋을 리 없었던 것이다.

"......."

"그렇게 입을 다물고 있으면 어떻게 하나? 암흑율사란 놈들의 조정을 받는 인형들이라서 그런가? 어차피 한바탕 붙어야 할 것 같은데 이제 시작하지!"

천유동은 자신있는 표정으로 자신을 살피기에 바쁜 인형들을 도발했다.

천유동의 도발에 인형들의 표정이 싸늘하게 변했다. 비록 암흑율사에게 묶인 몸이었지만 선대로부터 전해진 능력을 십분 일깨운 그들이었다. 암흑율사들을 제외하고 자신들의 적수가 없다고 생각하던 자신들에게 도발해 오는 천유동은 손을 봐주어야 할 존재였다.

"네놈이 어떤 존재인지는 상관 않겠다. 주천문이란 것이 무엇인지는 모르지만… 후후후, 오늘! 네놈과 네놈의 동료들에게 지옥문을 확실히 열어주마."

천유동의 도발 탓인지 인형들의 기세가 일변했다. 강력하기 그지없는 기파가 인형들의 몸에서 흘렀다.

'밀교 쪽인가?'

천유동은 인형들의 전신에 어리는 기운을 보고 그들이 가진 능력이 밀교의 한 갈래에서 비롯되었음을 확인할 수 있었다.

저 멀리 히말라야의 비처에서 비롯된 밀교의 맥을 이었다면 그리 쉽게 생각할 존재들이 아님을 상기한 천유동은 주천문도들을 향해 다급히 수신호를 보냈다.

주천문도들이 천유동의 신호에 따라 빠르게 움직이며 순간적으로 인형들을 에워쌌다.

인형들은 자신들이 포위되는 것을 아랑곳하지 않고 기이한 진형을 만들기 시작했다.

여섯 개의 꼭짓점을 가진 최초의 육망성이 만들어진 것은 순식간이었고, 뒤를 이어 같은 형태의 육망성 다섯 개가 원진을 이루며 만들어졌다. 염왕의 진신을 모셔오는 육겹회혼대법이 펼쳐진 것이다.

"놈들이 뿜어내는 기운이 심상치 않다. 모두들 자신의 힘을 최대한 이끌어내라!"

육망성을 이루는 인형들의 근육이 팽창하는 것을 보며 천유동이 다급히 외쳤다.

강림술을 통해 자신의 능력을 최고조로 끌어올리는 인형들을 보며 주천문도들은 부적 한 장을 꺼내 자신의 심장 부근에 부쳤다.

초연환기(超然換氣)라 불리는 주천문의 술법 중 하나로 자신의 능력을 주술을 이용해 향상시키는 방법이었다.

차차차착!

강림술을 끝낸 인형들이 하나하나 진형을 빠져나와 자신들을 포위하고 있는 주천문도들을 향해 섰다.

초연환기를 통해 자신의 능력을 향상시킨 주천문도들은 자신들과 비교해 결코 실력이 뒤떨어지는 것이 아니었기에 인형들은 쉽사리 공격을 하지 못하고 있었다.

거의 2미터에 육박하는 덩치로 변한 인형들이 빈약해 보이는 주천문도들을 보고 우물쭈물거리는 모습은 아이러니했다.

막상 공격을 하려고 했는데 기이한 힘에 자신들의 몸이 제약을 받고 있었기 때문이다. 그만큼 주천문도들의 힘은 전과는 확실히 달랐다.

법술을 이용해 지박령을 처리하거나 원혼을 천도시키던 때와는 완전히 달라진 것이 지금의 주천문도들이었다. 다섯 아이가 새로운 경지로 들어선 것처럼 주천문도들도 이제 제대로 된 법술을 시전할 수 있는 능력을 얻게 된 것이다.

주주총회장에서 차원의 균형이 다른 방향으로 제자리를 찾은 후 차원의 주관자들이 자신의 힘을 온전히 찾은 것과 같이 주천문도들도 진정한 힘을 얻었던 것이다.

자세히 보면 인형들의 몸에는 가느다란 실 같은 것들이 빼곡이 덮여 있었다. 가느다란 실에 묶여 있음에도 인형들은 꼼짝을 하지 못했다. 초연환기를 시전하면서 이미 인형들을 향해 술법을 펼쳤던 것이다.

"이이이!!"

인형들의 입에서 분노성이 터져 나왔다. 평소라면 굵은 와이어가 묶고 있어도 단숨에 끊어낼 자신들이었지만 가느다란 실처럼 연약한 실에 묶여 있는 지금은 그리할 수가 없었다.

힘을 쓰면 쓸수록 자신들의 힘이 묶고 있는 실들을 통해 빠져나가고 있었던 것이다.

영력을 실처럼 꼬아 인형들을 구속시키고 있는 초연환기의 술법은 자신의 기운을 향상시키는 것이기도 하지만 진정한 힘은 상대의 기운을 전환시키는 법술이다.

원혼의 원기를 순천의 기운으로 바꾸기 위해 창안된 술법이지만 지금은 다른 용도로 사용되고 있었던 것이다.

인형들이 얻게 된 힘은 차원의 주관자 중 하나인 천조의 힘 중 극히 일부분이다. 보통의 영력과는 차원이 다른 힘이라고 할 수 있었다.

웬만한 능력자라 할지라도 직접적으로 접촉하면 정신이 붕괴되거나 몸이 터져 나가는 강력한 태양의 힘을 포함하고 있는 것이었다.

하지만 그럼에도 주천문도들은 인형들이 뿜어내고 있는 힘을 온전히 감당하고 있었다.

마치 빨대로 음료수를 빨아 마시듯 인형들의 몸에 어려 있는 천조의 힘을 영사(靈絲)를 통해 빨아들여 자신의 힘으로 바꾸고 있었던 것이다.

비록 힘의 파장이 예상보다 커 진땀을 흘리고 있기는 하지만 인형들이 물리적인 힘을 쓰지 못하고 있었기에 천천히 인형들이 내뿜는 힘을 자신의 것으로 만들고 있었던 것이다.

사실 암흑율사들이 각성시킨 인형들의 힘은 주천문도들보다 월등히 뛰어난 것이었다. 극히 일부분이기는 하지만 아홉으로 갈라진 천조의 힘을 가진 암흑율사들의 힘의 일부를 가지고 있었기 때문이다.

그러나 이토록 꼼짝도 하지 못하고 자신들의 힘을 빨리고 있는 것은 미네르바가 암중에 손을 썼기 때문이었다. 미네르바는 인형들의 존재를 발견하는 순간 주천문도들의 힘을 키우는 작전을 세웠다.

암흑율사들은 그 힘의 크기가 차원을 달리하기에 불가능한 일이었지만, 인형들이 가지고 있는 힘이라면 충분히 흡수할 수 있겠다는 판단에서였다.

미네르바의 작전은 멋지게 성공했다. 특화된 물리력을 사용했다면 모를까 각성으로 인해 들뜬 인형들은 처음부터 자신들이 가진 최고의 힘을 끄집어냈다. 천조의 힘을 사용하기 위해 강림술을 사용했기에 가능한 일이었다.

강림술이 사용된 순간 미네르바의 작전대로 주천문도들은 초연환기의 술법을 사용했고, 미네르바가 조율하는 대로 천조의 힘을 빨아들이고 있는 것이다.

암흑율사에 의해 인형에게 남겨져 있던 천조의 힘은 점점 빠져나갔다. 도시 하나를 잿더미로 만들 수 있는 능력을 제대로 써보지도 못하고 점점 나락으로 빠져 가는 자신들의 상태를 느낀 인형들의 얼굴이 일그러져 갔다.

"컥!!"

"크윽!"

모든 능력을 빼앗겨 보통 사람의 모습으로 돌아온 인형들이 하나둘 무릎을 꿇었다. 서 있을 정도의 힘조차 남아 있지 않았기 때문이다.

인형들이 반격할 힘을 잃어가고 있음에도 주천문도들은 초연환기를 통해 펼친 영사들을 거두지 않았다. 아직도 미량이나마 천조의 힘이 인형들의 몸속에 남아 있었던 탓이다.

"끄아아악!"

"아악!"

부르르르!

무릎을 꿇고 버티던 인형들의 입에서 비명이 터져 나왔다. 온몸을 부르르 떠는 인형들의 잿빛 눈동자는 어느새 백태가 끼어 있었고, 점차적으로 정상적인 모습을 찾고 있었다. 천조의 힘이 모두 빠져나가 발생한 현상이었다.

털썩!

인형들이 의식을 잃고 하나둘 쓰러져 갔다. 천조의 힘이 완전히 빠져나간 후였기에 의식의 공황상태를 맞은 인형들은 몸을 가눌 수 없었던 것이다.

"후! 문주님 말씀대로군."

마지막 인형이 쓰러진 후 천유동은 영사를 거두며 한숨을 내뱉었다. 천유동은 숨을 가다듬으며 쓰러진 자들을 바라보았다. 최대한 조심하라는 전언처럼 천조의 힘을 흡수하는 것은 그로서도 무척이나 힘든 일이었다.

이제 정상으로 돌아온 이들이기에 빨리 처리해야 했다. 이내 문도들에게 지시를 내렸다.

"인형들에 대한 처리를 끝냈으니 이제 이자들을 버스에 태우고 정신을 차리게 하면 될 것이다. 천밀대진을 유지할 수 있는 시간이 얼마 없으니 모두 버스에 실은 후에 이자들의 뇌력을 일깨워야 한다."

"알겠습니다."

천조의 힘을 흡수한 터라 온전히 자신의 것으로 가다듬어야 할 시간이었지만 주천문도들은 서둘러 인형들을 버스에 실었다. 진법을 이용해 결계를 치기는 했지만 인형들의 힘을 흡수하느라 영력이 많이 흐트러진 상태였기에 서두른 것이다.

정상적인 몸으로 돌아온 인형들을 모두 좌석에 앉히고, 뇌력을 일깨우고 난 후 천유동은 주천문도들에게 지시를 내렸다.

"모두들 자리로 돌아가 조금 전 흡수한 힘들을 자신의 것으로 만들어라. 시간이 걸릴 수도 있겠지만 전쟁이 임박했으니 서둘러야 할 것이다. 난, 이자들을 원래 상태로 돌린 후 따라가 겠다."

"알겠습니다."

일제히 대답을 한 문도들이 돌아가자 천유동은 천천히 버스에 올라탔다. 그리고 운전석에 앉은 자의 머리를 살며시 짚었다.

천유동의 손을 통해 영력 중 일부가 인형이었던 자의 머리로 흘러들었다.

"끄응!"

잠시 후, 정신을 차린 듯 신음을 흘리며 운전사가 깨어났다.

툭!

천유동이 어깨를 치자 운전사가 고개를 돌렸다.

"……."

뭐라고 말하려고 했지만 운전사는 말을 할 수 없었다. 푸른색으로 물들은 천유동의 눈을 보았기 때문이다.

"아저씨, 이제는 출발하지요."

"아, 알았습니다."

정신을 차린 후, 천유동에 의해 이지를 제압당한 운전사는 갓길에 자신의 버스가 서 있는 것이 이상했지만 서둘러 차를 출발시켰다.

천유동은 시선을 돌려 좌석에 널브러져 있던 인형들을 바라보았다. 그들도 서서히 정신을 차리고 있었다.

짝!!

천유동은 큰소리로 손뼉을 쳤다. 사람들의 시선이 일제히 천유동에게로 쏠렸다. 푸른색이 감도는 천유동의 눈을 마주한 사람들은 멍한 모습으로 가만히 있었다.

'혼미한 탓에 다행히 모두 제압했다.'

버스에 탄 사람들의 이지가 모두 제압된 것을 확인한 천유동은 다시 신형을 돌렸다.

'이제는 슬슬 사라질 시간인데…….'

버스가 움직이기 시작하고 얼마 후 천유동의 예상처럼 천밀대진이 사라지며 주변에 차들이 나타나기 시작했다. 천밀대진을 이용해 펼친 결계가 서서히 사라지고 있었다.

'휴우! 제시간에 끝낼 수 있어서 다행이다. 자칫 잘못했으면 큰일이 날 뻔했다.'

모든 것이 정상적으로 돌아오자 천유동은 안도의 한숨을 내뱉었다.

'모두들 어리둥절할 거다. 자신도 모르는 사이에 서울로 향하고 있으니. 그럼 이제부터 이들을 자신이 살던 곳으로 되돌려야겠다.'

이지를 제압하기는 했지만 암시를 건 수준이었기에 이상한 듯 고개를 갸웃거리며 창밖을 내다보는 사람들을 집으로 돌려보내야 할 때였다.

강대한 힘을 가지고 있다가 빼앗겼기에 인형들의 영력은 크게 손상을 입은 상태라 자칫 생명을 잃을 수도 있었다. 자신과 같은 능력자가 안정을 찾을 때까지 보살펴야 했다.

"저곳에서 차를 돌려서 내려가지요."

"알겠습니다."

천유동은 판교 톨게이트가 나오자 운전사로 하여금 차를 되돌리게 했다.

다른 사람보다 강하게 암시를 건 탓에 운전사는 아무런 의문 없이 톨게이트를 빠져나가 서울 외곽 순환도로를 한 바퀴 돈 후에 다시 경부고속도로를 타기 시작했다.

"다행히 아무 이상 없이 끝났군. 예상보다 잘해준 것 같다."

함교의 화면에 나타난 달리는 버스를 바라보며 미네르바가 안도했다. 인형들을 막기 위해 동원했던 사람들 중 제일 약한 자들이 주천문도들이었기 때문이다.

다른 이들이야 각자 가진 능력이라면 충분히 인형들을 제압할 수 있었지만 주천문도들은 그렇지 못해 자신이 직접 개입했었다.

천조의 힘을 흡수하기를 바란 탓에 계획을 진행하기는 했지만 염려가 되지 않는 것은 아니었다.

하지만 훌륭하게 인형들의 힘을 흡수한 주천문도들이다. 이제 흡수한 힘을 온전히 자신의 것으로 만들 수만 있다면 앞으로의 일에 큰 전력이 될 수 있기에 미네르바는 만족할 수 있었다.

"그럼 다른 사람들은 어떻게 하는지 확인해 볼까?"

미네르바의 말이 끝나기도 전에 함교의 화면이 전환되었다. 지방에서 올라오는 자들은 다 처리를 했기에 수도권에 있는 자들을 처리하는 것을 지켜보기로 한 것이다.

수도권에는 암흑율사에 의해 각성된 자들이 모두 아홉 명이었다. 서울을 중심으로 주변을 싸고 있는 도시에 있는 자들로 그들도 천천히 한곳을 향해 몰려가고 있었다.

인천에서 서울로 가는 지하철 안에 그중 한 명이 타고 있었다. 청바지를 입고 간편한 점퍼를 걸치고 있는 그는 귀에 이어폰을 끼고 지하철의 손잡이를 잡고 서 있었다.

하고 있는 것은 지방에서 올라온 자들과는 다르게 보통 사람의 모습과 다를 바 없었지만 지닌바 능력은 비교도 되지 않을 만큼 탁월한 자였다.

'어떻게 하면 좋을까?'

같은 칸에 타고 있는 조민서는 음악을 듣는지 흥얼거리는 사나이를 보며 방법을 생각했다. 놈을 잡기 위해 지하철 안에 결계를 펼치는 것도 그렇고, 무작정 제압을 하자니 주변에 피해가 있을 것이기에 문제가 많았다.

'할 수 없다. 저자의 신경을 계속 자극하는 수밖에.'

물의 능력을 지닌 조민서는 사나이의 신경을 자극해 자신에게 관심을 갖게 하도록 했다.

암흑율사들을 만나러 가는 길이라면 주변에 대해 신경을 쓸 터이고, 자극을 하면 자신을 처리하게 위해 방법을 강구할 것이라 생각한 것이다.

부평역에서 지하철이 멈추자 조민서는 사나이를 따라 내린 후 지하철을 갈아탔다. 갈아타면서 물의 기운을 이용해 자신의 겉모습을 어느 정도 바꾸며 사나이를 향해 은밀하게 기운을 흘렸다.

사나이가 눈치를 챘는지 타는 순간 조민서를 한 번 힐끗 본 후 다시 고개를 돌렸다.

'후후후, 눈치를 챘군. 그럼, 어떻게 하나 볼까?'

기운을 뿌리며 조민서는 조용히 사나이를 주시했다. 사나이도 그것을 아는 듯했지만 모른 척하며 몇 정거장 가지 않아 지하철에서 내렸다.

사나이가 내린 곳은 낙성대역이었다. 지하철 역사를 빠져나온 그는 초등학교를 지나 근처 공원으로 발걸음을 옮겼다.

공원에는 사람들이 많았다. 낮 시간임에도 산책을 하러 온 사람들과 운동하는 사람들이 많이 보이자 안 되겠는지 다시 발걸음을 돌려 산 쪽으로 향했다.

서울대학교가 있는 관악산 인근에는 역시나 등산을 하러 온 사람이 많았다.

그러나 사나이는 상관이 없는 듯 산정을 향해 오르기 시작했다. 조민서는 정체를 감출 생각이 없는 듯 노골적으로 사나이의 뒤를 따랐다.

  사나이는 등산로를 따라 오르며 가끔 기묘한 행동을 보이기 시작했다. 나뭇가지를 꺾거나, 돌을 주어 던지는 행동을 보였다. 다른 이들이 보며 평범한 등산객처럼 보였겠지만 조민서의 눈에는 전혀 다르게 보였다.

  '나를 의식해 결계를 치는 건가?'

  사나이의 기묘한 행동을 지켜보며 조민서는 그가 자신을 잡기 위해 은밀히 결계를 치고 있음을 확신할 수 있었다. 그의 행동이 계속해서 이루어지는 동안 주변 공간이 차단되고 있다는 것을 느끼고 있었던 것이다.

  조민서는 산을 올라오며 노점상에서 산 생수병의 뚜껑을 따 물을 한 모금 마셨다. 자신을 잡기 위한 결계가 쳐지기 시작한 이상, 자신도 그에 맞게 준비를 해야 했기 때문이다.

  "아, 시원하다."

  자연스럽게 물을 마신 후 다시금 사나이의 뒤를 따랐다.

  사나이의 뒤를 따라가는 조민서의 손에서 투명하고 가느다란 기운이 흘러나왔다. 한철에 의해 수혼기(水魂氣)라 이름 붙여진 기운이었다.

  수혼기는 수기에 영력을 더한 것으로 스스로의 의지를 가진 기운이었다. 수혼기는 사나이가 설치하는 결계를 따라 움직이며 조용히 결계의 축을 감싸 안았다.

  자신이 친 것이 상대에 의해 파훼되고 있음을 모르는 사나

이는 어느 정도 결계가 완성되자 잠시 쉬며 조민서의 위치를
살폈다. 이제 결계를 완성할 마지막 축을 완성하면 되기에 조
민서의 위치를 확인한 것이다.

　조민서가 결계의 안쪽으로 완벽하게 들어선 것을 확인하자
사나이는 자연스럽게 손을 뻗어 자신의 옆에 서 있는 소나무
의 가느다란 가지를 꺾었다. 자신을 따르는 조민서의 정체를
파악하기 위한 결계가 완성된 것이다.

　"이봐! 나무를 그렇게 꺾으면 벌금이라는 거 몰라!!"
　조민서가 큰소리로 사나이를 나무랐다. 조민서의 말에 사나
이는 비릿한 미소를 지으며 천천히 다가왔다.
　"뭐 하는 계집이기에 나를 쫓아온 것이냐?"
　"글쎄? 후후후, 나뭇가지나 꺾는 자연파괴범을 용서할 수
없는 사람이라고나 할까?"
　"능력자인 것 같은데 결계가 쳐지는 것을 알면서도 따라오
다니 예사 계집이 아니로구나."
　"잘 아는군. 암천문에서 제대로 각성을 시킨 모양이야?"
　"……"
　조민서의 말에 얼굴을 찡그린 사나이는 타오를 것 같은 눈
빛으로 조민서를 노려보았다.
　아무리 봐도 이제 성인이 되지 않은 것 같은 조민서였다.
기껏해야 고등학생 정도로 보이는 소녀다. 그런데 암천문까
지 아는 것을 보면 처음부터 자신의 행적을 알았던 것이 분명

했다.

'흑룡회인가?'

자신을 대담하게 쫓을 정도의 능력자를 보유한 곳은 오직 흑룡회밖에는 없었다.

하지만 아무리 머릿속을 헤아려 봐도 조민서 같은 능력자에 대한 정보는 없었다.

'흑룡회 내에는 없는 계집이다. 그렇다면 다른 곳이라는 말인데… 설마, 국정원에서 나섰다는 것인가?'

국정원 내에 MP라는 조직이 있다는 정보가 있었다. 능력자를 훈련시켜 정보전쟁에 사용한다고 했다.

하지만 그것도 의문이 아닐 수 없었다. MP에 대해 암천문에서 파악한 바로는 눈앞에 보이는 소녀와 같은 능력자는 없었기 때문이다.

침착하게 침잠된 기운이 소녀의 주변에 맴돌았다. 다른 이들은 기운의 정체를 모르겠지만 사나이는 알 수 있었다. 알게 모르게 소녀로부터 익숙한 느낌을 받을 수 있었다.

소녀의 주변에서 일고 있는 기운이 자신의 기운과 동조하는 것을 보면 비슷한 기운을 소유한 것 같았다.

기운의 크기를 자신으로서는 측정할 수 없었다. 미량이라서 그렇다는 것은 어불성설이었다. 아무리 봐도 상당한 능력을 소유한 것으로 보였다.

사나이는 결론이 나자 등골이 서늘해짐을 느꼈다. 자신보다 강한 수계의 능력을 보유한 소녀라니!

'속전속결밖에는 방법이 없다.'

다음은 기회가 없다는 생각이 들었다. 자신을 타깃으로 삼아 처음부터 노리고 왔다면 최대한 방심을 유도하고 최고의 기술로 끝을 내야 했다.

사나이의 손가락 끝에 은밀한 기운이 맺히기 시작했다. 지문이 있는 부분에 검은 물방울이 맺혔다.

사나이가 쓰려는 기술의 이름은 독연수천(毒淵髓穿)!

손가락에 맺힌 검은 물방울 하나에 대해를 중독시킬 수 있는 독 기운이 담긴 비장의 한수였다.

팟!

사나이의 신형이 꺼지듯 사라졌다. 자신의 의지에 따라 어떤 공간이든 순간적으로 움직일 수 있는 탓에 사나이의 모습은 그 존재감을 찾을 수 없었다.

자신의 기운으로 친 결계 안에 있었기에 사나이는 공격의 성공을 자신했다.

텅! 터터텅!!

사나이의 신형이 사라지고 난 뒤, 결계 안에서 강렬한 소리가 울려 퍼졌다.

"크아아아!!"

연이어 고함이 터져 나왔다. 불같은 분노가 깃든 고함이었다. 사나이의 신형이 천천히 허공중에 나타났다. 조민서가 서 있는 바로 앞에 사나이의 모습이 나타난 것이다.

무엇인가 옭아매고 있는 듯 사나이는 발버둥치고 있었다.

전신이 시커멓게 물들어 있는 사나이의 모습은 보기에도 섬뜩했다. 번득이는 하얀 눈동자에는 분노가 치미는 듯 실핏줄이 줄기줄기 돋아 있고, 고함을 치는 모습이 한 마리 악귀 같았다.

"똑똑한 줄 알았더니 그까짓 함정에 걸리다니 우스운 녀석이로군. 그렇게 분한가?"

"네, 네년이!!!"

분할 수밖에 없었다. 자신이 친 결계 안에서 자신이 속박을 당한다는 것은 결코 있을 수 없는 일이었기 때문이다.

"네 녀석이 결계를 칠 때부터 알아봤다. 수계의 기운을 이용해 결계를 치더군. 나 또한 수계의 기운을 가진 몸이라 쉽게 알았지. 하지만 내가 가지고 있는 기운은 수계의 가장 근원인 기운. 너처럼 오염된 기운을 가진 녀석들은 절대 알 수 없는 것이지. 네가 아무리 천조가 가진 기운을 이어받은 자라 할지라도 그것은 변함이 없다."

"크으으! 너, 넌 누구냐?"

이를 갈며 사나이가 물었다. 진정 궁금했기 때문이다.

사나이가 암흑율사로부터 부여받은 힘은 인형들이 받은 것과는 달랐다. 암흑율사의 분신이라고 할 수 있을 만큼 자신이 가진 것은 큰 힘이었다.

천조가 남긴 기운 중 일부를 이어받았다는 것까지 알고 있는 것을 보면, 앞에 있는 소녀는 비밀의 묵언으로 전해지는 것과 같이 차원을 주관하는 자의 후예가 맞았다.

흑룡회에서조차 차원을 주관하는 자의 후예가 나타나지 않았는데 그런 힘을 가진 존재가 나타났다는 것은 최후의 전쟁이 시작됐다는 것을 의미했기 때문이다.

"너에게 그런 것까지 알려줄 필요가 있을까? 이미 정화의 시간이 시작되었는데 말이야."

"정화라니!! 무슨 뜻이냐?"

사나이의 질문에 조민서는 말없이 그의 몸을 손가락으로 가리켰다.

"이, 이럴 수가!!"

사나이의 몸이 점차 변해가고 있었다. 검은 몸체가 점차 탈색되어 가며 제 피부색을 찾고 있었다. 자신이 가지고 있는 기운이 빠져나가며 벌어지는 현상이었다.

사나이는 자신의 힘이 점차 다른 성질로 바뀌는 것을 알 수 있었다. 기운의 변화는 외부에서가 아니라 내부로부터 시작되고 있었다.

밝은 기운이 내부로부터 뻗어 나와 자신이 가진 독수의 기운을 정화시키고 있었던 것이다.

사나이의 내부에서 뻗어 나오고 있는 힘은 극히 일부이기는 하지만 천조의 이면적인 힘이었다. 아니, 본래 가이아로부터 받았던 순순한 힘이었다.

"끄, 끄, 끄아아악!"

사나이가 비명을 질러댔다. 자신의 통제를 벗어나는 힘이 내부에 가득 차오르며 사나이를 고통의 수렁에 빠뜨렸기 때문이다.

　사나이의 몸이 완전히 제색을 되찾은 후, 후광이 어리기 시
작하자 조민서는 오른손을 내밀었다. 투명한 기운이 그녀의
손을 떠나 사나이의 몸을 친친 휘감았다.

　사나이의 몸을 휘감은 것은 투명하지만 수룡의 모습을 하고
있었다. 그리고 점차 푸른빛으로 물들어갔다. 깊은 물처럼 푸
른빛이 선명한 청룡의 모습을 하고 있는 수룡의 몸에서 물로
만들어진 수많은 비늘이 일제히 일어나 사나이의 몸을 휘감은
채 빛 속으로 박혀들었다.

　"호호호, 그동안의 죄값은 이것으로 끝낼 것이다. 네놈의 힘
은 세상을 정화하는 데 잘 쓰도록 하마!"

　조민서가 손가락을 오므렸다. 그와 함께 사나이의 머리 위
에 청룡의 머리가 생겨났다. 그리고는 사나이의 머리 위에 서
린 빛을 물어뜯었다.

　"카아악!"

　고통스럽고 괴로운 듯한 비명이 사방을 맴돌았다. 비명이
터져 나온 곳은 사나이의 입이 아닌 빛 속에서였다. 자신의 존
재감을 상실하기 싫은 듯 빛이 요동치며 계속해서 비명을 질
러댔다.

　"으윽!"

　반항이 거센 듯 조민서의 입에서 신음이 흘러나왔다. 앞으
로 내뻗은 그녀의 오른손에는 푸른 기가 감도는 핏줄이 피부
를 뚫고 나올 듯 꿈틀거렸다.

　"이, 이제는 끝이다. 차앗!! 수혼비령!"

조민서는 자신의 왼손을 앞으로 내밀며 기합을 토해냈다. 천조의 기운을 물어뜯고 있는 청룡의 입에 푸른색의 구슬이 생겨나며 빛 속으로 깊숙이 뚫고 들어갔다.

"크아아악!!"

처절한 비명이 사방에 울려 퍼졌다. 천조의 잔재가 남기는 마지막 비명이었다. 사나이의 신형에 어리던 빛이 점차 사라졌다.

털썩!

속박한 힘이 풀린 듯 사나이가 등산로에 떨어졌다.

"휴우, 힘든 상대였다. 숨겨져 있는 기운만으로도 감당하기 힘든 상대라니… 앞으로 상대할 놈이 남았으니 빨리 기운을 회복해야겠다."

위험한 고비는 넘긴 것이기에 조민서는 그 자리에 주저앉아 자신의 기운을 일으켰다. 한쪽으로 몰아둔 천조의 기운을 흡수하기 위해서였다.

그런 조민서의 뇌리로 한철로 가장한 미네르바의 의지가 들려왔다.

"지금부터 주의해서 힘을 흡수해야 한다. 수혼기를 끌어올리고 난 뒤에는 받아들인 기운을 배척하지 마라. 천조의 기운을 자신의 기운이 아니라고 배척하면 그 반발로 인해 모든 것이 허사가 될 테니."

"알겠습니다."

조민서는 전해지는 의념에 따라 한쪽에 봉인되어 있는 천조의 힘을 서서히 풀었다.

빛이 몰려왔다. 강렬한 태양의 힘을 간직한 빛이었다. 깊숙이 간직되어 있는 수혼기가 끓어오르기 시작했다. 용암보다 뜨거워진 수혼기가 서서히 증발해 형체를 잃기 시작했다.

'어, 어떻게 하지?'

조민서는 점점 불안해지기 시작했다. 태어나면서부터 가지고 있던 자신의 기운이 점차 사라지는 것을 느낀 탓이다.

"괜찮을 테니 잡념을 떨쳐 버려라. 각성을 하기는 했지만 넌 너무 수기에 치우쳐 있다. 한 가지 기운에 너무 치우치면 그 또한 자연의 이치에 어긋나는 법. 이번 기회를 이용해 보다 완전해지는 과정으로 삼아라."

"어떻게 그럴 수가 있지요?"

"물극필반이라고 했다. 수기가 양화와 만나 그 극에 이르면 새로운 수령을 얻을 수 있을 것이다. 다음에 상대할 자의 기운마저 흡수하면 보다 완전한 모습으로 각성할 테니 걱정 말고 계속해서 천조의 기운을 흡수해라."

"알았어요."

의식으로 전해지는 한철의 의지를 가장한 미네르바의 전언에 조민서는 안심할 수 있었다. 막혀 있던 것을 열고 새로운 세상을 열어준 이의 말이었기 때문이다.

마음이 안정되기 시작하자 기화됐던 수기가 다시 응축하기 시작했다. 전보다 선명하고 깨끗한 수기였다.

거기다 자신의 의지를 고스란히 투영하고 있었다. 수기가 스스로의 의지를 갖기 시작해 영체를 형성하고 있었다. 이제야 진정한 수혼기로 변하고 있었던 것이다.

새롭게 변한 수혼기로 인해 조민서는 머리가 환해지는 느낌을 받았다. 천조의 힘으로 인해 2차 각성을 시작한 것이다. 그녀의 눈은 이제 새로운 세상을 볼 수 있을 것이다. 보통 사람이나 능력자가 보는 것이 아닌 그보다 더 높은 세상을 말이다.

"민서는 당분간은 염려하지 않아도 되겠고, 다른 아이들을 살펴볼까?"

자신의 의식 속으로 침잠해 들어가는 조민서를 바라보던 미네르바는 화면을 전환시켰다.

함교·안에 나타난 화면이 다섯으로 분할하며 조민서와 같이 새로운 경지에 접어든 아이들이 보였다. 각자 암흑율사들이 부른 분신들에게서 천조의 기운을 얻고 자신의 것으로 만들고 있는 중이었다.

"이제 넷이 남았는데 한 아이는 어떻게 해야 하나?"

2차 각성이 끝나면 3차 각성까지 시도할 작정이었던 미네르바는 숫자가 부족해 난감했다. 남아 있는 암흑율사의 분신들이 넷밖에는 없었기 때문이다.

"할 수 없지. 중심을 이루는 기운을 가진 아이는 내가 직접 각성을 시키는 수밖에."

오행의 기운을 가진 아이들이라 중심을 지탱할 토의 기운을 가진 박민영은 미네르바 자신이 가진 힘으로 각성시키기로 했다.

얼마 있지 않아 골든나이트가 완성되면 그다지 어려운 일이 아니었기 때문이다.

조금 시간이 지나자 화면 속의 아이들이 하나둘 깨어나기 시작했다. 2차 각성이 끝난 상태라 아이들의 상태가 예사롭지 않았다.

미네르바는 박민영을 제외한 아이들에게 한철을 대신해 곧바로 지시를 내렸다. 아이들은 각자 흩어졌고, 송파로 오던 암흑율사의 분신들을 추적했다.

두 번째 대결은 첫 번째보다 싱겁게 끝났다. 이미 천조의 힘 중 일부를 흡수한 아이들의 힘을 암흑율사의 분신들로서는 절대 막을 수 없었던 것이다.

아이들은 나머지 분신들을 통해 천조의 힘을 흡수하고 세 번째 각성을 했다. 의식을 하나로 관통하는 단계까지 이른 아이들은 각자 가지고 있는 기운을 완벽하게 만들 수 있었다.

모든 처리를 끝낸 아이들은 미네르바의 연락에 곧장 은좌로 향했다. 인형들을 처리하기 위해 떠났던 주천문도들은 천유동을 제외하고 모두 은좌에 모여 있었다.

사람들이 모두 모이자 미네르바는 각자에게 이번 일이 끝나는 대로 당분간 고된 수련을 당부했다. 새로운 힘을 얻은 이상 그것을 좀 더 완벽히 하라는 뜻에서였다.

　사실, 박민영을 제외한 아이들은 이미 완벽한 상태였지만 다시 한 번 주천문의 법술을 익히도록 했다. 새롭게 얻게 된 기운에 맞게 주천문의 법술을 활용할 수 있도록 완벽하게 연성하라는 뜻이었다.

　암흑율사의 분신을 비롯한 인형 등 예상 밖의 존재들을 모두 처리한 후, 미네르바는 흑룡회와 가네가와, 그리고 암흑율사들의 상황을 지켜보고 있었다.

　가공된 정보인 줄도 모르고 철썩같이 믿은 흑룡회의 인물들은 이미 송파에 있는 호텔을 포위하고 있었고, 미네르바로부터 암흑율사에 대한 정보를 받은 가네가와도 호텔에서 멀리 떨어진 건물에 마련해 놓은 사무실에서 상황을 주시하고 있었다.

　가네가와는 요시모토, 도이치와 함께 상황을 지켜보며 앞으로 벌어질 일을 예의 주시하고 있었지만 불안감을 감추지 못하고 있었다. 한국으로 건너온 자들이 그로서도 꺼려지는 상대들이었기 때문이다.

　얼굴이 굳어진 가네가와를 향해 요시모토가 물었다.

　"너무 걱정하지 마십시오, 주군."

　"요시모토, 이미 모험을 건 이상 걱정은 하지 않는다. 다만, 흑룡회에서 온 자들의 상태가 이상해서 그럴 뿐이다."

　"흑룡회의 인물들이 말입니까?"

　요시모토가 보기에는 호텔을 중심으로 포진한 흑룡회의 인물들은 그저 그런 능력자들뿐이었다. 당장 자신만 나서더라도 반수 이상은 쓸어버릴 수 있는 자들이었다.

"너는 보지 못했을지 모르지만 예상외의 자들이 이곳에 온 것 같다."

"예상외의 자들이라니, 무슨 말씀이십니까?"

자신의 이목을 벗어난 자들이 있다는 소리에 얼굴이 붉어진 요시모토는 자세한 사항을 물었다.

"능력자인 것은 분명한데 지금까지 나타난 자들과는 전혀 다른 기운을 풍기고 있는 자들이다. 내 감지 능력으로도 희미하게 느낄 만큼 아주 미세한 기운을 풍기고 있는 것을 보면 상대하기가 그리 쉽지는 않을 것 같다."

"음!"

가네가와의 능력으로도 감지하는 데 어려움을 겪는 자들이라면 지금까지 준비한 것들이 소용없을지도 모른다는 생각에 요시모토가 신음을 삼켰다.

"후후후, 너무 걱정하지 마라. 놈들을 상대하지 못할 정도는 아니니까."

"흑룡회의 장로 급들이 온 것입니까? 하지만 아무리 그들이라 할지라도……."

장로들이라 할지라도 자신의 능력으로 감지하지 못할 정도는 아니었기에 요시모토가 다시 물었다.

"그런 것 같다만 아무래도 이자들이 의외의 힘을 얻은 모양이다. 어쩌면 내가 얻고자 하는 힘하고 비슷한 힘을 얻었을 수도 있고."

"그렇다면 준비를 더 해야겠군요."

가네가와의 말에 요시모토는 예사 준비로는 안 될 것 같다는 생각이 들었다.

"특별히 다른 준비를 할 것까지는 없다. 지금처럼 감시만 할 수 있으면 된다. 율사들이 나를 찾으려 할 테지만 흑룡회로 인해 힘들 테니 이 상태에서 기회가 오는 것을 기다리기만 하면 된다. 상황이 발생하면 수하들로서는 감당이 안 될 테니 곧장 철수하도록 지시를 내려라."

"철수 말입니까?"

철수란 말에 반문하던 요시모토는 고개를 끄덕이는 가네가와를 볼 수 있었다. 전에 없이 단호한 표정이었다.

"알겠습니다."

요시모토가 긴장 어린 모습으로 대답한 후 물러나 곧장 건물을 빠져나갔다. 들킬 우려가 있어 통신을 자제하고 있기에 호텔 주변에 잠복하고 있는 수하들에게 직접 연락을 취하기 위해서였다.

"도이치!"

요시모토가 밖으로 나가자 가네가와는 도이치를 불렀다. 특별히 당부할 것이 있어서였다.

"말씀하십시오, 주군."

"삼십 분이 지난 후에 우리를 도울 분들이 오실 거다."

한철로 화신한 미네르바의 연락대로 가네가와는 도이치에

게 지원군이 올 것임을 이야기했다.

"손님이 오신다는 말씀입니까?"

가네가와의 말투에 어린 정중함이 도이치를 당황하게 했다. 오직 한 사람만 제외하고 한국 내에 자신의 주군에게 정중하게 손님으로 대접을 받을 만한 사람은 없었기 때문이다.

"혹시 그분이 오시는 겁니까?"

도이치는 한철이 오는지 물었다.

"아니다. 다른 분들이다. 혹여, 나이가 어리다고 함부로 대하지 말고 정중히 모시도록 해라. 이곳을 지키고 있는 수하들에게도 주의를 주도록 하고. 아주 중요한 분들이다."

"알겠습니다."

당부하는 가네가와를 보며 도이치는 고개를 숙였다. 이 정도로 당부를 할 정도라면 한국의 대통령보다 더한 대접이었기에 도이치는 삼십 분 후 올 손님들이 궁금했다.

'주군께서 이토록 정중하다면 상당한 능력자들이라는 소리인데……'

능력자의 세계도 여러 급으로 나뉜다. 일반능력자와 마스터급이 있고, 상위에 초월자들이 존재한다.

자신의 주군인 가네가와도 얼마 전 마스터 급에서 초월의 영역으로 들어선 것으로 알고 있는 도이치였다. 그럼에도 정중히 대한다는 것은 올 사람들이 자신의 주군과 같이 초월의 영역에 들어선 능력자들이라는 것을 뜻했다.

또한, 자신의 주군은 올 손님들이라고 지칭했다. 상대를 복수로 언급하는 것을 볼 때 그 정도의 인원이면 대단한 전력이 될 것이기에 마음이 놓이면서도 어떻게 한국 내에 그런 자들이 있는 것인지 의문이 아닐 수 없었다.

'주군이 이렇게 말씀하시는 것을 보면 아군이 틀림없을 테니 더 이상 의문은 품지 말자. 실수하지 말도록 수하들에게 주의를 당부해야겠다.'

사람을 많이 상대해 본 도이치는 사소한 일에서 감정이 상하는 경우를 많이 보아왔다. 가네가와가 언급한 손님들에게 실수할 경우 대사가 틀어질 수도 있기에 신중히 손님을 모셔야겠다고 생각했다.

"주군, 저는 밖으로 나가서 손님들에 대한 이야기를 수하들에게 해놓겠습니다."

"그래, 실수하면 곤란하니까. 잘 말해두도록 해라."

"그럼."

고개를 숙여 보인 도이치가 문밖으로 나서자 가네가와는 창문 쪽으로 다가가 호텔을 바라보았다.

특수하게 마련된 이 사무실은 능력자라도 감지할 수 없도록 강력한 결계로 보호되고 있는 곳이었다. 사무실에 있는 사람의 기파는 물론, 열력까지 밖으로 새어나가는 것을 차단시키는 결계라 들킬 염려는 거의 없었다.

"그 정도의 실력이라니… 정말이지 예상외의 전력이다.

수하들에게 말하지 않았지만 가네가와는 고민이 있었다. 흑룡회의 인물들이 얻었을 능력 때문이다.

얼마 전, 한철로 화신한 미네르바로부터 전해 받은 정보로 볼 때 흑룡회의 인물들 하나하나가 자신과 거의 대등한 전력을 보유한 것이나 마찬가지였다.

"음, 흑룡회의 인물들이 얻은 능력이 무엇인지는 모르지만 그것이 이번 싸움의 변수가 될 것이다. 육체를 얻지 못해 대부분의 능력을 사용하지 못한다고 들었지만 만약 그들이 암흑율사들의 육체를 얻는다면 사태가 더욱 악화될 수도 있다. 그러기 전에 대비책을 세워야 할 텐데 큰일이로군."

자신의 예상대로 일이 벌어진다는 것은 생각하기도 싫었다. 지금 상태에서는 누가 나서더라도 자신이 있지만 흑룡회의 인물들이 육체를 얻게 되면 달라진다. 아주 오래전, 흑룡회가 가진 힘으로 인해 자신이 가진 힘의 근원인 천조가 봉인되었다는 것을 알기 때문이다.

"걱정을 해봐도 소용이 없을 것이다. 최선을 다해 준비를 끝냈으니 이제는 운에 맡겨야 할 수밖에, 이곳으로 오는 사람들의 능력이 연락받은 것처럼 흑룡회의 인물들을 상대할 정도라면 나에게도 새로운 기회가 될 것이다."

마음을 정리한 가네가와는 조용한 눈으로 호텔을 응시하며 상황이 벌어지기를 기다렸다.

"으음, 이제 시작하는가 보군."

호텔 주변의 움직임이 이상해졌다. 1킬로미터가 넘는 거리였지만 최대한 기감을 펼친 탓에 앞에서 보는 듯 환하게 느껴졌다.

"응?"

움직이는 자들의 면면을 살펴보던 가네가와의 얼굴에 당혹스러움이 스쳤다. 자신의 계산에는 없었던 예상외의 사람들이 나타났기 때문이다.

"저들은 국정원에 소속된 자들인데……."

나타난 자들은 국정원에서도 극비로 분류되는 자들이었다. 상부에서 결정을 내리지 않는 한 결코 나타날 자들이 아니었다.

"이상하군? 그곳은 그자의 손에 통제되고 있는 것으로 알고 있는데 흑룡회의 지휘를 받고 있다니."

MP라 불리는 조직이 국정원 내에 만들어졌다는 것을 알고 있는 가네가와로서는 의문이 아닐 수 없었다. 나타난 MP요원들이 흑룡회가 노리는 암흑율사들을 포위하는 형국을 취하고 있었던 것이다.

국정원을 한 손에 틀어쥐고 있는 김한석과 흑룡회는 물과 불 같은 사이였기에 결코 일어날 수 없는 일이었다.

"국정원의 움직임이 없음에도 저들이 왔다는 것은 조직의 태생부터 흑룡회의 입김이 스며들었다는 것인데… 김한석의 능력으로 볼 때 그럴 리는 없을 것이고, 뭔가 숨겨진 이면이 있다는 것인가?"

가네가와는 누구보다 국정원장인 김한석에 대해 잘 알고 있다. 필드에서 여러 차례 부딪친 탓에 흑룡회에서조차 모르는 김한석의 이면을 알고 있는 사람은 오직 자신뿐일 것이라 생각하는 사람이다.

사실 흑룡회는 김한석의 무서움을 모른다. 중국, 러시아, 미국, 일본이 에워싸고 있는 한국이 아직까지 버티고 있는 것이 바로 김한석 때문임을 말이다.

2차 세계대전 당시 천황의 항복 후 본토로 건너간 후에 한일 간에 국교가 생겼어도 암천문이 흑룡회와 적극적인 연계를 가지지 못한 것이 바로 그가 가진 힘 때문임을 말이다.

그동안 김한석에 대한 공작을 무수히 진행해 왔다. 흑룡회에서 권력의 힘을 이용했던 것과는 달리 직접적인 암살 시도 등 전적으로 다른 공작이었다.

하지만 김한석에 대한 시도는 모두 실패했다. 김한석은 개인이 아니라 알 수 없는 비밀 조직의 비호를 받고 있었기 때문이다.

그동안 무수히 파악하고자 했지만 암천문에서도 파고들지 못하고 있는 것이 김한석이 감추어놓은 조직이었다.

그런데 뭔가 의도가 있지 않는 한 김한석의 안방이라고 할 수 있는 국정원의 MP를 흑룡회가 마음대로 부릴 수 있다는 것은 말이 되지 않는 소리였다.

"이제 시작하려나 보군."

MP의 요원으로 보이는 이들이 호텔로 잠입하고 있었다. 그리고 기묘한 기운이 호텔을 감싸고 있었다. 호텔을 감싸는 기운은 아주 천천히 진행되었다. 싸움의 여파가 알려지지 않도록 결계가 쳐지고 있는 것이 분명했다.

　세상에 알려져서는 안 되는 일이니 흑룡회에서도 신중을 기하는 것이 틀림없었다. 결계의 기운으로 보아 최하 장로 급들이 동원된 것 같았다.

　흑룡회의 능력자들이 결계를 치기 시작한 후 30분이 지나갈 무렵 결계가 완성이 되었다.

　"아무나 드나들 수 없는 곳이 되어버렸군."

　공간을 분리하고 거대한 벽을 만들어내는 결계였다. 보통 사람의 눈에는 보이지 않겠지만 흰색의 외벽이 햇빛을 받아 광택을 토해내는 호텔의 15층을 중심으로 아래위 3개 층은 이제부터 금성철벽이나 다름없는 곳으로 변해 버렸다.

　다른 곳은 괜찮지만 암흑율사들이 머물고 있는 공간을 중심으로 7개 층은 공간변형으로 인해 이제 누구도 드나들 수 없는 곳으로 변해 버린 것이다. 결계에서 느껴지는 기운으로 봤을 때 무척이나 강력한 듯했다.

　결계의 방어막은 견고해 보였다. 1킬로미터 밖에서도 확연히 느껴지는 것을 보면 특수한 결계임이 틀림없었다.

　"나라도 쉽게 뚫지는 못하겠군. 흑룡회의 지휘부가 급해도 어지간히 급했나 보군."

　결계라는 것은 힘을 부여한 축들을 이용해 일정한 공간을 금제하는 것이다. 특수결계라고 해서 그다지 특별한 것은 없었다. 힘을 부여한 매개체를 사용하는 것 이외에 능력자의 정신체가 직접 작용하는 것일 뿐이다.

하지만 일반적인 결계와 특수결계는 확연한 차이를 드러낸다. 결계 자체가 시전자의 의지에 의해 변형될 수 있다는 것이다.

또한, 결계의 축을 이루는 매개체들의 강도도 몰라볼 정도로 강화되기에 어지간한 마스터 급 능력자들도 깨뜨리기 힘든 것이 바로 특수결계였다.

이러한 장점이 있음에도 불구하고 특수결계를 잘 사용하지 않는 것은 대상물에게 들킬 수 있다는 것과 잘못하면 돌이킬 수 없는 위기에 봉착할 수 있다는 위험성에 기인했다.

특수결계는 막대한 정신력이 필요한 만큼 시간이 걸릴 뿐만 아니라, 자칫 깨질 경우 시전자가 영원히 소멸되어야 하는 위험이 있기에 잘 시전하지 않는 것이었다.

그런 위험성에도 자그마치 일곱 개 층에 걸쳐 광범위한 특수결계를 펼친 것을 보면, 흑룡회도 장로 급 이상의 능력자들을 상당수 동원해 암흑율사들을 잡는 일에 총력을 기울이는 것이 틀림없어 보였다.

암흑율사들이 알아차리지 못하도록 은밀히 결계를 완성하느라 시간이 상당히 흘렀지만 결계를 완성하고도 MP의 요원들은 공격을 하지 않고 있었다.

그저 기척을 숨긴 채 14층과 16층의 요지를 점거하고 공격을 자제한 채 대기하는 중이었다.

"암흑율사들을 직접 처리할 생각인가? 하긴, 손상되지 않은 육체를 얻기 위해서라면 그럴 수도 있겠지. 조금 후부터는 전무후무한 전쟁이 되는 것인가?"

공격의 시기가 임박한 것 같았다. 멀리서 전해지는 긴장도로 볼 때 얼마 안 있어 자신이 나설 차례였기에 가네가와는 서서히 기운을 끌어올리기 시작했다.

하지만 가네가와는 움직일 수가 없었다. 시간이 지나도 아무런 움직임을 보이지 않고 있었던 것이다.

"다른 일이 생긴 것인가?"

상황을 변화시킬 만한 것이 있나 살펴보았지만 아무것도 없었다. 그저 기다리는 듯 포위만 한 채 움직임이 없었다.

"기다리고 있던 손님이 온 모양이로군."

움직일 준비를 하고 기다리고 있던 가네가와는 도이치가 다가오는 것을 느끼고는 급히 기운을 가라앉혔다.

"주군, 손님들이 오셨습니다."

잠시 후, 문을 열고 들어온 도이치가 손님이 온 것을 알려왔다.

도이치의 뒤로 느껴지는 작은 기척에 신형을 돌린 가네가와는 뜻밖의 사람들을 볼 수 있었다. 조민서를 비롯한 다섯 아이였다.

"음……!"

도이치의 뒤를 따라 들어오는 소년소녀들을 보며 가네가와는 자신도 모르는 사이에 신음을 흘렸다.

미네르바를 통해 조력자들이 온다는 것은 알고 있었지만 이렇게 어린 사람들이라고는 그로서도 전혀 생각하지 못했기 때문이다.

'이런!!'

가네가와 표정을 살피던 도이치의 표정이 굳어졌다.

자신의 표정을 살피던 도이치가 상황이 심각하다고 오해한 것인지 천천히 손을 양복 품 안에 넣어 준비해 놓은 무기를 꺼내려 했다.

가네가와가 도이치를 향해 고개를 흔들었다. 경거망동하지 말라는 뜻이었다.

"앉도록 합시다."

도이치를 제지한 가네가와는 자신의 자리에 가서 앉았다. 조민서를 비롯한 다섯 아이도 가네가와를 따라 아무런 주저 없이 쇼파에 몸을 실었다.

"조금 전 시작한 것 같은데 상황은 어떻게 됐나요?"

담담한 목소리로 조민서가 물었다. 그녀의 목소리에는 알 수 없는 기운이 묻어나고 있었다.

'차갑군.'

조민서의 목소리에서 가네가와는 극한의 냉기를 느꼈다. 전신에 소름이 끼치는 듯한 차가운 기운이었다.

천조가 가진 힘의 근원을 얻고 난 후에 한철을 제외하고 그 누구라도 자신이 있는 가네가와였다. 하지만 다섯 아이를 마주한 순간 아무리 자신이라도 섣불리 상대할 수 없는 느낌이 들었다. 아이들에게서 느껴지는 것은 그로서도 무척이나 위험한 기운이었다.

가네가와가 위험을 느끼는 것은 당연했다. 조민서는 조금 전 암흑율사의 분신 중 하나를 제거하며 다시금 천조의 기운을 얻은 상태였다.

하지만 완전히 자신의 것으로 만들지 못해 조민서의 말소리에도 냉기가 묻어났던 것이다.

첫 번째와는 달리 극한의 추위 속에서 수기의 다른 면모를 찾아낸 조민서는 첫 번째 암흑율사의 힘을 얻었을 때와는 전혀 다른 느낌을 주고 있었던 것이다.

'다섯 아이 모두가 제각기 독특한 기운을 가지고 있다. 나로서도 승부를 확신할 수 없을 만큼 강력한 기운이라니……'

어린 나이에 이만한 능력을 가진 이들을 본 적이 없었다. 전대로부터 힘을 물려받는 암흑율사들도 어린 나이에 힘을 전수받지만 제대로 사용하기 위해서는 일정한 수련을 거쳐야 했다. 보통 20대 중반은 되어야 제 역할을 수행할 수 있었다.

세계에 퍼져 있는 능력자들도 마찬가지였다. 몇몇 특별한 경우를 제외하고는 마스터 급의 능력자들도 대부분 30대 초반은 되어서야 능력이 개화됐다. 정신적인 능력은 물론 육체의 능력도 최고조가 되는 시기이기 때문이다.

그런데 자신의 앞에 있는 아이들은 이제 스물도 되어 보이지 않았는데 마스터 급을 초월하는 능력을 가지고 있었다. 그것은 거의 불가능한 일이었다.

‘하나같이 너무도 순순한 기운이다. 주인의 능력이 어느 정도인지 모르겠다. 어느 정도 알았다고 생각했는데…….’

다섯 아이의 몸에서 흘러나오는 기운들은 모두 순순한 것이었다. 오행이라 불리는 다섯 가지 기운을 각자 극한까지 보유하고 있는 것 같았다.

자신으로서도 추측할 수 없는 능력을 가진 데다가 승부를 장담할 수 없는 능력자들을 거느리고 있는 것을 보며 가네가와는 한철에 대해 일말의 두려움을 느꼈다. 그것은 차라리 경외심에 가까웠다.

‘이런, 너무 정신이 팔려 있었구나.’

아이들에 대한 생각으로 대답을 하지 않았더니 아이들은 빤히 자신을 바라보고 있었다. 도이치 또한 긴장한 듯 자신을 바라보고 있었다.

“미안하오. 내가 잠시 다른 생각을 하느라.”

다섯 아이를 살펴보던 가네가와는 미안한 듯 사과를 했다. 그리고 조민서의 질문에 대답을 했다.

“아직 모르겠소. 국정원에서 나선 것도 의외지만 아무런 행동도 취하지 않으니 답답해하던 참이었소.”

“그럼, 아직은 시작하지 않았다는 말이군요?”

“그렇소.”

“다행이네요. 늦으면 어떻게 하나 했는데.”

“늦지 않았다니 무슨 말씀입니까?”

가네가와의 말투가 달라져 있었다. 자신을 찾아온 아이들의 실력을 인정한 것이다.

하지만 작전에 대해서는 이미 지시를 받은 후였기에 늦지 않았다는 조민서의 말에 의혹이 들었다.

"준비하신 작전을 취소하라는 말씀이 있었습니다."

"취소요?"

30분 전만 해도 의념으로 직접 전달을 받은 자신이었다. 흑룡회 측에서 움직인 후 결전이 시작되면 기회를 봐 암흑율사들을 제거하라는 지시였다.

자신이 받았던 지시와는 상반된 것이었기에 가네가와는 다급히 기운을 끌어올리며 조민서를 향해 물었다. 그의 눈에는 경계심이 가득했다.

"호호호, 조금 있으면 연락이 올 테니까 긴장하지 마세요. 조금 있으면 새로운 지시가 있을 거예요. 그러니 경계를 풀도록 하세요."

조민서는 시원한 웃음과 함께 경계심을 풀도록 했다.

하지만 가네가와는 조민서의 말에도 불구하고 경계심을 풀지 않았다. 암흑율사들을 잡을 수 있는 지금은 그에게 있어 매우 중요한 기회였기 때문이었다.

"……."

조민서의 말에 가네가와는 다섯 아이를 말없이 노려보았다. 싸움이 시작되면 상대하기 힘들었기도 하지만 확인하고 시작해도 늦지 않았기 때문이다.

잠시 경계 상태가 지속됐다. 그리고 조민서의 말처럼 한철의 연락이 그의 뇌리에 전해졌다.

"민서의 말을 믿어도 된다. 난 지금 협상 중이니까 협상이 끝나면 자세하게 이야기해 주겠다."

"알겠습니다."

한철의 연락이 있자 가네가와는 경계심을 풀었다. 그의 의식을 지배하는 한철의 의념이 왜곡될 리 없었기 때문이다.

실제로 가네가와에게 의념을 전한 것은 미네르바가 아니라 명상을 끝내고 함장실을 나와 모처에 있는 한철이었다.

"지금부터 경계만 하도록 하고, 지시가 떨어지면 국정원의 MP요원들을 제압할 준비만 해두도록. 상황이 상황이니만큼 최대한 주의를 해야 할 것이다."

"MP요원들을 직접 제압하라는 말입니까?"

"아니다. 앞에 있는 아이들 말고 MP요원들을 제압할 사람들은 따로 있을 것이다. 그들이 행동을 개시하고 난 후에 혹여 빠져나가는 MP요원들이 있으면 제압하도록 하고, 제압된 자들을 후송할 준비만 하면 된다."

"……."

"걱정하지 말도록. 어찌 상황이 진행될지 모르지만 천조의 힘은 가네가와 네 것이니까. 다른 이들은 원한다 해도 가질 수 없을 것이다."

후방지원만 하라는 소리에 가슴이 철렁했었다. 자신의 완성을 위해서는 반드시 얻어야 하는 것이 암흑율사들의 힘이었기에 긴장하던 가네가와는 한철의 말에 어느 정도 안도할 수 있었다.

"MP요원들이 나타난 것에 뭔가 있는 것입니까? 흑룡회의 일에 나서고 있지만 그들은 김한석의 사람들입니다. 절대 이번 일에 나설 리 없는 사람들이 나선 것을 보면 뭔가 있는 것 같습니다."

처음부터 MP요원들이 나타난 것에 대해 의문을 느끼고 있던 가네가와는 에둘러 말했다. MP요원들이 나타난 이유를 한철이 알고 있느냐는 뜻이었다.

"어느 정도 상황을 파악하고 있다. 지금은 담판을 지어야 할 것이 있어서 곤란하니 자세한 상황은 나중에 이야기해 주도록 하겠다."

"담판이요?"

"그래, 여기 지금 국정원이다."

"……"

국정원에 있다는 것은 김한석을 만나고 있다는 뜻이었다.

암천문에서조차 진정한 정체를 알아내지 못한 김한석을 한철이 대면하고 있다는 소리에 가네가와는 담판이 뜻한 것이 무엇인지 무척이나 궁금했다.

하지만 가네가와는 자신의 궁금증을 풀 수가 없었다. 전해지던 한철의 의념이 끊어진 것이다.

"지시를 받으신 것 같으니 준비를 시작하지요."

이미 지시받은 내용을 알고 있다는 듯 조민서가 말을 걸어왔다.

“알겠습니다. 시작하도록 하지요.”

민서의 말에 궁금증을 접은 가네가와는 자신의 수하들에게 지시를 내리기 시작했다. 당초에 계획했던 것과는 많이 달라졌지만 만약의 상황에 대비해 준비를 했기에 한철의 계획대로 수하들을 배치하는 것은 그리 어렵지 않았다.

Chapter 5
흑룡회 대 암흑율사

한철이 급하게 김한석을 찾은 이유는 함장실에서 명상을 끝내고 나온 후 미네르바로부터 국정원의 움직임이 심상치 않다는 보고를 받은 것 때문이었다.

"어째서입니까?"

서울에 있는 국정원의 안가에 김한석을 마주한 한철은 아이들은 물론, 주천문도와 가네가와에게 의념을 보내 지시를 내린 후 단도직입적으로 물었다.

"무엇을 말인가?"

앞뒤를 잘라먹고 이야기하는 한철을 보고 김한석은 무슨 말을 하는지 모르겠다는 듯 고개를 갸웃거렸다.

"지금 최경아 씨가 어떤 상태인지 모른다는 말입니까?"

한철이 다그치듯 묻자 김한석의 얼굴이 변했다. 국정원 내에서 자신만이 알고 있는 계획을 한철이 이미 알고 있다는 것에 놀란 것이다.

"어떻게 알았나?"

신색을 가라앉힌 김한석이 싸늘한 어조로 물었다. 역시나 정보 계통에서 오래 뒹군 사람다웠다.

"처음부터 계획적이었던 것입니까? 그들에게 그런 능력을 갖게 하기 위해서 말입니다."

한철의 얼굴에 조소가 흘렀다. 아무리 목적이 좋다고 해도 하지 말아야 할 일이었기 때문이다.

"어디까지 알고 있는지는 모르지만 MP에 대한 일은 잊게. 그들은 어차피 오염된 사람들이네. 되돌릴 수 없다면 나라와 민족을 위해 희생하는 것도 좋은 일일세."

"허!!"

김한석의 말에 한철은 기가 막힌다는 듯 헛웃음을 내뱉었다.

정말이지 한 대 쥐어박고 싶은 사람이다. 무엇을 위해 이런 짓을 벌이는지는 알지만 도가 너무 지나쳤다. 미국의 기술을 이용해 능력자들을 변형시킬 생각을 하다니 말이다.

암흑율사들이 머물고 있는 호텔을 포위한 MP요원들은 원래 그리 큰 능력자들이 아니었다. MP요원으로 차출되어 CIA가 사용한 프로그램에 따라 훈련받고 능력을 각성한 사람들이다.

　문제는 각성이 끝난 후 곧바로 존재가 알려졌다는 것이다. CIA의 프로그램을 사용했다고는 하지만 김한석이라면 MP요원들의 존재를 감출 수 있는 데 그렇게 하지 않았다. 일부러 MP요원들의 정보를 유출시킨 것이다.

　능력과 신원이 밝혀짐으로 인해 MP요원들은 인간으로서는 겪지 말아야 할 상황을 겪어야 했다. 능력을 각성한 초기 미국에서 온 마스터 급 능력자들이 비밀리에 MP요원들에게 다른 것을 심어두었던 것이다.

　최후의 각성 전에는 완벽히 감춰지기에 미네르바도 이제야 알았지만 MP요원들은 지금 살아 있는 전투기계나 마찬가지인 상태다.

　한철이 노획한 오메가에 적용된 기술 대부분이 그들의 몸에 생체형 병기로 이식되었을 뿐만 아니라, 가지고 있는 본래의 능력도 전투에 특화되도록 변형되어 버린 것이다.

　CIA나 미국의 군산복합체 측에서는 자신들의 주도하에 생체형병기가 완성되어가고 있다고 믿고 있었겠지만, 실상은 내 앞에 있는 김한석 원장의 면밀한 계획하에 이루어진 일이었다.

　흑룡회에 정보를 일부러 유출한 것에서부터 앞에 있는 양반은 처음부터 CIA와 흑룡회를 역이용했다.

　각성하기 시작한 능력자들이 흑룡회의 협조로 CIA와 군산복합체에서 보낸 능력자들에 의해 새로운 신형병기로 키워지는 것을 조장했던 것이다.

　아마도 최후의 일격을 먹인 비장의 카드로 쓰려 했던 것이 틀림없었다.

　용의주도하게도 저 양반은 자신의 기억까지 봉인시켜 가며 계획을 추진했다. 계획을 추진한 이조차 모르는 일이기에 그 누구도 알 수 없었다.

　하지만 흑룡회에서 암흑율사들의 육체를 강탈하려 MP요원들을 동원하자 기억의 봉인이 깨져 버렸다. 가느다랗게 연결해 놓은 의식을 통해 암흑율사들을 대하는 MP요원들의 긴장감이 저 양반에게 전해져 봉인이 깨어진 것이다.

　기억을 되살린 이 양반은 흑룡회가 MP요원들을 이용할 줄 알았다는 듯 곧바로 행동을 개시했다. 암흑율사들과 흑룡회의 인물들을 제거할 계획을 진행시킨 것이다.

　의도대로 그들을 제거하는 것이야 상관없지만 문제가 있었다. MP요원들이 새로운 차원의 존재로 거듭났다고는 하지만 이미 초월의 영역에 들어선 암흑율사들이나 흑룡회의 인물들을 상대한다면 대부분 죽음을 면치 못할 것이라는 것이었다.

　목적만 달성한다면 어떤 희생을 치르더라도 상관하지 않는다는 저 양반의 정신 상태가 궁금하기 짝이 없었다. 속에서는 계속해서 욕지기가 치밀어 오르려고 하고 있었다.

　"자네가 알지 못하는 일이 있네. 그것은 인류의 운명과도 관계가 있네. 자네 할아버님도 그 일을 위해 모든 희생을 감수하고 계시네. 그러니 이번 일에 상관하지 말게나."

　단호한 어조였다, 아무리 나라해도 관여하면 용서하지 않겠다는 뜻이 분명한.

"마고가 남긴 것에 대해서는 알고 있습니다. 할아버지가 그것을 찾고 있다는 것도, 그리고 보이지 않는 차원의 주관자들이 나서고 있다는 것도 말입니다. 하지만 이건 경우가 아닙니다. 사람을 어떻게 그렇게 이용할 수가 있다는 말입니까?"

경고하듯 내게 말하는 양반을 보며 화가 치밀었지만 꾹 참고 해명을 요구했다.

"그렇게 말하는 것을 보니 그들을 잘 알겠군. 앞으로 나타날 자들이 얼마나 무서운 존재인지 말이야. 사라진 마고의 힘을 자네가 일부 얻었다고 하지만 그 힘 가지고는 놈들을 상대할 수 없네. 한마디로 계란으로 바위를 치는 격이라고 할 수 있지. 그들을 상대하기 위해서 우리는 시간을 벌어야 하네. 흑룡회와 암천문이 자네 할아버지께서 찾고 계시는 것에 관심을 갖지 못하게 하기 위해서도 말이네."

"정말 어이없군요. 고작 시간을 벌기 위해 그 많은 사람들을 희생시킨다는 말입니까?"

"할 수 없는 일이네. 희생없이 우리는 아무것도 이룰 수가 없네. 인류가 멸망으로 가지 않기 위해서라면 난 무엇이라도 할 것이네. 수천만 명, 아니, 수십억 명이 사라지는 마당에 그들의 희생은 꼭 필요한 것이네."

양심의 가책이 있기는 하지만 할 수 없다는 듯한 모습에 화가 치밀었다. 하지만 저 양반의 의도대로 그들을 희생시킬 수는 없는 일이었다.

"차원을 주관하는 놈들이나 라나, 시바가 무엇이라고 그들을 희생시킵니까? 전 이대로 묵과할 수 없습니다."

"묵과하지 못한다고 해도 방법이 없네. 나 또한 그들의 정신과 간신히 연동하고 있는 중이네. 놈들이 쓴 금제는 나로서도 상대하기 곤란한 것들이니까."

"그러니까 그들을 본래의 모습으로 되돌릴 방법이 없어 이용하기로 했다는 겁니까?"

"솔직히 말을 하면 자네 말이 맞네. 내 힘으로는 요원들을 원래의 모습으로 돌리는 것은 불가능하네."

"그럼 방법이 있다면요?"

MP요원들의 몸에 심어진 생체병기 때문에 되돌릴 방법이 없어 그렇게 했다면 방법이 있었기에 물었다. 하지만 앞에 있는 양반의 표정은 단호했다.

"방법은 없네. 마고가 다시 돌아온다고 해도 그것은 변함없는 일이네. 사실 비밀로 하고 있지만 MP요원들에게 걸린 금제는 특별하네. 일부라고는 하지만 라의 힘으로 만들어진 것이니까. 그들은 라에 의해 오염이 되었네. 그러니 되돌릴 방법은 전무하네."

라가 관여되어 있다고 포기하다니 한심했다. 처음부터 MP요원들을 이용하기로 작정한 사람의 생각다웠다.

"크크크! 라라? 빨리 한번 보고 싶군요. 일부분의 힘만으로도 원장님 같은 능력자를 포기하게 만드는 존재라니 말입니다."

"자네는 모르네. 라가 얼마나 무서운 존재인지. 전 세계를 좌지우지하는 대부분의 숨은 그림자들을 조정하는 존재가 바로 라네. 그러니 자네는 이번 일에서 빠지게나. 자칫 자네가 노출된다면 모든 것이 수포로 돌아가니 말이네."

마고의 힘을 모두 얻지 않는 한, 라를 상대할 수 없다고 생각한 것인지 한심한 표정으로 나를 만류하고 있었다.

"그럴 수는 없겠습니다. MP요원들은 내가 거두겠습니다. 그들을 이대로 희생시킬 수는 없으니까요."

"어떻게 해야 알아듣겠나. 자네는 할아버님의 뜻을 거역하겠다는 뜻인가? 자네와는 상관이 없는 일이니 이 일에서 빠지게."

철없이 군다는 듯 나를 향해 불같이 화를 내는 모양이 우스웠다.

"상관이요. 최경아 씨는 주천문의 문도이기도 하지만 내가 주인으로 백무요의 신녀이기도 합니다. 그런데 나보고 상관하지 말라고요? 그렇게는 못합니다. 남이 내 사람을 이용해 먹는데 상관 안 할 수가 없군요."

"남? 후후후, 그럼 하는 수 없군. 정히 그렇게 나온다면 자네를 막을 수밖에. 철없는 행동을 하는 아이는 맞아야 정신을 차리니까."

앞에 있는 양반이 단호한 표정으로 손을 들었다. 주위에 숨어 있는 자들을 동원하려는 것 같은데 어떻게 하려는지 한번 지켜보기로 했다.

한철의 연락에 급히 안가로 오며 김한석은 자신이 거느리고 있는 비밀 세력을 동원했다.

여명(黎明)이라 이름 붙여진 비밀 조직으로 상당한 능력을 가진 자들이 다수 소속된 조직이다. 그가 데리고 온 자는 모두 세 명이었는데 하나같이 마스터 급의 능력을 보유하고 있었다.

스스스!

소리없이 세 사람이 나타났다. 무표정한 얼굴을 하고 있는 중년의 신사들이었다. 세 사람 다 말끔하게 양복을 차려입고 있었는데 풍기는 기운이 예사롭지 않았다.

―함장님, 괜찮겠습니까? 자칫 주변이 초토화될 수도 있습니다.

공격이 시작되려 하자 미네르바에게서 텔레파시가 전해졌다. 결계를 치지 않고 싸운다면 그 여파가 만만치 않을 것이기 때문이었다.

"걱정 마. 젠가이드를 사용하면 되니까."

―젠가이드의 사용법을 알아내셨다는 겁니까?

"응, 얼마 정도는. 앞으로 더 알아봐야 하지만 지금까지 알아낸 능력만으로도 쉽게 제압할 수 있을 거야. 주위에 피해를 입히지 않고도 제압할 수 있으니까 너무 걱정하지 마."

―알겠습니다.

"그럼 이만 끊자고."

―예.

미네르바와의 연락을 끊고 한철은 나타난 자들을 유심히 살폈다.

'기운을 숨기는데 능한 사람들이로군.'

김한석의 지시에 나서며 기운을 개방했지만 처음 존재를 느낄 때부터 놀랄 정도로 대단한 능력자들이었다.

자신들의 능력을 감추지 않고 개방하는 것을 느껴보니 예상보다 더욱 강한 듯했다. 아무리 대단한 능력을 가지고 있다고 해도 자신의 상대는 되지 않겠지만 김한석 원장이 가진 조직의 힘을 알아보기 위해 한철은 나타난 이들을 시험해 보기로 했다.

"후후후, 이런 사람들이 원장님 수하들이라니 놀랍군요."

"이들의 능력을 알아보다니 다행이군. 자네 아버지가 살아 돌아와도 당할 수 없는 사람들이지. 그러니 포기하게."

"포기하고 싶지는 않군요. 이런 사람들이 있는데도 CIA를 이용한 원장님께 실망을 느껴서 말입니다."

"아주 당돌하군. 그렇다면 할 수 없지. 일이 끝나는 시간까지 자네를 억류하는 수밖에."

"후후후, 그렇게 쉽게 되지는 않을 겁니다."

명상을 통해 젠가이드의 기능 중 몇 가지를 알아낸 한철이었다. 자신이 가진 능력으로도 충분히 상대가 가능했지만 한철은 젠가이드의 기능을 시험해 보기로 했다.

스슥!

두 사람이 순간이동을 하며 한철을 포위했다. 한철을 삼각

형의 중심에 놓고 포위한 것이다.

'합격진인가?'

세 사람의 기운이 서로 교차하는 것을 느끼며 한철은 젠가이드의 숨은 기능 중 하나를 일깨웠다. 무한의 늪이라 불려지는 기능으로 어떤 것이 됐든 젠가이드에 부딪치는 에너지를 흡수하는 기능이었다.

여명 내에서 삼령사(三靈師)라 불리는 세 사람은 김한석으로부터 한철을 제압할 때 다치지 않게 하라는 지시를 받고 있었기에 속박의 공간결계를 사용하고 있었다. 특별한 힘이 있는 매개체를 이용한 것이 아닌 자신들이 가지고 있는 순순한 싸이킥에너지를 이용하는 것이었다.

삼령사가 사용하는 공간결계는 넓은 공간은 무리지만 능력자 간의 전쟁시 일정 공간을 가두는 데는 탁월한 능력을 발휘하는 것이다.

이미 한철을 포위한 상태였기에 세 사람은 김한석의 명령대로 한철을 잡을 수 있다고 생각했다.

원래는 차원 주관자를 잡는 데 사용할 목적으로 만들어진 기술이다. 한철에게 사용하는 것에는 무리가 있었지만 공간결계를 친 것은 지금까지 한국에서 나타난 능력자 중 최고라 일컬어지는 얼굴 없는 사나이의 후예가 바로 한철이었기 때문이다.

하지만 그것이 착각이었다는 것은 금방 알 수 있었다. 자신들이 친 결계의 힘이 한철이 있는 공간을 속박하지 못하고 엉뚱한 곳으로 빠져나가는 것을 느낀 것이다.

"어, 어떻게?"

세 사람이 뿜어내는 힘의 흐름을 보고 있던 김한석이 놀라움에 의문을 표시했다. 자신이 알고 있는 한철의 능력이라면 절대로 있을 수 없는 일이 벌어진 탓이다.

더욱 놀라운 것은 결계의 힘을 방해하는 것도 아니고 한철이 흡수하고 있는 것으로 보였다. 그도 그럴 것이 세 사람의 힘이 흐름이 한철의 가슴속으로 집중되고 있었지만 어찌 된 일인지 타격은커녕 가슴속으로 빨리 듯 사라지고 있었던 것이다.

차원 주관자를 상대하려고 만들어진 만큼 마그터 급 능력자라 할지라도 감당할 수 없는 힘이었다. 설사 흡수를 시도한다고 해도 힘의 크기와 세 가지의 이질적인 기운을 이기지 못하고 소멸하고 말 터였다.

그런데 한철이 흡수를 시도하고 있었던 것이다.

"그만둬라!"

김한석이 소리를 질렀다. 자칫 한철이 이대로 소멸하고 만다면 지금까지 준비해 왔던 모든 것이 물거품이 되기에 김한석은 무척이나 다급했다.

"후, 재미있군요. 받았으니 돌려 드리도록 하지요."

김한석의 외침에 한철은 재미있다는 표정으로 말하며 들어왔던 힘을 내보냈다.

"큭!"

“커억!”

“으으!”

자신들이 내보낸 힘이 역류하자 세 사람은 비명과 함께 뒤로 비틀거리며 물러났다. 내상을 입은 듯 입 주변으로 가느다랗게 피를 흘리며 세 사람은 한철을 바라보았다.

방금 전 한철은 자신들이 만들어낸 결계의 힘을 완벽하게 역으로 짚으며 힘을 되돌려 보냈기 때문이다.

“어떻게 한 것이냐?”

김한석이 나서며 물었다. 소멸은커녕 힘의 반발도 없이 흡수했다가 뿜어내며 간단하게 마스터 급 세 사람을 제압했다. 그것은 한철의 아버지인 얼굴 없는 사나이도 하지 못한 일이었다.

그동안 한철을 예의 주시하고 있었지만 이런 능력이 있었다는 것은 알지 못했기에 연유를 물은 것이다.

“힘을 되돌렸을 뿐입니다.”

“그것을 묻는 것이 아니다.”

한철의 대답에 김한석은 고개를 가로저었다. 자신이 원하는 대답이 아니었기 때문이다.

“뭘 알고 싶으신 겁니까?”

“네가 가진 힘의 크기다. 저들 세 사람의 힘을 아무 힘도 들이지 않고 그렇게 되돌려 보낼 수 있다면 최소한 초월자의 경지에 들었다고 봐야 할 것이다. 내가 아는 한 네가 얻은 마고의 힘으로는 절대 그럴 수가 없다.”

　김한석이 단정하듯 말했다. 한철에게 남겨진 마고의 유산으로서는 절대 가질 수 없는 힘이기에 그는 의문스러운 표정으로 한철을 바라보았다.

　"원장님도 비밀이 많은데 저라고 비밀이 없겠습니까? 저 사람들 가지고는 저를 막을 수 없습니다. 저는 우리 백무요의 신녀가 된 사람을 그대로 잃을 수 없으니 이제부터 찾아봐야겠군요."

　"나갈 수 없다."

　김한석이 가로막고 나섰다. 이대로 간다면 놈들에게 감추어 놓은 최후의 패를 들킬 수 있었다. 아무리 능력이 상승했다고 해도 상대할 자들의 능력으로 볼 때 한철이 노출된다면 모든 것이 끝장이었기에 그는 다급할 수밖에 없었다.

　"크크, 원장님의 힘으로는 저를 막을 수가 없습니다. 그럼 안녕히 계십시오."

　팟!

　한철은 말을 끝내고 워프했다. 가네가와가 있는 사무실로 곧장 워프를 행한 것이다.

　"아!!"

　눈앞에 있던 한철의 존재감이 갑자기 사라지자 김한석은 멍한 눈으로 한철이 서 있던 곳을 바라보았다.

　"그 아이 공간이동 능력도 있었나? 하지만 이곳이 어떤 곳인데……."

　한철이 안가로 들어오자마자 다섯 겹의 결계가 자동적으로 펼쳐졌다. 능력자들을 상대하기 위해 만들어진 안가의 결계망을 유유히 뚫고 사라져 버린 한철의 능력이 도대체 어디까지인지 짐작할 수 없었다.

어쩌면 자신이 한철에 대해 잘못 파악하고 있었을지도 모른다는 생각에 김한석은 조금 전 자신이 보았던 한철의 능력을 고스란히 의념에 실어 한철의 할아버지에게 전송하기 시작했다.

"주인님!"

사무실에 갑자기 나타난 한철을 보며 가네가와가 자리에서 벌떡 일어나며 외쳤다.

"일단, 자리에 앉아."

"알겠습니다."

가네가와가 천천히 자리에 앉자 한철은 아이들이 앉아 있는 소파로 가서 앉았다.

"다들 새로운 힘을 얻은 모양이로구나. 아직 안정이 안 된 것 같으니 지금부터 힘을 안정시키도록 해라."

"하지만!"

호텔의 상황이 예사롭지 않은 것처럼 보였다. 어느 순간이고 자신들이 나서야 할지 모르는 때였기에 조민서는 불안한 듯 한철을 바라보았다.

분신의 힘을 통해 암흑율사들이 가진 힘이 어느 정도인지 알 수 있었던 조민서로서는 당연한 걱정이었다.

“저쪽 상황은 염려하지 마라. 처리할 사람들이 있으니까. 돌다리도 두들겨 보고 건널 놈들이니 아직은 큰일이 벌어지지 않을 거다.”

“알았어요.”

자신을 바라보는 한철의 얼굴에서는 불안감을 찾아볼 수 없었다.

‘그래, 문주님이라면…….’

자신들을 각성시키고 차원이 다른 능력을 일깨워 준 이였다. 그런 한철이 섣불리 일을 처리하지 않을 것이란 것을 알고 있기에 조민서는 앉은 자리에서 천천히 눈을 감았다.

민영을 제외하고 다들 눈을 감고 명상에 들었다. 첫 번째 분신을 상대하고 완벽히 힘을 갈무리했기에 아무것도 할 일이 없었던 박민영은 한철을 바라보고 있었다.

“민영이는 나한테 오도록 해라. 균형이 기울어지면 안 되니까. 너에게 새로운 힘을 주도록 하마.”

“예!”

민영은 웃으며 한철에게 다가갔다. 다른 아이들이 암흑율사의 분신들로부터 새로운 힘을 얻었는데 자신만 뒤처지는 것 같아 기분이 별로 좋지 않았는데 한철이 그것을 해소시켜 줄 것이라는 것을 안 것이다.

“눈을 감고 집중해라.”

한철은 자신 앞에서 지그시 눈을 감는 민영을 바라보며 자리에서 일어나 머리에 손을 얹었다. 가네가와로부터 흡수했던 힘 중 분신들의 수준에 맞춰 민영에게 전하기 위해서였다.

힘이 전이되는 순간은 찰나였다.

그저 잠시 손을 얹었다가 뗀 것뿐이었다. 전해지는 힘의 파장에 경이로움을 느낀 민영이었으나, 이내 자신의 힘과 융합시키기 위해 명상에 들었다.

"가네가와!"

다섯 아이가 제각기 명상에 잠겨 있는 모습을 본 한철이 가네가와를 불렀다.

"예!"

거대한 힘을 아무렇지 않게 전하는 것을 멍하니 바라보던 가네가와는 한철의 부름 속에 뭔가 있다는 것을 느끼고는 정신을 차리고 조심스럽게 대답을 했다.

"암흑율사들의 힘을 네가 흡수하면 천조의 힘을 네 것으로 만드는 데 한 발자국 더 다가설 것이다."

"……."

가네가와는 이미 알고 있는 이야기를 굳이 꺼내는 이유를 모르기에 한철을 바라보았다.

"이번에 세 명이 가진 천조의 잔재를 얻게 되면 곧장 일본으로 건너가라."

"나머지도 처리하라는 말씀입니까?"

당연한 듯 자신이 암흑율사들이 가진 힘을 얻게 된다는 말이 사실임을 확인한 가네가와는 일본행의 이유를 물었다.

"그렇다. 암흑율사들을 모두 제거하고 그들이 가진 힘을 모조리 흡수해라. 기한은 두 달이다. 어떻게 해서든지 앞으로 두 달 안에 그들의 힘을 네 것으로 만들어야 한다."

"아무리 제가 저곳에 있는 자들의 힘을 얻는다고 해도 그건 불가능한 일입니다."

자신이 알고 있는 대로라면 절대 불가능한 일이었다.

오늘 흑룡회에 포위당한 암흑율사들의 힘을 얻고 자신의 것으로 만드는 데만 한 명에 열흘, 총 한 달이라는 시간이 걸릴 터였다. 본토에 있는 나머지 암흑율사들의 힘을 흡수하는 데는 50일이 걸린다. 준비하는 시간까지 합치면 최하 석 달은 걸릴 것이기에 불가능하다고 말한 것이다.

"불가능하지 않다. 너에게 최대한 지원을 할 것이다. 놈들이 있는 곳은 모두 파악이 되었다. 넌 지시하는 대로 놈들을 찾은 후에 힘을 흡수하면 된다."

"모두 파악이 됐다는 말입니까?"

"그렇다. 전부."

"음……!"

암천문 내에서도 암흑율사들의 위치는 극비로 다뤄지기에 같은 암흑율사라 할지라도 알 수가 없었다. 알면 알수록 수수께끼 같은 한철의 능력에 가네가와는 신음을 흘렸다.

"하지만 그들의 위치를 알았다고 해서 쉽게 끝날 일이 아닙니다. 암흑율사들은 자신의 분신들을 거느립니다. 그 분신들을 처리하고 힘을 흡수하자면 상당한 격전을 치러야 합니다."

한철이 어떻게 위치를 알았는지 궁금했지만 그것보다는 암흑율사들이 거느린 분신들과 인형들이 문제였기에 어떻게 처리할지 물었다.

"분신들 말이냐? 그들은 따로 처리할 사람들이 있다. 그러니 넌 암흑율사들만 상대하면 된다."

"분신들을 처리해 주신다면 한번 해볼 만합니다만 그들을 처리하려면 상당한 능력자들이 동원되어야 합니다, 그렇게 되면……."

분신이라고는 하지만 그들의 능력도 무시할 수 없었다. 그들을 상대하기 위해 능력자들을 동원하게 되면 자칫 암천문이 아니라 일본이라는 나라와의 전면전이 될 수도 있었다.

한철이 자신있게 말했지만 그런 상황이 오면 안 되기에 가네가와는 불안한 듯 말끝을 흐렸다.

"저기 있는 자들의 분신들도 이미 처리가 끝났다. 놈들이 김해에서 올라오며 불러들였던 놈들 전부가 사라진 것이지. 넌 저들의 힘을 흡수하기만 하면 된다. 세 놈을 한꺼번에 상대하는 것은 힘들 테니 내가 도와주도록 하마. 저놈들의 힘을 전부 흡수하고 나면 일본에 가더라도 혼자서 충분히 놈들을 상대할 수 있을 것이다."

"벌써 끝내셨다는 말입니까?"

아무리 살펴봐도 분신들이 보이지 않는 것이 이상했었다. 아직 모일 시간이 되지 않았다고 생각했었는데 벌써 처리가 끝났다니 등골이 서늘했다.

"저 아이들의 힘이 컸다. 인형이라고 불리는 놈들은 다른 사람들이 처리했지만 분신들은 저 아이들이 처리하고 왔다."

"그렇군요."

가네가와는 명상에 잠겨 있는 아이들을 다시 한 번 바라보 았다. 자신과 비교해도 손색이 없는 힘을 가진 아이들이라는 것을 알고 있었지만 한철의 말을 듣고 나니 다시 보였다.

분신들을 처리하자면 얼마간이라도 피해를 입었을 법도 한 데 아무런 피해도 없어 보였던 것이다.

"공격이 언제 시작될 것으로 보이나?"

"흑룡회에서 온 자들도 암흑율사들의 분신들을 우려하는 것 같지만 오지 않을 것이니 조금 더 상황을 지켜본 뒤에 시작 할 것으로 보입니다."

"음, 그렇다면 MP요원들이 문제로군."

한철은 MP요원들을 어떻게 처리해야 할지 고민이 들었다. 모든 것은 전격적으로 이루어져야 했다. 상대를 숨 돌릴 틈 없 이 몰아쳐 한꺼번에 처리해야 하는 것이다.

그렇지만 자신에게는 여유가 없었다. 흑룡회의 인물들을 견 제해야 하고 가네가와가 암흑율사들을 제압하는 것을 도와야 했다. 그렇게 되면 MP요원들을 제압할 여력이 없는 것이다.

네르키즈를 타고 온 겐트리온 연합의 인물들을 이용하면 되 겠지만 골든나이트가 완전히 가동된 후라야 동원할 수 있는 사람들이었기에 그것도 힘들었다.

'할 수 없군. 도움을 요청하는 수밖에.'

한철은 헨리에게 도움을 청하기로 했다. 그의 휘하에 있는 쉐도우를 이용하면 될 것 같았다. 자신이 조금만 돕는다면 희생없이 MP요원들을 충분히 제압할 수 있을 것 같았다.

"에이미."

"어쩐 일이에요?"

텔레파시를 통한 갑작스러운 연락이었지만 에이미는 침착하게 되물었다.

"도움이 필요해서."

"도움이 필요하다니 무슨 일이 있는 건가요?"

"그래, 흑룡회와 암천문이 붙을 것 같아. 쉐도우들이 좀 도와줬으면 하는데."

"가도록 하지요. 상황을 설명해 보세요."

"지금 이곳은……."

한철은 텔레파시를 통해 지금 벌어지는 상황을 간략하게 요약해 전송했다.

"알았어요. 이곳에 있는 세 사람은 금방 갈 수 있지만 다른 이들은 지금 한국을 향해 비행기로 오고 있는 중이라 힘들겠는데, 어쩌죠?"

"아직 도착하지 않은 것인가?"

"맞아요. 전용기를 이용해 2시간 후면 도착할 거예요."

"시간이 없군."

"어떻게 하지요?"

"으음, 내게 방법이 있는데……."

“방법이요? 설마, 공간이동인가요?”

“맞아. 공간이동을 통해 이곳으로 불러올 수 있어. 그렇지만 오는 이들에게 설명을 해줘야 해. 공간이동을 거부하면 그대로 소멸될 수도 있으니까.”

“바로 연락을 하도록 하지요.”

“좋아, 채널을 열어놓고 연락이 끝나면 말해줘. 곧바로 이동시킬 테니까. 그들에게는 적당히 둘러대도록 하고.”

에이미는 한철의 능력을 알고 있지만 다른 이들에게는 경각심을 심어줄 수 있기에 곧바로 알아들었다.

“알았어요. 그러는 편이 좋을 것 같군요.”

얼마 후, 에이미로부터 다시 연락이 왔다.

“이야기는 해두었어요. 곧바로 이동시키면 될 거예요. 하지만 다른 이들에게는 적당한 변명을 준비해야 할 거예요. 일이 다급하게 돼서 여러 사람의 힘을 모아 공간이동을 시킨 것이라고 말이죠. 주천문의 사람들을 언급해 두었으니 아마 믿을 거예요.”

한철은 에이미가 말하고자 하는 바가 무엇인지 충분히 알 수 있었다. 앤트 가에도 시바나 라의 추종자들이 잠입해 있을 수도 있었기 때문이다.

“그렇게 하도록 하지, 아직은 내가 가진 힘이 드러나서는 곤란하니까.”

“그래요. 그럼 지금부터 신호를 보낼 테니 저를 이용해 쉐도우들의 위치를 추적하세요.”

한철이 좌표를 쉽게 추적할 수 있도록 에이미는 자신의 정신을 개방한 채 쉐도우와 연락을 시도했다. 워프시키는 것은 간단했다. 미네르바의 추적으로 정확한 위치만 알면 되는 것이다.

한철은 에이미의 텔레파시가 쉐도우들에게 닿는 것과 동시에 미네르바를 이용해 비행기 안에 타고 있던 쉐도우 일행을 모두 워프시켰다.

미국에서 헨리를 돕기 위해 마지막 후발대로 오는 사람들이었다.

백인과 흑인이 고루 섞인 자들 20여 명이 동시에 사무실에 갑자기 나타났다. 가네가와와 그의 수하들이 움찔하다 이내 공격하려 했지만 한철의 제지로 멈추었다.

"우리를 도울 자들이다."

"그렇습니까?"

"저들이 MP요원들을 제압할 것이다. 그와 동시에 흑룡회의 인물들과 암흑율사들을 제압하면 된다. 난 흑룡회의 인물들을 맡을 테니 넌 암흑율사들을 맡아라."

"저 혼자 말입니까?"

셋을 동시에 제압하려면 분신들인 수하들과 함께해야 했다. 그렇지 않으면 자신이 당할 수도 있었기에 가네가와가 물었다.

"저 아이들이 도울 것이다. 네 수하들은 내가 지시한 대로 지금처럼 주변을 경계하면서 만약의 사태에 대비한다. 네 수하들을 도울 자들이 올 것이다."

미네르바를 통해 세뇌시킨 능력자들과 주천문도들을 만약을 위해 대비시켜 놓은 한철이었다.

"그럼 충분하겠군요."

한철의 말에 안도한 가네가와는 자신의 힘을 끌어올렸다. 본격적인 전투에 대비하는 것이다.

"오는군."

한철의 혼자말에 가네가와가 주변을 살폈다. 다른 자들이 사무실로 들어오는 것을 놓쳤던 터라 확인을 하고 싶었던 것이다.

스슷!

역시나 이번에도 알아차릴 사이도 없이 사람들이 나타났다. 헨리를 비롯한 쉐도우의 수뇌부라고 할 수 있는 제이슨과 에이미, 그리고 젬마였다.

"곧장 시작하는 건가?"

사무실에 도착한 헨리는 심상치 않은 분위기로 보아 싸움이 멀지 않았다는 것을 알았기에 단도직입적으로 물었다.

"조금 있으면 시작할 것 같습니다."

"그럼 서둘러야겠군."

전투가 임박했음을 확인한 헨리는 제이슨에게 지시를 내렸다. 에이미와 젬마와 함께 3개 조를 만들어 MP요원들을 상대하라는 지시였다.

헨리의 지시를 받은 쉐도우들이 곧장 흩어졌다. 허공에서 사라져 가는 모습은 마치 유령을 보는 것 같았다.

'으음, 저들이 바로 그들이로군. 죽음의 그림자라는… 이 정도면 큰 피해 없이 상황을 종결시킬 수 있겠다.'

쉐도우들이 사라지는 모습을 보면서 가네가와는 한 가지 정보를 기억해 낼 수 있었다. 첩보세계를 지배해 온 공포의 조직이 생각난 것이다.

단시간 내에 급조된 팀치고는 과한 면이 있었다. 아니, 무서워 다리가 벌벌 떨릴 지경이었다. 암천문이나 흑룡회 정도는 단숨에 먼지로 만들어 버릴 수 있는 가공할 전력이었다.

하지만 더 무서운 것은 한철이 뭔가 감추고 있는 것이 있어 보인다는 것이다. 비밀스럽고 위험한 느낌이 드는 그런 힘을 말이다. 가네가와는 지난날 자신의 선택이 스스로를 구했음을 알 수 있었다.

지금도 가끔씩 자신도 모르는 사이에 튀어나오는 천조의 망령 때문에 원래의 자신을 찾고는 한다. 그럴 때마다 천조를 제어하는 것은 한철이 남긴 기운이었다.

이 정도의 능력을 보유하고 있다면 자신이 주인으로 모시는 한철도 이미 알고 있을 것이다. 그럼에도 아무런 조치를 취하지 않는 것은 아마도 자신의 선택을 기다리는 것이 분명했다.

'선택을 하고 스스로 극복을 해야 한다는 말이로군.'

어차피 선택을 해야 한다면 한철을 택하는 쪽이 나았다. 자신의 감각이 그렇게 계속 속삭였다. 이번 선택이 자신의 미래를 결정할 것이라고.

'어!!'

결심을 굳힌 가네가와는 자신을 바라보며 미소를 짓고 있는 한철을 보며 자신의 결정이 틀리지 않음을 알 수 있었다. 이제는 자신의 운명을 건 사람이었기에 전력을 기울여 따라야 할 때였다.

"가지!"

"예!"

한철의 말에 가네가와는 자신있게 대답을 했다. 마음의 거리낌이 모두 사라졌기에 그의 얼굴은 무척이나 밝았다.

CCTV 이외에는 조용한 복도에 움직이는 것이라고는 하나도 없었다. 기이한 분위기가 건물에 감돌기 시작하면서부터 암흑율사들은 긴장한 채 상황을 파악하기 시작했다.

"생명체의 반응이 하나도 나타나지 않는 것을 보면 우리도 모르는 사이에 함정이 준비되어 있었던 것 같다."

불길한 기운을 느낀 순간부터 주변 정황을 파악한 조지마는 자신을 주시하고 있는 두 사람에게 말했다.

"분신들이나 인형들이 도착하지 않는 것도 이곳을 에워싸고 있는 놈들이 손을 쓴 것인가 보군."

도착 시간이 늦어지면서 어느 정도 예측하고 있었던 것이지만 조지마의 말로 상황이 확실해지자 아키야마는 싸늘한 미소를 지으며 주변을 돌아보았다.

"후후후, 결계를 친 것이 어떤 놈들인지는 모르지만 오랜만에 피를 보겠군."

결계로 뒤덮였다는 것을 알면서도 마츠다는 앞으로 있을 결전이 즐거운 듯 웃으며 자리에서 일어났다. 마츠다의 미소는 어느새 두 사람에게도 전염이 되어 있었다.

암흑율사들이 전쟁의 선두에 선 것은 오래전 제국의 깃발아래 조선을 짓밟았을 때가 마지막이었다.

세력을 확장하며 반대하는 자들이나, 암천문의 배신자들을 처단할 때 이외에는 대규모의 피를 본 적이 없는 그들이었다.

이번 기회가 오랜만에 피에 대한 갈증을 채울 수 있는 좋은 기회였던 것이다.

"시작할까?"

마츠다는 두 사람을 향해 말했다.

마츠다의 제안에 조지마와 아키야마는 마츠다에게 다가가 손을 잡았다. 서로가 서로의 손을 잡은 세 사람은 삼각형을 이루며 기운을 끌어올렸다.

서로 간의 기운이 교차하며 세 사람의 승복이 펄럭였다. 아침 해가 떠오르듯 그들의 몸 뒤로 광휘가 머물기 시작했다.

푸른빛과 붉은빛, 그리고 흰빛이 어우러진 광휘들은 서로가 서로를 침범하며 하나가 되어갔다. 빛이 합쳐지면 무색의 투명한 색이 되어야 정상이지만 합쳐져 가는 빛들은 점차 검은 색으로 물들어갔다.

암흑율사들이 펼치는 것은 삼원천중술(三元天中術)이라는 고대의 술법으로 잠시뿐이지만 현세에서 차원 주관자의 힘을 온전히 드러낼 수 있는 술법이었다.

하지만 그동안 펼쳐진 것은 오직 한 번뿐이었다. 무리한 힘의 방출로 인해 시전하는 자들의 육신과 영혼이 영원히 소멸되기 때문이었다.

천조의 힘을 나누어 가진 이래 암흑율사들이 힘을 합치는 삼원천중술이 펼쳐진 경우는 오직 한 번밖에는 없었다. 100여 년 전 한반도의 왕조를 수호하는 자들을 말살시켰을 때뿐이었다.

세 개의 삼원천중술이 만들어지고 다시 중첩되어 삼원천중술이 펼쳐졌을 때 거의 전부라고 할 수 있는 조선의 술사들은 모두 소멸당했다.

그렇지만 삼원천중술을 펼친 대가는 컸다. 천조의 힘을 대부분 소진하자 육체가 무너져 소멸의 길에 이르게 된 것이다.

전대의 암흑율사들도 소멸되기 직전 자신이 가진 천조의 힘을 후대의 암흑율사들에게 넘겼다. 처음부터 모든 것을 지켜보았기에 지금의 암흑율사들도 삼원천중술을 펼칠 줄 알았다.

삼원천중술을 펼치면 소멸이 되지만 세 사람이 아무렇지 않게 펼친 것은 이제는 소멸의 위험이 사라졌기 때문이다.

지구를 덮고 있던 차원들이 제자리를 찾으면서 천조가 가진 힘을 온전히 사용할 수 있는 것은 물론, 그로 인해 삼원천중술을 펼치더라도 소멸되지 않는다는 것을 알아냈던 것이다.

휘이이이!

빛이 합쳐지고 난 후, 허공에 뜬 채 빠르게 회전하고 있었기에 세 사람의 신형이 흔들렸다. 세 사람의 신형이 하나하나 겹치듯 점차 사라져 갔다.

번쩍!

세 사람의 신형이 완전히 하나로 합쳐진 후에 강렬한 섬광이 터져 나왔다. 지난날 전대의 암흑율사들이 펼치던 삼원천중술과는 전혀 다른 현상이었다.

"크크크, 성공이로군."

회전이 끝나고 그 자리에 세 사람과는 전혀 다른 사람이 나타났다. 하얀 피부에 붉은 눈동자를 가진 자였다.

그의 눈동자는 세 겹으로 되어 있었는데 겹쳐져 있는 부분마다 색이 달랐다. 주변을 광휘로 물들인 삼색의 빛이 눈동자에 머물고 있었다.

"크크크, 드디어 한 몸으로 세상에 나온 것인가?"

괴소를 흘린 사나이의 시선이 자신의 몸을 훑었다.

"크크크, 아직 온전한 몸은 아니지만 그런 대로 쓸 만하군. 어떤 놈들인지 모르겠지만 세상에 나온 기념으로 영원의 나락으로 떨어뜨려 주마."

사나이는 괴소를 흘린 후 냄새를 맡으려는 듯 코를 벌름거렸다. 희한한 동작으로 호텔 주변에 있는 적의 존재들을 하나도 남김없이 찾아내고 있었다.

코를 킁킁거리며 냄새를 맡는 것은 그의 습관일 뿐, 가끔씩 손을 휘젓는 것을 보면 그것으로 적의 존재를 알아내려는 것은 아닌 것 같았다.

'명왕의 기운을 가진 놈들도 있고. 후후후, 이건 또 뭐야. 복잡한 놈들이로군. 라의 기운도 스며들어 있고, 명왕과 마고의 기운을 가진 놈들도 잠복하고 있고, 재미있겠군. 감히 나를 배신한 놈까지 있다는 말이지.'

사나이는 주변을 감싸고 있는 존재들을 모두 감지했다.

"응?"

주변의 존재들을 다시 한 번 확인하던 사나이의 눈에 이채가 서렸다. 새로운 존재를 감지한 것이다. 상당한 기운을 감춘 자가 자신의 방 근처에 있었던 것이다.

"어서 나오지. 벌레같이 아래위에 숨어 있는 놈들은 재미가 없으니까 말이야."

사나이는 멀리 빌딩들이 비쳐 보이는 창문을 바라보며 조용한 음색으로 말했다. 건물 외벽에 결계를 완성한 흑룡회의 인물들을 부른 것이다.

"역시, 너희들도 힘을 얻은 것인가?"

보이지 않는 존재로부터 말소리가 흘러나왔다. 목소리의 주인공은 흑룡회주였다.

"거기였나?"

표정 하나 변하지 않은 사나이는 고개를 돌려 한곳을 바라보았다. 목소리가 흘러나왔던 곳과는 다른 곳이었다. 흑룡회주가 신형을 감춘 채 몸을 숨기고 있는 공간이었다.

'……'

　자신이 있는 곳을 단번에 알아낸 사나이를 보며 흑룡회주는 아무런 말도 할 수 없었다.

　"후후, 비록 육체는 없지만 익숙한 냄새야. 굉장한 힘이기도 하고. 흑룡회의 떨거지인가?"

　흑룡회주의 힘을 느낀 사나이는 미소를 지었다. 흑룡회가 명왕의 힘을 얻은 것을 느꼈기에 오랜만에 상대다운 상대를 만난 것에 기분이 좋은 모양이었다.

　"나를 제거하러 왔으면 이제 슬슬 시작하지. 흑룡회에서 새로운 자들을 키운 모양인데 궁금하니까 말이야."

　사나이가 자세를 잡으며 흑룡회주가 있는 곳을 향해 말을 건넸다. 미소를 지으며 빤히 바라보고 있는 사나이를 보며 흑룡회주는 나서지 않을 수 없었다.

　"으음, 그래야 할 것 같군."

　흑룡회주는 사나이의 몸에서 뿜어지는 힘의 파장을 느끼는 듯 말소리에 약간의 떨림이 섞여 있었다.

　삼원천중술을 펼칠 때 막지 못한 것이 후회가 되고 있었다. 가시권 내에 있는 모든 존재를 소멸시키기에 결계 속에 숨어 있었던 것이 실책인 것 같았다.

　한국에 오는 암흑율사들이 세 명인 것을 파악하고 작전을 준비했다. 이미 각자 가지고 있는 힘을 삼원천중술로 합친 만큼 만만치가 않았다. 준비한 것으로는 막을 수 있을지 장담조차 할 수 없었다.

　삼원천중술을 펼쳐도 소멸에 이르지 않게 됐지만 그것을 모르는 흑룡회주는 암흑율사들이 소멸을 각오한 것으로 비쳐졌던 것이다.

'어쩌면 아직 기회가 있을지도 모른다.'

흑룡회주는 사나이의 말에서 상대가 자신에 대해 아직 파악하지 못하고 있다는 것을 알았다. 무시하는 것인지 자신을 상대하는데 너무 빈틈이 많아 보였던 것이다.

'어차피 승부를 결해야 한다. 이자의 육체를 얻는다면 내가 원하는 것에 조금 더 가까워질 테니까. 내가 흑룡회주라는 것을 인식하지 못하는 것 같으니 방심한 틈을 노린다면 놈의 몸을 얻을 수 있을 것이다.'

편하게 생각하기로 했다 강한 육체일수록 담을 수 있는 힘의 크기는 더욱 크기에 자신에게는 기회가 될 수도 있었다.

그리고 상대는 자신이 가진 힘의 겉모습만 봤기 때문인지 방심하고 있었다. 방심하고 있다면 아무리 육체를 잃어 제 힘을 발휘하지 못한다고 해도 충분히 기회를 얻을 수 있었다.

마음을 가라앉힌 흑룡회주는 자신의 기운을 서서히 끌어올리기 시작했다. 상대의 방심을 유도하기 위해 자신의 힘 중 일부만을 보여주고 있었다.

화르르!

창문 쪽에서 불꽃이 일어났다. 화염은 특이하게도 검은색으로 이루어진 불꽃이었다. 열기를 내뿜지 않는 검은 기운으로 가득 찬 불꽃이 움직이기 시작했다.

검게 타오르던 불꽃은 이내 하나의 형상을 이루었다. 어느새 검은 불길을 온몸에 두른 검은색의 용으로 화신했다.

흑룡은 천천히 무엇인가를 휘돌았다. 흑룡회주의 정신체였다. 전신을 휘도는 흑룡의 움직임이 멈출 때쯤, 인간의 모습이 창문에 드러났다. 온통 검은색으로 물든 모습의 흑룡회주가 본신을 드러낸 것이다.

비록 육체를 가지지 않아 완전하지는 않지만 흑룡회주의 몸에서는 가공할 기운이 폭사되기 시작했다. 시간을 끌면 불리하기에 단숨에 끝내려는 듯 흑룡회주는 조급한 모습으로 신형이 형상화되자마자 공격을 감행했다.

명왕의 능력 중 하나인 흑암의 신체는 변이가 가능하다. 흑암의 신체를 얻은 후 의지하에 있는 경우에는 어떠한 것으로도 변신이 가능한 것이다.

사나이를 향해 다가가는 흑룡회주, 흑암체의 양손이 마치 송곳처럼 뾰족하게 변해 있었다. 팔뚝 부근에는 소용돌이치듯 검은 기운이 맴돌며 사나이를 향해 뻗어나갔다.

콰직!

송곳 같은 팔이 바닥을 뚫었다. 콘크리트로 된 바닥이 종이에 구멍이 나듯 뻥 뚫리며 무참하게 잘라진 철근들이 모습을 드러냈다.

찰나의 순간이라고 할 만큼 흑룡회주의 공격이 빠르게 감행되는 것과 동시에 사나이가 신형을 피해 버려 애꿎은 바닥만 수난을 당한 것이다.

인간의 눈으로는 거의 보이지 않는 속도로 공격했지만 성과
가 없자 흑룡회주는 사나이의 공격을 피하려는 듯 신형을 돌
리며 자신의 주위에 기운을 뿌렸다.

그의 손에서 검은 기운이 떨어져 나가며 무수한 구체를 만
들어냈다. 마치 성게처럼 보기에도 흉측한 수많은 가시들이
돋아 있는 검은 구체들이었다.

휘이잉!

콰지직!

쾅! 콰콰콰쾅!

검은 구체들이 휘돌며 주변에 있는 것을 모두 부숴 버렸다.
의자는 물론, 탁자와 여러 가지 집기들이 주먹만한 검은 구체
의 움직임에 휩쓸려 모든 것을 산산조각 내버린 것이다.

'크크크, 어리석은 놈.'

쓸데없이 힘을 낭비하고 있는 흑룡회주를 보며 사나이는 비
웃었다. 그런 힘으로 자신에게 타격을 줄 수는 없기 때문이다.
자신의 공격을 회피하기 위해 발버둥치는 것으로밖에는 보이
지 않았다.

흑룡회주의 움직임이 격해지며 허점이 보였다. 검은 구체로
자신의 공격을 회피할 수 있을 것이라 생각한 것인지 움직임
커진 상대를 놓칠 사나이가 아니었다.

부앙!!

작렬하는 공기의 파공음과 함께 사나이의 공격이 흑룡회주
를 향해 다가갔다. 흰 백광이 그의 손에 감돌았다. 사나이는

자신의 공세가 성공하리라 의심치 않았다.

사나이가 펼친 것은 압엽인(岋燒刃)이라 불리는 수법이다. 대기를 압착해 강력한 기운을 연속적으로 휘몰아쳐 상대를 난도질하는 수법이다.

압엽인은 육체는 물론 정신체에도 타격을 가하는 것이다. 천조가 남긴 힘이 응축되어 있는 탓에 그 어떤 것도 막을 수 없다고 자신하는 것을 사나이가 시전한 것이다.

퍼퍼퍽!

사나이의 예상과 같이 나뭇잎처럼 생긴 압엽인이 흑룡회주의 전신에 틀어박혔다. 물리적 타격을 줄 수 없는 정신체로 이루어진 흑룡회주는 고통이 이는 듯 몸을 바르르 떨었다.

"후후후, 너무 날뛰었어. 고작 그런 힘으로 나를 어떻게 할 수 있다고 생각하나? 내가 가진 힘은 그리 녹녹한 것이 아니거든. 거기다가 이제는 일부분이기는 하지만 제약이 없어졌는데 그런 식으로 나를 상대하려 했다니 어리석은 생각이었다."

사나이는 전신에 틀어박힌 압엽인으로 인해 움직임 수 없는 흑룡회주를 비웃었다.

콰직!

사나이는 흑룡회주에게 천천히 다가갔다. 잔해들이 사나이의 발걸음으로 인해 부서져 나갔다.

정신체로 만들어진 검은 몸으로는 자신을 공격한 이가 누구인지 아직은 확인할 수 없었다. 확인하기 위해서는 정신체에 직접 접촉해야 하기에 흑룡회주에게 다가간 것이다.

"네놈이 흑룡회의 일원이라면 암흑율사의 무서움을 알 텐데 모르는 것을 보니 흑룡회주가 잘못 가르쳤나 보군."

사나이는 자신이 방금 제압한 자가 흑룡회주라는 것을 모르고 있었다. 흑룡회주라면 이런 어리석은 행동은 하지 않을 것이기 때문이다.

그것은 흑룡회의 장로들도 마찬가지였다. 그들도 암흑율사들의 진정한 힘을 알고 있기에 자신을 공격한 이가 흑룡회가 부리는 자들 중 하나라고만 생각했다.

콱!

사나이는 흑룡회주의 목 언저리로 보이는 부분을 잡았다. 정신체라고 하지만 사나이가 가지고 있는 천조의 기운이 그것을 가능하게 했다.

번쩍!

흑룡회주의 눈이 떠졌다. 눈이라고 할 수도 없었지만 붉은 화광을 머금고 있는 부분이 사나이를 노려보았다.

'이놈이?'

이상했다. 공격할 때와는 달리 지금 손에서 느껴지는 기운은 자신에 비해 전혀 못하지 않았다.

'이런 놈이 그런 허술한 공격을, 아차!'

사나이는 자신이 너무 방심했음을 느낄 수 있었다. 주위를 둘러본 그의 눈에 비친 것은 소멸되지 않은 검은 구체들이었다. 아직까지 가시가 돋은 검은 구체들이 자신의 주위를 감싸고 있었던 것이다.

"쉽게 잡혀줘서 고맙군. 네놈의 육신을 온전한 상태에서 얻을 수 있게 해줘서 말이야."

비릿한 조소와 함께 흑룡회주의 목소리가 들리자 사나이는 흑룡회주를 노려보았다.

"저따위 허접한 것으로 나를 잡을 수 있다고 생각하나?"

방심했다고는 하지만 사나이는 자신 있었다. 천조가 가진 힘 가운데 삼 할이 자신에게 있었다. 이런 힘이라면 그 어떤 존재도 소멸시킬 수 있다고 자신하고 있었다.

"한번 해보도록. 네놈이 나를 잡고 있다고 유리하다고 생각하고 있는 것 같은데. 크크크, 과연 그럴까?"

흑룡회주의 말대로였다. 흑룡회주의 정신체는 자신에게 잡혀 있었다. 그렇기에 자신을 포위하고 있는 검은 구체들을 보고도 안심하고 있었다. 아무리 자신과 비슷한 힘을 보유하고 있다고는 하지만 전적으로 자신에게 유리했기 때문이다.

"월랑폭!!"

흑룡회주의 비웃음에 사나이는 자신의 능력 중 일부를 개방했다. 언령으로 맺어진 시동어와 함께 그의 손에 으스름한 달빛의 기운을 머금은 고리가 생겨나며 흑룡회주의 목을 감쌌다. 마치 칼을 쓴 듯한 모습이었다.

"이래도 네놈이 유리하다고 할 수 있을까? 정신체라지만 단번에 네놈을 소멸시킬 고리가 끼워졌으니 말이다."

"고맙군. 그렇지 않아도 원하던 것이었는데."

흑룡회주의 말이 끝나기 무섭게 목을 감싸고 있던 은빛 고

리가 스며들 듯 흑룡회주의 검은 정신체 안으로 사라져 버렸
다.

"어, 어떻게?"

사나이의 눈이 크게 떠지며 흑룡회주를 노려보았다. 조금
전 느꼈던 힘을 능가하는 강력한 기운이 흑룡회주의 전신에
머물기 시작하는 것을 느꼈기 때문이다.

"크크크, 이 안에 떠돌고 있는 구체들은 촉루(燭髏)라는 것
이다. 네놈이 발산하는 힘을 묶어서 나에게 전달하는 역할을
한다. 네가 아무리 천조가 가진 힘의 일부를 이어받았다고는
하지만 원래 명왕의 힘을 전부 얻은 나보다는 못한 것이었다."

"이! 이!!"

사나이는 불안한 기분에 흑룡회주의 정신체에서 손을 떼려
했지만 그럴 수가 없었다. 마치 한 몸인 것처럼 달라붙어 떨어
지지 않았다.

"소용없는 짓이다."

으드득!!

"이를 갈아도 소용없다."

"하지만 어떻게?"

"후후후, 어찌 된 일인지 궁금한가 보군."

흑룡회주의 말대로 사나이는 궁금했다. 처음 나타날 때부터
약세를 보였다. 아니, 자신이 확인한 바로는 틀림없었다. 속이
는 것이 아니라 확실히 자신보다 약했다. 그런데 어째서 이런
상황이 벌어진 것인지 알 수가 없었다.

"정신체라 내가 가진 힘을 제대로 쓸 수가 없었다. 전적으로 내가 불리하다고 할 수 있었다. 하지만 네놈의 공격이 시작되는 순간 네놈의 힘을 흡수할 수 있었다. 네놈의 힘을 흡수한 후에도 승부를 장담할 수가 없었다. 하지만 지금이라면 다르지. 조금 전 네놈의 공격으로 난 너의 몸에 깃들어 있는 암흑율사 중 하나를 흡수해 버렸으니까. 이제부터는 내가 가진 온전한 힘을 쓸 수가 있게 됐으니 정말이지 고맙다는 말밖에는 할 말이 없다."

"크으윽!"

말이 끝남과 동시에 사나이가 비명을 토했다. 흑룡회주의 말대로 암흑율사를 흡수한 것인지 삼원천중술이 깨지고 있었기 때문이다.

"차앗!"

기합과 함께 사나이는 뒤로 몸을 빼려 했다. 하지만 그것도 여의치 않았다. 여전히 흑룡회주의 목을 잡았던 손이 떨어지지 않았던 것이다.

"후후후, 안 된다고 했지 않나?"

"으아아아!! 천중인!!"

비웃는 듯한 흑룡회주의 말에 사나이의 손에서 강력한 기운이 일어났다. 붉은 기운이 퍼지듯 나오며 흑룡회주의 몸에 쏟아졌다.

쾅!!

폭발음과 함께 사나이의 몸이 흑룡회주의 몸에서 팅기듯 떨어져 나가며 둘로 분리되었다. 조지마와 아키야마였다.

나뒹굴고 있는 두 사람을 바라보던 흑룡회주의 몸이 점차 변하고 있었다. 검은 기운으로 이루어진 정신체가 아닌 인간의 몸으로 되어가고 있는 것이다. 나타난 모습은 마츠다였다. 흑룡회주가 마츠다의 육신을 빼앗은 것이다.

"후후후, 빠져나갔다만 그리 쉽지는 않을 것이다."

"크으, 네놈은 누구냐?"

정신을 차린 조지마가 물었다.

"나? 후후후, 누굴까?"

"정체를 밝혀라. 흑룡회의 장로 중 하나인가?"

"아니, 후후, 내가 바로 흑룡회를 이끌고 있는 사람이다."

"네, 네놈이!!"

"흑룡회주!!"

조지마와 아키야마가 부르짖었다. 흑룡회주가 집적 자신들을 상대하러 올 줄은 그들로서도 예상 밖이었기 때문이다.

"장로들은 놈들의 육체가 필요하지 않은 모양이오?"

난데없는 흑룡회주의 말에 조지마와 아키야마의 시선이 사방을 훑었다. 다른 자가 있다는 소리였기 때문이다.

하지만 그들의 반응은 늦었다. 이미 그들의 등 뒤로 누군가가 나타났다. 일장로인 박천승과 이장로인 김중열이었다. 그들도 흑룡회주와 마찬가지로 검은 기운으로 뭉쳐진 몸체를 가지고 있었다.

그들의 몸 주위에도 검은 구체가 맴돌고 있었다. 흑룡회주가 말한 촉루라는 것이었다.

"네놈들의 육체가 필요한 참이었다. 한국에 잘 왔다."

비릿한 조소와 함께 박천승의 손이 조지마의 머리를 뚫고 들어갔다. 물리적 충격은 없는 탓인지 피는 흘리지 않았지만 조지마의 전신이 전기에 감전된 듯 떨리고 있었다.

아키야마 또한 마찬가지였다. 김중열의 손이 그의 머리를 뚫고 있었고 그의 몸도 연신 떨어대고 있었다. 평상시라면 훌륭한 상대가 될 수 있었지만 흑룡회주에게서 벗어나기 위해 무리한 힘을 썼기에 반항조차 할 수 없었다.

"놈들의 힘 중 일부를 내가 흡수했으니 그냥 육체를 빼앗아도 될 것이다."

박천승과 김중열은 감사하다는 듯 흑룡회주를 향해 고개를 숙였다.

검은 기운으로 뭉쳐진 그들의 정신체가 손부터 시작해 서서히 두 사람의 몸속으로 스며들기 시작했다.

검은 기운이 완전히 두 사람의 육체로 들어간 후 육체의 잔 떨림이 멈췄다. 감겨졌던 두 사람의 눈이 서서히 떠지고 검은 기운이 감도는 눈동자가 천천히 제 색깔을 찾아갔다. 드디어 원하던 육체를 손에 넣은 것이다.

천조의 힘을 손에 넣은 것은 아니지만 온전한 육신을 얻은 두 사람은 기쁘기 그지없었다. 차원을 건너뛰어 새로운 힘을 얻었지만 그것을 쓸 수 있는 육체를 잃어버려 낙담했던 두 사람이다.

“축하한다. 이제 우리를 막을 존재들은 아무도 없다. 그동안 참았던 것을 마음껏 풀어놓으면 되는 것이다.”

이제는 자신들을 곤란하게 만들었던 자들을 응징할 수 있다는 생각에 두 사람은 고개를 끄덕였다.

“그렇습니다, 회주. 어떤 자들인지는 모르지만 대가를 톡톡히 치를 겁니다. 아주 톡톡히 말입니다.”

박천승도 회주 못지않은 분노를 가지고 있었다. 육체를 잃어버리는 순간, 자신이 계획했던 오랜 꿈이 물거품이 되어버렸기 때문이다.

아들이 준비했던 것은 이제 아무 소용이 없었다. 자신들에게 걸려 있는 금제를 깨뜨릴 수 있는 방법을 마련했건만 쓸모없는 일에 지나지 않았던 것이다.

차원을 건너온 후 육체가 남아 있었다면 곧바로 금제를 풀 수 있었다. 그리고 오랜 숙원이었던 회주의 그늘에서 벗어날 수도 있었다.

그렇지만 육체가 사라진 후였기에 금제를 벗어나기 위한 안배를 펼쳐 볼 수도 없었다. 차원을 건너뛰어 얻은 힘의 근원은 회주가 얻었기 때문이다.

회주가 건네주는 힘이 아니면 정신체로만 남은 자신은 한시도 이곳에서 견딜 수 없었던 것이다.

그로 인해 박천승은 어쩔 수 없이 회주를 따르는 선택을 해야 했다. 정신체로만 남은 자신이 소멸되지 않고 살 수 있는 길은 오로지 회주의 권속으로 남는 길이었기 때문이다.

“일장로, 분명히 주변에 있는 자들 중에 우리의 육체를 소멸시킨 자가 존재할 것이다. 이곳을 둘러싸고 있는 기운을 보면 틀림없을 것이다.”

“저도 그렇게 생각하고 있습니다. 암흑율사들이 우리에 대해 모르고 있는 것을 보면 말입니다.”

“그렇다. 정신체가 이탈했다고는 하지만 우리가 가지고 있는 육체는 그렇게 쉽게 소멸시킬 수 없는 것이었다. 오직 마스터 급의 능력자만이 가능한 일이니 말이다.”

“암흑율사들을 제거한 이상 우리의 육신을 소멸시킨 존재들은 이곳을 포위하고 있는 자들밖에는 없겠지요.”

“그럴 것이다. 후후후, 무엇을 노리고 그리했는지는 모르지만 이제 힘을 되찾은 이상 놈들이 얼마나 큰 실수를 했는지 보여주도록 해야 할 것이다. 장로들이라면 이곳을 향해 오는 놈들에게 흑룡회의 무서움을 절실히 느끼게 해줄 수 있을 것이다.”

흑룡회주는 주변에 있는 자들의 정리를 두 장로에게 맡겼다.

“염려하지 마십시오, 회주.”

“반드시 알려주겠습니다.”

박천승과 김중열은 회주의 말에 복명했다. 이제는 감히 불측한 마음을 품을 수 없는 존재가 되어버렸기에 그들이 흑룡회주를 대하는 태도는 무척이나 공손했다.

‘그래, 어떤 놈들인지 기다려라. 내 꿈을 꺾어버린 것에 대

한 대가는 충분히 치러주마.'

　박천승은 속에 쌓인 모든 분노는 이제 자신들을 향해 오는 자들에게 풀면 된다고 생각했다. 회주를 거역할 수 없게 된 분노를 풀고자 하는 그의 몸에는 강렬한 기운이 어리고 있었다.

*　　　*　　　*

　"응?"

　호텔로 들어서고 있던 가네가와는 암흑율사들이 머물고 있는 층을 중심으로 결계가 미묘하게 변하고 있는 것을 감지할 수 있었다.

　"결계가 변한 것 같습니다."

　가네가와는 자신이 느낀 것을 한철에게 보고했다.

　"변하긴 한 것 같군. 내부를 묶는 것에서 외부로 표출된 것을 보니 흑룡회에서 암흑율사들을 정리한 것 같다."

　한철의 말에 가네가와는 가슴이 철렁했다. 흑룡회에서 암흑율사들을 제거했다는 것이 믿을 수 없었지만 한철이 자신에게 거짓을 말할 리 없었다.

　'큰일이다. 그들이 가진 힘이 소멸됐다면…….'

　암흑율사들이 가진 힘을 자신이 얻어야 하는데 흑룡회가 정리를 했다면 문제가 크기는 했지만 가네가와는 침착하게 상황을 물었다.

　"놈들이 암흑율사들을 정리하다니 무슨 말씀입니까?"

"후후, 걱정하지 마라. 네가 필요한 힘을 얻을 테니까."

"예?"

암흑율사들과 흑룡회가 부딪친 것은 분명했다. 그렇지만 그것은 결계 안에서 벌어진 상황이었다.

자신도 결계가 변하는 것을 느낀 후에야 상황이 벌어졌다는 것을 느꼈는데 한철은 마치 모든 상황을 지켜보았던 것처럼 말하고 있었다.

걱정이 없다는 듯 웃으며 말하는 한철을 보며 가네가와는 의아할 뿐이었다.

"피해가 커지기 전에 손을 써야겠군. 에이미!"

상황이 변했기에 한철은 에이미를 불렀다. 모습을 감추고 있던 에이미가 어느새 한철의 앞에 나타났다.

"무슨 일이죠?"

"일이 벌어진 것은 알 테고, MP요원들을 쉐도우들이 최대한 빨리 제압을 해줘야겠는데 말이야."

"MP요원들도 변한 것 같아요. 그들에게서 느껴지는 기운이 처음 느꼈던 것과 달라졌어요. 전력을 다한다고 해도 쉽지는 않을 것 같아요."

"걱정하지 마. 떨어지면 떨어졌지 MP요원들의 전력은 그다지 크지 않을 테니까."

"벌써 손을 쓴 건가요?"

"후후, 아이들이 움직이기 시작했어. MP요원들에게 주술을 걸어 능력을 약화시켜 놓을 테니 쉐도우들이 그들을 제압해

줘. 쉽게 제압할 수 있을 거야.”

“그렇지만……”

전력을 약화시켜 준다고는 하지만 그리 쉽게 제압당할 것 같지는 않았다. MP요원들의 몸에 박혀 있는 생체병기들이 어떤 것인지 짐작이 가기 때문이다.

“후후, 뭘 걱정하는지 알지만 이거면 될 거야.”

한철이 작은 수리검들을 꺼냈다. 아주 얇아 겹쳐 놓아도 그리 크지 않은 수리검들이었다.

“이게 뭐지요?”

“수리검이지. 이걸 MP요원들의 몸에 꽂으면 충분해. 쉐도우들도 비슷한 암기를 쓴다고 알고 있으니 충분할 거야.”

“자칫 죽을 수도 있어요.”

상황이 급박해지면 급소에 꽂을 수도 있었다. 그렇게 되면 제압하는데 아무런 의미가 없기에 에이미가 물었다.

“걱정하지 말고 꽂아. 위험하다면 급소에 꽂아도 되고. 그런다고 MP요원들이 죽지는 않을 테니까.”

“알았어요.”

이유가 있어 장담하는 것이 분명하기에 에이미는 한철에게서 수리검을 받아 들었다.

“자, 모두들 받아요.”

에이미는 한철에게 받아 든 수리검을 허공으로 집어 던졌다. 공중으로 날아오른 수리검들이 어느 순간 허공에서 일제히 몸을 감추었다. 은신해 있던 쉐도우들이 낚아챈 것이다.

"모두들 지시에 따라 움직여 주면 됩니다. 들었다시피 MP요원들이 나타나면 그 수리검을 몸에 꽂기만 하면 됩니다. 혹시 이상한 현상이 나타나더라도 의문을 갖지 마시고 다른 MP요원을 찾아 그 수리검을 꽂으십시오."

한철은 은신해 있는 쉐도우들에게 어떻게 MP요원들을 제압할 것인지 설명했다.

한철의 설명을 들은 쉐도우들이 은밀하게 움직이기 시작했다. 능력자가 느끼는 감각의 범위를 벗어난 움직임이었기에 옆에 있던 가네가와도 그들의 움직임을 느끼지 못할 정도였다.

"무서운 사람들이로군요."

"후후후, 그러니 그 오랜 세월 동안 전설로 남았겠지. 그럼 우리도 슬슬 시작해 볼까. 약속한 대로 네게 암흑율사들이 가진 힘을 줄 테니 너무 걱정하지 마라. 그보다는 힘을 얻은 후 어떻게 천조의 의지를 벗어날 것인지 생각하도록 해라."

"알겠습니다."

한철의 말에 가네가와는 엘리베이터로 가서 버튼을 눌렀다. 문이 열리고 안으로 들어선 가네가와는 15층 버튼을 눌렀다.

'그래, 힘을 얻든 얻지 못하든 이제는 상관없다. 이런 사람이 주인이라면……'

가네가와는 암흑율사들이 가진 힘을 얻는 것에 초연해지기로 했다. 방금 전, 한철이 건네준 수리검이 어떻게 만들어진 것인지 알아차린 것이다.

가네가와는 수리검을 보고 암흑율사들이 가진 천조의 힘을 얻지 못하더라도 그만한 힘을 자신에게 줄 수 있는 한철의 능력을 확인했다.

수리검은 물체가 아니었다. 의지를 가진 힘이 형상화된 것이었다. 천조의 힘을 온전히 다 얻게 되더라도 창조에 버금가는 능력을 가지고 있는 한철을 거역할 수는 없다는 것을 인식한 것이다.

거기다 자신을 믿고 스스로의 의지로 천조의 의지를 극복하기 바라는 것을 보면서 자신을 수하를 떠나 동료로 바라보고 있다는 것을 안 것이다.

Chapter 6
명왕의 숨겨진 힘과 또 다른 존재들

"이건?"

가네가와와 한철이 오르기 시작하자 흑룡회주는 익숙한 기운을 느낄 수 있었다. 방금 전 자신이 차지한 육체가 가지고 있던 기운과 비슷한 기운이었다.

"한 놈이 더 있었나?"

"아마도 한국에 와 있던 가네가와란 자가 암흑율사 중 한 놈인 모양입니다."

가네가와에 대해 알고 있던 박천승이 공손히 말했다.

"후후후, 잘됐군. 일장로에게 선물할 것이 없나 걱정했는데 말이다."

"그 말씀은?"

"지금 올라오고 있는 가네가와란 자의 육체는 태사에게 주
도록 하지."

"가, 감사합니다, 회주."

다른 장로들을 제치고 자신의 아들에게 암흑율사의 육체를
준다는 소리에 박천승은 감격한 듯 고개를 숙였다.

"태사는 할 일이 많다. 한얼인가 하는 의심스러운 놈들도 태
사가 처리해야 할 것이고, 앞으로 흑룡회의 일은 이원화될 테
니 한국 내의 일은 태사가 주관하는 것이 좋을 것이다. 그러려
면 육체가 있는 편이 훨씬 나을 것이다."

"한국 내의 일을 태사가 주관하도록 하신다는 말입니까?"

"그렇다. 일장로도 알다시피 태사는 나와 함께 명왕의 진체
를 얻었다. 나누어 가졌지만 내가 더 많기에 상황을 주관하고
있으나 그리 오랜 시간은 아닐 것이다. 머지않아 태사가 모든
것을 주관하게 될 것이니 육체를 주는 것이다."

"감사합니다, 회주."

박천승이 무릎을 꿇고 흑룡회주에게 감사의 인사를 했다.
자신들의 배신을 알고 있음에도 아들인 박문회에게 다음대 흑
룡회주의 자리를 넘겨준다는 이야기였기 때문이다.

"조금 있으면 놈이 올라올 테니 일장로는 조심해서 놈을 다
뤄야 할 것이다. 앞으로 아들이 될지도 모를 육체인데 흠집이
나면 안 될 테니까."

"염려하지 마십시오. 육체를 얻은 이상 회주님을 제외하고
저에게 맞설 존재는 없을 겁니다."

박천승은 자신하듯 대답을 했다.

"후후후, 어디 일장로의 솜씨를 좀 보기로 하지."

나설 의향이 없는 듯 흑룡회주는 뒤로 물러났다. 그가 물러나자 박천승과 김중열은 방문을 향해 앞으로 나섰다.

콰직!

두 사람이 자리를 잡는 것과 동시에 문이 박살 나며 열렸다. 그리고 가네가와의 모습이 보였다. 세 사람의 모습을 확인한 가네가와의 인상이 일그러졌다.

"암흑율사들의 몸을 차지한 모양이로군."

"보시다시피!"

박천승은 비웃으며 대답을 했다. 포위는 했지만 행동하는 것이 늦어 자신들에게 기회를 준 가네가와를 비웃은 것이다.

"육체를 빼앗겼다고 너무 서운해하지 마라."

한철이 방으로 들어서며 가네가와를 향해 말했다. 흑룡회주를 비롯한 두 사람은 가네가와를 향해 하대하는 한철을 보며 눈빛을 빛냈다. 자신 위에 아무것도 두지 않는 암흑율사의 특성상 특별한 일이었기 때문이다.

"그다지 서운한 것은 없습니다. 다만, 기회를 놓친 것으로 인해 일을 어렵게 만든 것 같아 주인님께서 곤란해지실까 봐 그렇습니다."

"후후후, 지금 상황은 내가 바랐던 것이다. 너에게 필요한 힘은 얻게 될 테니 걱정 말도록 해라."

어떤 방식으로 힘을 얻게 될지는 모르지만 한철이 자신에게
거짓을 말할 이유는 없었다. 가네가와는 조용히 고개를 숙여
감사를 표시했다. 이미 포기하기는 했지만 주인이 챙겨준다니
반드시 얻어야 했다.

"알겠습니다. 그렇지만 놈들의 힘이 만만치 않습니다. 자칫
결계가 깨진다면 주위에 피해가 있을 텐데 걱정입니다."

이제는 싸울 일만 남았지만 그 여파가 상당할 터였다. 결계
를 이루고 있던 흑룡회의 주요 인물들이 이렇게 빠진 이상 전
투가 시작되면 큰 피해가 날것이 분명했기에 가네가와는 자신
의 염려를 이야기했다.

"이번 싸움에 넌 나설 필요가 없다."

"예?"

"넌 놈들의 힘이 어떤 것인지 이곳에서 느끼기만 하면 된다.
앞으로 암흑율사를 처리하는데 귀중한 경험이 될 것이다."

"그렇지만……."

"후후후, 놈들이 도망을 치는 것도 쉽지 않을 것이다. 이미
아이들이 주변을 완벽히 포위한 이상에는 말이다."

"그렇겠군요. 알겠습니다."

한철의 말에 가네가와는 고개를 숙여 보인 후 뒤로 돌아가
시립했다.

'어떤 놈이기에 암흑율사가 저리 대하는 것인가?

두 사람의 대화를 지켜보던 흑룡회주는 의아스럽기 그지없
었다. 그다지 능력이 있어 보이지 않는 한철에게 암흑율사인

가네가와가 너무 저자세로 대하고 있었던 것이다.

흑룡회주와 마찬가지로 박천승과 김중열 또한 의아함을 느끼고 있었다.

'저 뻣뻣한 가네가와가 어떻게 저런 모습을……'

'믿지 못할 노릇이로군.'

암천문에서 한국을 담당하는 탓에 두 사람은 가네가와와 몇 번의 대면을 했었다. 자신들이 알기로, 가네가와는 도도하기 그지없는 자였다.

그런데 일개 종복이 보일 행동을 하고 있는 것을 보니 의문이 드는 것은 당연했다.

"네놈은 누구냐?"

"나?"

"그래, 뭐 하는 놈이냐?"

"네놈들과 연관이 좀 있는 분이지. 얼굴 없는 사나이라고 알지? 그분이 바로 내 아버님이시다."

"뭣이!!"

"사실이냐?"

"……!"

세 사람이 동시에 놀람을 표시했다. 흑룡회에 큰 타격을 주었던 얼굴 없는 사나이는 그들로서는 절대 잊을 수 없는 존재였기 때문이다.

"후후후, 그것 가지고 놀라기는 이르지. 네놈들이 이렇게 고생하는 것이 누군 때문인 것 같으냐?"

“그, 그럼 네놈이!!”

염장을 지르는 한철의 말에 박천승은 불같이 노화가 치밀어 올랐다. 자신의 평생 염원을 꺾게 만든 존재가 바로 한철이었던 것이다.

“맞다. 내가 네놈들의 육신을 모두 소멸시켜 버렸지. 네놈들을 남의 몸에 기생하는 존재로 만들어 버린 사람이 바로 나란 말이다.”

“네놈을 갈가리 찢어 죽이겠다.”

박천승은 한철의 마지막 말을 듣지 않았다. 분노가 치민 그가 더 이상 참지 못하고 공격을 개시한 것이다.

팡!

쐐애액!

분노의 크기처럼 박천승의 공격은 매서웠다. 거대한 검은 주먹이 그의 앞에 생겨나며 한철을 향해 짓쳐 들어갔고, 화살촉 같은 검은 기운들이 그의 주변에 생겨나더니 이내 한철을 향해 쇄도했다.

쾅!!

강렬한 폭발음과 함께 호텔방의 내벽이 사방으로 터져 나가며 옆방의 모습이 드러났다. 차원이 다른 힘을 쓰는 박천승으로 인해 흑룡회주와 암흑율사들이 펼친 공방을 견뎌냈던 결계도 기운의 여파를 견디지 못하고 터져 나간 것이다.

다행스러운 것은 외벽과 창문에는 폭발의 여파가 미치지 않았다는 것이다. 창문 쪽이 터져 나갔다면 호텔 밑을 지나는 사람들에게 큰 피해를 끼쳤을 만큼 커다란 폭발이었다.

'어떻게 저럴 수가 있는 것이지?'

폭발의 여파를 지켜보던 가네가와의 눈이 좁아졌다. 박천승의 공격에서부터 한철이 어떻게 그 공격을 막았는지 모두 지켜보았기 때문이었다.

한철은 아무런 피해 없이 박천승의 공격을 막아냈다. 그저 손을 뻗기만 했을 뿐인데 강력해 보이는 검은 주먹이 튕겨져 나갔다. 그리고는 이내 손을 휘저어 쇄도하는 검은 화살촉들을 잡았다. 아니, 잡은 것이 아니라 한철의 손으로 빨려 들어가듯 사라져 버렸다.

그리고는 이내 다시 손을 펼쳤다. 그와 동시에 푸른 기운이 튕겨져 나가 박천승의 주먹으로 향했고, 검은 주먹과 푸른 기운이 부딪치며 폭발이 일어났다. 그것은 그야말로 찰나간에 이루어진 일이었다.

'폭발이 아니었다. 그것은 내부로부터 붕괴한 것이다.'

검은 주먹이 가진 기운이라면 이 정도에서 피해가 끝났을 리가 없었다. 검은 주먹이 가진 기운을 소멸시킨 것이 아니라면 아마도 지금쯤 호텔 건물이 부서져 내리고 있을 터였다.

"제법이군. 내 공격을 막아내다니 말이야."

분노를 가장해 공격을 개시했던 박천승은 감탄한 모습으로 한철을 바라보았다. 제법 막기 힘든 공격이었기도 하지만 뒤이어지는 자신의 연격기를 한철이 제지했기 때문이었다.

"성급하군. 일반 사람들의 피해는 전혀 생각하지 않는다는 것인가?"

"후후후, 그까짓 벌레들을 내가 상관할 바가 아니지. 네놈이 막아내기는 했다만 이 정도가 내가 가진 실력의 전부라고 생각하면 곤란해질 것이다."

한철의 말에 박천승은 여유를 부렸다. 자신의 공격을 막아내기는 했지만 전력을 다하지 않았기 때문이다.

그렇다고 방심을 하고 있는 것은 아니었다. 상당한 기운이 깃들어 있는 공격을 가볍게 막아낸 것을 보면 예사로이 상대할 적이 아니라는 것을 박천승도 알고 있었다.

박천승은 다시금 공격을 준비하기 시작했다. 하지만 박천승은 한 가지 알지 못하는 것이 있었다. 자신의 말 중 하나가 한철을 분노하게 했다는 것을, 그리고 그것이 자신의 소멸을 재촉하게 되었다는 것을.

"벌레라는 말이지. 후후후, 오늘 벌레라는 것이 무엇인지, 그리고 그 벌레가 어떻게 되는지 직접 느낄 수 있게 해주지."

"이놈이!!"

싸늘한 한철의 말에 박천승은 기분이 나빠졌다. 단번에 기운을 끌어올렸다.

자신의 힘을 압박하는 듯한 한철의 기세에 기분이 상한 것이다. 싸늘하게 느껴지는 느낌에 박천승은 차원을 넘으며 얻은 힘을 끄집어냈다.

명왕이 남긴 힘의 일부가 처음 세상에 모습을 드러내고 있었다. 악마의 숨결인 양 싸늘한 기운이 방 안을 맴돌았다. 명왕의 기운이 완전히 발현되지도 않았는데 방 안의 온도가 삽시간에 영하로 떨어져 버렸다.

창문에는 성에가 맺히고, 사람들의 숨소리에는 차가운 기운에 반응하는 듯 하얀 기운이 넘실거렸다.

숙!

차가운 기운과 함께 불쑥 나타난 것은 하얀 화살촉이었다. 박천승이 시전한 것은 생명의 기운까지도 얼려 버리는 빙유기(氷幽汽)였다. 얼음 같은 반투명한 하얀 빙유기는 한철을 향해 천천히 다가왔다. 보통 사람이 피할 수 있을 정도로 아주 느린 움직임이었다.

빙유기를 바라보는 한철의 모습은 느긋하기 그지없었지만 옆에서 바라보는 가네가와의 마음은 다급했다. 나타난 물체에 어린 기운의 정체를 한눈에 알아볼 수 있었기 때문이다.

'파, 파멸의 창이다, 저건!'

영락없는 파멸의 창이었다. 차원의 기운을 품고 있는 무지막지한 물건이다. 미늘처럼 양옆으로 갈래를 뻗고 있는 뒤에는 보이지 않지만 거대한 극한의 기운이 몸통처럼 웅크리고 있다.

부딪치는 순간 모든 것을 일순 무로 돌리는 강력한 기운을 품고 있는 놈이었다.

형상화되어 일반 창으로 보이지만 실제로는 순수한 기운의 결정체로 가네가와 자신도 천조의 힘을 이용해 단 한 번 쓸 수 있는 강력한 공격이었기에 경악하지 않을 수 없었다.

　아주 느린 속도지만 절대 피할 수 없는 것이 파멸의 창이다. 역으로 끌어당기는 인력으로 인해 적은 파멸의 창을 마주한 순간 몸을 움직일 수 없기 때문이다.

　그것은 정신체로 이루어진 존재도 마찬가지였다. 그 어떤 것이든 마주한 존재를 끌어들여 한순간에 소멸시켜 버리는 것이 파멸의 창인 것이다.

　'어째서 가만히 있는 것이지? 나는 모르겠지만 피할 수 있을 텐데…….'

　느긋한 한철을 보며 가네가와는 의문이 들었다. 자신은 모르겠지만 한철은 파멸의 창을 피할 수 있을 것이기 때문이다. 그럼에도 그저 보기만 할 뿐이었기에 의문이 들지 않을 수 없었던 것이다.

　'그러고 보니…….'

　한철이 가만히 있다고는 하지만 자신도 파멸의 창의 권역에 놓여 있었다. 파멸의 창이 불러오는 힘의 여파를 느끼는 것이 정상이지만 아무것도 느껴지지 않았다. 무엇인가 거대한 힘이 가로막고 있지 않는 한 있을 수 없는 일이었다.

　'그렇지만 아무런 힘도 느껴지지 않는데 어떻게 된 일이지? 뭔가 손을 쓴 것인가?'

　한철 이외에는 이런 현상이 일어날 수 없었기에 가네가와는 파멸의 창을 막고 있는 힘이 무엇인지 주시했다.

　"어?"

　주시하던 가네가와는 갑작스러운 한철의 움직임에 놀라 부지불식간에 의문을 토해냈다. 한철이 가볍게 손을 뻗어 날아오는 화살촉 같은 파멸의 창을 받아냈던 것이다.

"컥!!"

흑룡회의 일장로이자 이인자인 박천승이 답답한 신음과 함께 피를 토했다. 한철이 파멸의 힘을 받아내는 순간 그와 맞먹는 강한 충격파가 그를 향해 몰아쳤기 때문이었다.

가네가와의 눈에 보이지 않던 기운의 회오리가 화살촉 뒤에서 맹렬히 휘도는 것이 보였다. 화살촉의 뒤편에서 어지럽게 일어나는 기운의 파장이 박천승을 향해 쏠리고 있었고 그 충격으로 내상을 입은 것이 분명했다.

휘이익!

간단한 동작으로 박천승이 불러낸 파멸의 힘을 막아내는 모습을 본 김중열이 나섰다.

치이익!

그의 양손에는 검은 불길이 타오르고 있었고, 검은 불길은 박천승으로 인해 가득 찬 주변의 냉기와 성에들을 바싹 말려가며 한철의 머리를 향하고 있었다.

공간을 격하여 다가온 그의 손은 이미 한철의 머리를 잡고 있었다.

퍽!

그의 손바닥과 한철의 머리 사이에서 파열음이 들리고, 한철의 머리카락이 사방으로 흩날렸다.

씨익!

상대의 공격에도 불구하고 한철의 입가에 비릿한 조소가 맺혔다.

"끄으윽!"

자신도 모르는 사이에 비명이 입술을 비집고 나왔다. 공격이 성공했다고 생각했던 김중열은 당혹감과 함께 가슴에서 불같은 통증을 느껴야 했던 것이다.

빙유기와는 달리 걸리는 물체는 무엇이든 재로 만들어 버리는 극양의 기운을 가지고 있는 것이 명염기(冥炎汽)다.

김중열은 자신의 명염기가 주는 고통을 고스란히 맛보고 있었다. 자신이 발출한 기운이라 소멸의 상태에 이르지는 않았지만 느껴지는 고통만큼은 죽음보다 더한 것이다.

김중열은 더 이상 견디지 못하고 비틀거리며 뒤로 물러났다. 자신이 상대할 수 있는 존재가 아니었다. 명염기를 되돌릴 정도의 능력은 자신의 의지를 주관하고 있는 흑룡회주 정도나 가능한 일이었다.

서열이 두 번째와 세 번째인 장로들이 제대로 손을 쓰지 못하고 물러나는 것을 보며 흑룡회주가 앞으로 나섰다. 두 사람의 장로가 당했음에도 마치 모든 것을 포기한 사람처럼 흑룡회주에게서는 투기를 찾아볼 수 없었다.

흑룡회주는 한철과 싸울 마음이 없는 듯 말을 걸어왔다.

"상당한 능력을 보유하고 있군. 네놈도 차원을 주관하는 자의 힘을 얻은 것이냐?"

한철은 흑룡회주가 자신에게 묻고자 하는 것을 알고 있었

다. 확인하듯 묻는 흑룡회주의 질문에 고개를 끄덕이며 자신
도 차원을 주관하는 자의 힘을 얻었음을 알려주었다.

"음! 역시, 그렇군."

담담히 고개를 끄덕이고 있었지만 흑룡회주는 내심 긴장하
고 있었다. 조금 전의 싸움에서 여러 가지를 보았고, 그것이 사
실이라는 것을 한철의 대답으로 방금 확인했기 때문이었다.

두 장로가 행한 공격은 아무리 차원을 주관하는 존재라도
일말의 타격을 받아야 마땅했지만 상대는 별다른 타격을 받은
것 같지 않았다.

아무렇지 않은 듯 자신을 바라보고 있는 한철에게서 차원의
힘은 물론 그에 맞먹는 이질적인 힘을 느꼈기에 긴장하지 않
을 수 없었던 것이다.

"저자들하고는 다른 기운을 가지고 있는 것을 보니 당신이
흑룡회주인가?"

이미 알고 있었지만 모르는 척 한철이 물었다.

"그렇다. 나를 알고 있다면 내가 가진 힘도 알고 있겠구나?"

흑룡회주는 한철이 자신이 가진 기운을 파악하고 있는지 궁
금했다. 아니, 반드시 확인을 해야 했다. 한철에게서 느껴지는
것이 사실이라면 자신의 앞날을 결정지을 중요한 순간이었기
때문이다.

"물론, 당신이 오래전 마고를 따르던 명왕의 힘을 가졌다고
알고 있지."

"……."

한철이 자신의 힘에 대한 연원을 정확히 파악하고 있다는 것에 흑룡회주는 그다지 놀라지 않았다. 그 또한 한철에게서 마고의 기운을 진즉부터 느끼고 있었기 때문이다.

그보다 흑룡회주가 관심을 가지고 있는 것은 한철이 가지고 있는 다른 것이었다. 마고의 힘 너머에 감추어져 있는 알 수 없는 여러 가지 힘들이 그의 관심을 끈 것이다.

흑룡회주가 가진 명왕의 힘은 모든 사물이 가진 진실을 바라볼 수 있는 힘을 가졌다. 그 어느 것이든, 설사 차원을 달리하는 것이라 할지라도 그가 가진 진실의 눈으로 알아보지 못할 것은 하나도 없었다.

'명왕의 힘을 가지고 있음에도 아무것도 알아내지 못했다. 설사 그들이라 할지라도 진실의 눈은 속일 수 없는데…….'

라나, 시바가 감춘 것도 진실의 눈은 알아낼 수가 있다. 두 존재도 아직은 차원을 주관하는 자였기에 창조주로 거듭나지 않는 한 명왕의 힘을 간직한 자신의 이목을 벗어날 수 없는 것이다.

그럼에도 한철이 가진 힘의 정체를 알아낼 수 없다는 사실이 그에게 참을 수 없는 유혹으로 다가왔다. 한철과 같이 차원의 힘을 감출 수만 있다면 자신에게 새로운 도약의 기회가 될 것이기 때문이다.

'반드시 알아내야 한다.'

어떻게 해서든지 한철이 가진 힘의 정체를 알아내야 했기에 흑룡회주가 물었다.

"네 안에 존재하는 힘은 어떤 것이냐?"

"후후후, 알아차린 모양이로군. 역시, 진실의 눈을 가졌다는 명왕이야."

장막을 뚫고 자신의 힘을 엿본 흑룡회주가 새삼스러웠다. 명왕이 가진 힘의 실체를 대충 알 수 있었다.

'한 가지 사실만 확인하면 되니 조금 기다려야겠군.'

한철로서는 앞으로의 일을 위해서라도 흑룡회주가 가진 명왕의 힘을 정확히 파악해야 했다.

"물론이다. 이 세상에서 내 눈을 벗어날 존재는 없다. 어떻게 넌 그런 힘을 가질 수 있었지?"

한철이 진실의 눈을 언급하자 흑룡회주는 한철의 힘의 근원에 대해 급히 물었다.

"후후후, 내가 가지고 있는 힘이 무엇인 것 같은가?"

"마고의 힘 너머에 감추어진 그것은 태초로부터 내려온 맹약의 존재에게서도 찾아볼 수 없는 힘이다. 나로서도 알 수가 없는 힘을 가진 존재라니… 도대체 넌 누구냐?"

흑룡회주의 질문에는 기대감이 서려 있었다. 한철이 자신의 질문에 대답을 해줄 것 같은 느낌을 받았기 때문이다.

명왕의 힘을 얻고 난 후, 흑룡회주는 자신이 얻은 힘이 온전한 명왕의 힘이 아니라는 것을 알게 되었다. 누군가에 의해 일부를 잃어버린 힘이었다. 태곳적 명왕의 힘을 창조한 존재인 가이아가 남긴 힘이 모두 사라진 상태였기 때문이다. 가이아는 지구 차원을 창조한 존재다.

가이아의 힘은 명왕의 근원이다. 그런 가이아와의 끈이 완전히 사라졌다는 것은 소멸로 가고 있다는 것을 뜻했다. 라나, 시바가 바라는 것 같이 새로운 존재로 거듭나지 않는 한 소멸은 필연적이었다. 지구 차원에 서린 가이아의 뜻이 완전히 사라지는 순간 자신은 소멸하는 것이다.

진실의 눈으로 자신의 상태가 어떤지 파악한 흑룡회주는 온전한 명왕의 힘을 찾아 보다 상위의 존재로 거듭나기 위해 한철의 상태를 알아야 했다.

한철에게서 발견한 힘은 자신과는 달랐다. 그 어느 것에도 오염되지 않은 근원의 힘을 간직하고 있었다. 가이아로부터 비롯된 힘이 아니었다. 스스로 존재하는 힘이었기에 어떻게 해서든지 힘의 정체를 알아야 했던 것이다.

"넌 이미 자신의 처지를 알고 있었나 보군. 명왕의 힘을 온전히 얻은 것이 아니라는 것을, 가이아와의 끈이 사라져 이제 스스로 소멸의 길을 걸어야 함을 말이다."

"……."

흑룡회주가 침묵했다. 예상대로 한철도 자신의 상태를 알아보고 있었던 것이다.

'저자가 한 말이 무슨 뜻이지? 회주가 수긍하는 것을 보면 사실 같은데…….'

내상을 치유하며 두 사람의 대화를 듣던 박천승은 한철의 말이 사실임을 알 수 있었다.

그리고 그것이 자신이 얻은 힘과도 밀접한 관계가 있음을 알기에 걱정이 되지 않을 수 없었다. 온전하지 못한 명왕의 힘이라는 말이 그의 불안을 재촉한 것이다.

이장로인 김중열도 박천승처럼 불안한 듯 흑룡회주를 바라보았다. 그의 눈도 연신 흔들리고 있었다.

불안해하는 두 사람과는 달리 흑룡회주는 아무렇지 않은 듯 한철에게 다시 말을 걸었다.

"후후후, 태고의 존재가 가졌던 힘은 아니지만, 이 또한 진체가 가진 힘이다. 아니, 오히려 더욱 완전해졌다고 할 수 있지. 차원을 창조한 가이아와의 끈이 완전히 제거된 상태니까. 비록 소멸을 향해 가고 있는 중이나 네가 가진 힘의 근원을 안다면 나 또한 스스로 존재하는 자로 거듭날 수 있을 테지. 네가 도와주기만 한다면 말이다."

흑룡회주는 단도직입적으로 한철에게 부탁했다. 흑룡회주는 자신이 한철의 상대가 되지 못함을 진즉부터 알 수 있었다. 겉으로 드러난 힘만으로 두 장로를 상대할 정도면 그것은 확인해 보지 않아도 알 수 있는 일이었다.

그리고 한철에게서 적의를 느낄 수 없었다. 그의 눈에 비친 호의를 읽었기에 흑룡회주는 무리지만 한철에게 도와줄 것을 부탁한 것이었다.

부탁한 이면에는 다른 이유도 물론 있었다. 한철이 가진 힘은 강제로 빼앗을 수 없다는 것이다. 스스로 존재하는 힘이기에 빼앗는다 해도 의지를 잃어 소멸되는 힘이었기 때문이다.

“부탁은 들어주고 싶지만 당신은 자신이 가진 명왕의 힘이 어떤 상태인지 아직 모르고 있는 모양이로군.”

“내 상태?”

갑작스러운 말에 흑룡회주가 의아한 듯 물었다. 소멸로 치닫고 있는 상황을 말하는 것이 아니라는 것을 짐작할 수 있었던 것이다.

그렇지만 그는 대답 대신 엉뚱한 소리를 들어야 했다.

“후후후, 그렇게 숨어 있다고 내가 못 알아보는 것도 아니고, 깨어났으면 이제 그만 나오지 그래.”

“……”

자신을 바라보고 하는 말이지만 자신이 아니었다. 분명 다른 존재에게 말하는 어투였다.

‘내가 모르는 뭔가를 알고 있는 것인가?

흑룡회주는 한철의 말에 의아함을 느꼈지만 그대로 있었다. 한철의 주변으로 퍼지는 은은한 기운으로 말미암은 탓이다. 적의가 서려 있지는 않았기에 한철이 하는 대로 내버려 둔 것이었다.

“크으으!”

“큭!”

한철이 한 행동에 대한 반응은 다른 곳에서 튀어나왔다. 자신의 뒤에서 몸을 회복하고 있던 박천승과 김중열의 입에서 신음이 흘러나온 것이다.

‘왜, 저러는 거지? 저, 저건!!’

이를 악물고 고통을 참는 듯한 두 사람의 모습을 바라보던 흑룡회주는 한철이 바라본 것이 무엇인지 알 수 있었다. 두 사람의 몸에서 황금색의 기운이 스멀거리며 빠져나오고 있었던 것이다.

'시바의 권속들이 저들 속에 있었다니!!'

사방으로 퍼지며 피어오른 황금색의 기운들은 흑룡회주도 익히 알고 있는 것이다. 황금빛으로 번들거리는 기운 속에서 시바의 권속들이 가지는 특유의 기운이 느껴졌던 것이다.

'시바의 권속들이 가진 기운이 장로들에게 붙어 있었다면 내가 건너갔던 명왕의 차원은? 이, 있을 수 없는 일이다. 어찌 그런 일이 있을 수 있다는 말인가? 아무것도 느끼지 못했거늘⋯⋯.'

흑룡회주의 눈에는 두려움이 가득 찼다. 부정하고 싶지만 자신이 건너갔던 명왕이 관할하는 차원은 이미 시바의 권속들에 의해 지배되고 있었던 것을 뜻했기 때문이다.

'어째서 난 그것을 느끼지 못했던 것이지?

진실의 눈을 가진 자가 바로 명왕이다. 명왕의 온전한 힘을 전해 받은 존재가 바로 자신이었다.

그런데 시바의 권속들이 가지는 기운을 느끼지 못했다는 것은 말이 되지를 않았다. 다시 차원을 건너온 후, 장로들과 태사를 자신의 권속으로 삼으면서도 느끼지 못했던 일이다.

흑룡회주의 머릿속은 온통 혼란으로 가득했다.

"말로 해서는 들어먹지 않을 놈이로군. 이만 했으면 내가 눈치를 챘다는 것을 알아야지.”

한철의 싸늘한 음성에 흑룡회주가 고개를 들어 바라보았다. 다른 존재가 있다는 것을 의미했기 때문이다.

어느새 한철이 손을 들어 자신을 가리키고 있었다. 다른 손가락은 말아 쥐고 검지와 새끼손가락만 편 채 자신을 가리키고 있었다. 한철의 움직임에 영문을 모르는 흑룡회주는 자신의 몸을 바라보았다.

‘나, 나에게도!!’

몸에서 뭔가 빠져나오고 있었다. 장로들의 몸에서 빠져나오는 것보다도 더 짙은 황금색의 기운이었다. 그런데 장로들에게서 빠져나온 기운에서 느꼈던 것과는 달리 전혀 시바의 흔적은커녕 존재감마저 느낄 수 없는 기운이었다.

황금색 기운은 순식간에 빠져나온 후, 흑룡회주와 두 장로를 감싸며 허공에 머물고 있었다.

“건방진 놈이로군. 정체가 밝혀졌는데도 제 모습을 보이지 않다니!”

화가 난 듯 한철이 큰소리를 지르며 흑룡회주를 가리키던 손에서 말아 쥔 손가락을 일제히 폈다.

쉬이잉!

꽝!

파공음과 함께 충격파가 밀어닥쳤다. 조금 전 장로들과 대결했을 때도 보이지 않았던 강력한 힘이었다.

자신에게로 향해지는 충격파였지만 적의가 없었기에 흑룡

회주는 가만히 있었다. 한철의 공격이 자신의 몸 주위에 머물고 있는 황금색 기운을 향하고 있었던 것이다.

쾅!!!

콰지지직!

폭발음과 함께 건물이 흔들리고 갈라지는 소리가 들려왔다. 워낙 강한 힘이 작용한 터라 결계를 뚫고 충격파가 호텔 건물에 전해진 것이다. 지금까지 잘 견뎌왔던 흑룡회주와 두 장로가 펼쳤던 결계가 깨어지기 시작한 것이다.

크르르르!

건물의 진동이 가라앉고 난 후, 가래가 끓는 듯한 괴음이 황금색 기운에서 흘러나왔다. 고통과 괴로움이 가득 담긴 기분 나쁜 소리였다.

'아무런 충격도 전해지지 않은 것을 볼 때 공간을 차단한 것 같은데, 어떻게 저런 힘을 사용하면서도 이런 일을 할 수 있는 것이지?'

흑룡회주는 아무렇지 않은 자신을 바라보다가 두 장로를 살폈다. 충격파에 의해 육신이 갈가리 찢겨 나갔어야 할 장로들도 무사한 것을 보면 한철이 보호한 것이 분명했다.

'어떤 존재인지는 모르지만 타격을 받기는 한 것 같은데… 어떤 힘을 쓴 거지? 분명 이질적인 것이 없었는데.'

황금색 기운 속에 있는 존재가 고통을 느끼고 있다면 한철이 손을 쓴 것이 분명했지만 어떤 힘을 쓴 것인지는 전혀 알 수가 없었다.

비이잉!!

충격을 이겨낸 듯 기이한 소음과 함께 흑룡회주의 몸에서 빠져나온 기운이 장로들에게서 빠져나온 기운을 끌어들이기 시작했다.

마치 모든 것을 빨아들이는 블랙홀처럼 흑룡회주에서 나온 황금색 기운은 기이한 형상을 만들고 있었다.

'모습을 드러내는 것인가?'

손을 써야 하건만 가만히 있는 것을 보면 무엇인가를 기다리는 것 같았다.

기운이 빠르게 모이고 있는 모습을 바라보던 한철이 다급히 움직이기 시작했다. 다른 이들의 눈에는 가만히 있는 것처럼 보였지만 황금색 기운을 중심으로 원을 그리고 있었던 것이다.

한철이 바라보는 것을 보지 못하고 있는 흑룡회주는 기회가 있을 때 공격하라고 말하고 싶었지만 그렇게 할 수 없었다.

움직임으로 네 겹의 원을 겹쳐 그리는 한철의 주변에 사색의 기운이 어리기 시작하더니 점차 사라지기 시작했다. 모여들던 황금색 기운도 마찬가지였다.

황금색의 기운과 한철이 자신의 시야에서 조용히 사라지고 있었다. 결계와는 다른 강력한 힘이 자신을 차단하고 있었다.

"어째서?"

자신도 비슷한 처지였었기에 모여들고 있는 기운들이 정신체라는 것을 알고 있던 흑룡회주는 느닷없는 한철의 행동에 의문이 들었다. 가지고 있는 힘의 크기로 볼 때 그냥 제거해도 충분한데 새로운 공간으로 이동했기 때문이다.

'역시 내 생각이 맞았다. 이공간이나 아공간이 아닌, 한 번도 나타난 적이 없는 새로운 공간을 창조할 정도라면 가이아의 인과를 벗어난 새로운 힘을 가진 것이 분명하다.'

한철에 의해 지금 만들어진 것은 세상에 한 번도 나타난 적이 없는 새로운 공간이었다. 자신이 본 것이 확실함을 확인한 흑룡회주는 흥분된 마음으로 한철이 공간에서 나오기를 기다리기로 했다.

가이아와 인과가 전혀 없는 새로운 공간을 만든 후 바라보니 형상을 갖춰가는 황금색 기운의 모습은 의외였다. 보여진 황금색과는 달리 푸른색의 날개가 달린 천사 같은 모습을 하고 있었던 것이다.

그렇지만 머리에는 붉은 뿔이 달려 있다. 이마에서 튀어나와 기이한 곡선을 이루며 머리 뒤로 뻗은 뿔은 진한 황금빛을 뿜어내고 있었다. 아마도 황금색으로 보였던 것은 뿔의 영향인 것 같았다.

황금빛 뿔은 계속해서 빛을 뿜어내더니 이내 가지를 뻗기 시작했다. 마치 사슴의 뿔처럼 가지를 뻗은 뿔들은 빛을 안으로 흡수하더니 자리를 잡았다.

시바의 권속 중 앤틀러였다.

"볼만하군."

나타난 앤틀러의 모습은 정말이지 볼만했다. 마치 잘 만들어진 조각상을 보는 것 같은 느낌이었다.

2미터가 넘는 큰 키에 은은한 광휘를 흘리는 아름다운 얼굴과 유려한 모습은 성당에 그려진 그림 같은 것에서나 볼 수 있는 천사와 많이 닮아 있었다.

"크르르르, 나를 불러낼 수 있다니 넌 마고의 모든 힘을 이은 것인가?"

가래가 끓는 듯한 소음 뒤에 이어지는 앤틀러의 목소리는 얼음이 갈라지는 듯한 싸늘함이 묻어났다. 성스러워 보이는 겉모습과는 전혀 상반된 느낌이 드는 목소리였다.

"이미 지켜볼 만큼 지켜본 것 같은데."

한철의 목소리에도 싸늘함이 묻어났다. 자신에 대한 정보가 앤틀러를 통해 시바에게 전해졌을 것이기 때문이다.

앤틀러가 시바에게 의지를 통해 자신의 정보를 전하는 것을 알고 서둘러 공간을 만들어 차단했지만 이미 많은 정보가 넘어간 후였다.

아무리 아이들이 주변에 결계를 쳤다고는 하지만 차원을 주관했던 존재의 의지마저 막을 수 있는 것은 아니었기 때문이다.

'싸움이 힘들어질지도 모르겠군.'

처음부터 명왕의 뒤에 자신의 존재를 감추고 지켜본 앤틀러였다. 한철도 흑룡회주의 마음의 동요가 아니었다면 알아볼 수 없을 정도로 깊이 침잠되어 있던 존재다.

지금까지 만났던 존재 중에 가장 완벽한 힘을 가진 존재이기도 했기에 어려운 싸움이 될 것은 분명했다.

"역시, 마고의 잔재가 사라진 것이 아니었군. 네놈이 마고의 안배라면 소멸시켜 주지."

앤틀러도 한철에게서 마고의 향기를 느낄 수 있었다. 라와 자신의 주인인 시바와 함께 차원을 여행한 존재이자 창조주로 거듭날 수 있는 힘을 지녔던 존재의 향기를 말이다.

마고는 반드시 소멸시켜야 할 존재였다. 앤틀러의 의식에는 그렇게 각인이 되어 있었다.

마고의 후예는 발견하는 즉시 완벽하게 소멸시켜야 한다는 것이 자신의 주인인 시바의 뜻이었기에 앤틀러는 기운을 끌어 올렸다.

"후후후, 성질이 급하군."

가지를 뻗은 뿔에서 황금빛이 다시 떠오르기 시작하자 한철은 의지를 일으켜 젠가이드를 작동시켰다. 공간을 장악하는 힘을 끌어내기 위해서다.

천천히 광휘에 휩싸여 가던 황금의 뿔이 더 이상 밝아지지 않았다. 젠가이드가 발휘한 힘으로 인해 주변이 새로운 공간으로 바뀌었기 때문이다.

"크르르, 그 짧은 시간에 공간결계를 친 것도 놀라운데 또다시 새로운 공간을 창조하다니 대단한 놈이로군. 그렇지만 이 따위 공간은 언제라도 부숴 버릴 수 있다."

차르르르!

앤틀러의 말이 끝남과 동시에 그의 등 뒤에 달려 있던 푸른 날개가 활짝 펴졌다. 푸른 기운을 머금은 날개의 깃털들이 마치 칼날처럼 바짝 서 있었다.

"창공의 전율이라는 블루윙이로군. 시바의 힘 중 하나를 온전히 가지고 있다니!"

공간을 이동하여 공격할 수 있는 것이 블루윙이다. 정확하게 말하자면 공간을 가로지르는 능력을 가지고 있는 것은 앤틀러의 날개에 있는 푸른색의 깃털이다. 기운을 유형화시킨 강기보다 더한 날카로움과 파괴력을 지닌 깃털은 공간을 건너뛰어 공격할 수 있는 것이다.

그것이 창조된 공간이든, 차원을 건너뛴 공간이든 자신의 시야나 정확한 좌표만 알면 산산이 부숴 버릴 수 있는 파괴력을 지닌 탓에 창공의 전율이라 불리게 된 블루윙이다.

앤틀러는 처음부터 자신이 가진 모든 힘을 발휘해 한철을 공격하려 하고 있었다.

"어차피 너와 나의 승부는 결해야 하니 급하게 굴 것 없다. 네가 원하는 대로 상대해 줄 테니 싸우기 전에 일단 하나 물어보자."

"크르르, 어차피 소멸될 놈이니 말해라."

앤틀러는 선심을 쓰듯 한철의 부탁을 들어주었다. 블루윙과 골드콘이 가지는 힘이라면 한철을 충분히 소멸시킬 수 있을 것이기 때문이다.

"명왕의 차원에 건너간 것은 너밖에는 없나?"

뜻밖의 질문이지만 이야기를 해주지 못할 것도 없었다. 마고의 권속으로 있던 차원들을 차지하는 것이 자신의 임무였다. 그가 맡은 것은 명왕이 주관하던 차원이었던 것이다.

명왕이 가진 최고의 힘은 진실을 보는 눈이다. 가지고 있는 무력은 차원을 주관하던 존재 중 가장 약하지만 그로 인해 가장 강하다고도 할 수 있었다.

차원을 주관한 자들이 가진 무력의 차이는 그저 종이 한 장 정도의 미미한 차이일 뿐이다. 가장 약한 무력을 가지고 있지만 진실을 보는 눈으로 인해 약점이 밝혀지면 명왕의 손에 당할 수밖에 없다.

그래서 명왕의 차원으로 건너간 존재는 오직 자신뿐이었다. 수많은 공간을 창조할 수 있고, 왜곡의 능력을 가지고 있는 자신만이 명왕이 가진 진실의 눈을 피할 수 있었던 것이다.

별달리 비밀로 할 것도 없기에 말해주어도 상관이 없었던 것이다.

"크르르르, 가이아의 버림을 받은 명왕의 차원 정도는 나만으로도 충분하다."

거칠 것이 없다는 듯 앤틀러는 자신있게 대답했다.

"다행히 그랬었군."

"다행? 무엇인가 내가 모르는 것이 있는 모양이로군."

한철의 말에 앤틀러는 기분이 상했다. 자신을 안중에도 두지 않는 말투였기 때문이다.

"다른 존재가 같이 있다면 좀 어려울 것 같아서 그런 것뿐이다. 그럼, 이제 무대도 마련된 것 같으니 한 번 제대로 붙어

볼까?”

“크르르, 네놈의 헛소리는 잘 들었다. 그렇지만 고맙게 생각한다. 마고의 힘을 얻을 수 있는 기회를 나에게 주었으니 말이다.”

한철이 흘린 말 때문에 기분이 찜찜하기는 했지만 마고의 힘을 얻는다면 상관은 없었다.

어쩌면 자신을 제약하고 있는 시바의 힘을 풀어버릴 수도 있는 좋은 기회였다.

피피핏!

다섯 개의 블루윙이 날개에서 빠져나와 한철을 향해 날았다. 다이아몬드처럼 푸른색으로 투명하게 빛나는 날개들의 속도는 눈으로 따라잡을 수 없는 것이었다.

깃털이 날기 무섭게 한철의 신형이 사라졌다. 자신이 만들어놓은 공간이었기에 의지만으로 어디든지 이동할 수 있었던 것이다.

퍼퍼퍽!

“크으!”

공간을 가로질러 피했다고 생각했지만 그것이 아니었다. 어느 사이엔가 자신이 이동한 공간 안으로 들어온 블루윙에 맞고만 한철이 신음을 터뜨렸다.

‘크, 젠가이드가 아니었다면 상당한 타격을 입었겠군. 역시 공간을 이동한다는 것이 거짓이 아니었다. 시험해 보는 것은 그만두어야겠군. 이대로 가다가는 자칫 당할 수도 있겠다.’

공간의 창조주인 자신의 뜻을 거슬러 타격을 입힐 정도라면 생각대로 쉽지가 않을 것 같았다. 한철은 시바가 가진 능력 중 하나인 블루윙의 위력을 시험해 보려던 생각을 접었다.

앤틀러는 공간을 지배하는 자다. 가진 능력의 속성상 왜곡에 특화된 능력을 가진 존재일 뿐이었지만 시바로부터 공간을 건너뛸 수 있는 블루윙의 권능을 얻은 후 그는 공간을 완벽하게 지배할 수 있는 존재가 됐다.

다른 존재에 의해 창조된 공간 속에서도 창조자의 의지에 반해 자신이 얻은 권능을 발휘할 수 있을 정도로 공간지배력이 탁월한 존재가 돼버린 것이다.

아무리 자신이 친 결계 속의 공간이라 할지라도 맞상대하는 것이 쉽지가 않았다. 무한히 뻗어 나오는 블루윙의 공세를 막을 만한 것이 한철에게는 없었기 때문이다.

"마음대로 공격할 수도 없고, 이거 미치겠군."

젠가이드가 있어 치명적인 상처를 입지 않겠지만 명왕의 힘 중 일부를 가지고 있는 자이기에 전력을 다하지 못하는 것이 아쉬웠다.

가네가와에게 깃든 천조의 힘을 변화시켰던 것처럼 흑룡회주를 순순했던 원래의 상태로 되돌리기 위해서라도 명왕의 힘이 사라져서는 곤란했다. 앤틀러에게 상처를 입힌다면 자칫 명왕의 힘이 깨질 수도 있기에 한철은 신중을 기해야 했다.

"미네르바!"

타개책을 마련하기 위해 한철은 곧장 미네르바를 호출했다.

완벽히 차단된 공간이지만 미네르바에게는 아직 채널을 열어 두고 있었기에 곧바로 연락이 들어왔다.

―에너지 패턴을 분석 중입니다.

"놈이 가지고 있는 에너지 속성은 어떤 것이지?"

―하이드내츄럴포스와 하이드마나포스가 복합된 계열입니다. 그리고 명왕이라는 존재의 힘도 일부 흡수한 것 같습니다. 그리고 저 존재에게서 가이아의 기운이 느껴지기도 합니다.

"꽤난 복잡한 존재로군. 알았어. 이제부터 공간을 완벽히 닫을 테니까 밖의 상황을 주재해 줘. 어떤 놈인지는 모르지만 아직 야심을 버리지 않은 놈이 있는 것 같으니까 말이야."

―예?

완전히 굴복한 것 같은 흑룡회주가 다른 속내를 가지고 있다는 소리에 미네르바가 반문했다.

"흑룡회주는 아니야. 아주 잠깐이지만 어디선가 그의 의식을 건드리려 하는 알 수 없는 존재감이 느껴졌어. 이놈을 이곳으로 불러들인 것도 그 존재를 끌어내기 위해서였어. 빨리 제압하고 나갈 테니까. 그동안만 어떻게든 견뎌줘, 미네르바."

―알겠습니다. 함장님.

"부탁해."

공세를 피하며 미네르바와 대화를 주고받고 있던 한철은 열려 있는 공간 전체를 막아버렸다. 자신의 기운이 느껴지면 흑룡회주의 이면을 몰래 건드리려 한 다른 존재가 나타나지 않을 것이기 때문이었다.

'어떻게 이놈을 제압하지? 빨리 나가야 할 텐데. 무척이나 성가신 놈이로군.'

앤틀러가 가지고 있는 힘의 정체를 확실히 알았지만 섣불리 덤벼들 수 없었다. 어느 사이엔가 이마에서부터 뻗어나간 황금색 뿔에서 짙푸른 청색의 뇌전이 방전을 시작하고 있었던 탓이었다.

번쩍!

�콰지지직!

번개가 일었다. 순순한 자연의 기운과 가공된 마나가 한철을 향해 몰아쳤다. 계속해서 달려들고 있는 블루윙과 연계된 뇌전의 공격은 한철을 더욱 궁지로 몰아넣고 있었다. 미네르바와의 대화로 인해 공격할 시간을 놓친 탓이었다.

한편, 한철이 앤틀러와 함께 자신이 만들어놓은 공간 속으로 사라지고 난 후에 장내에는 긴장감이 감돌았다.

암흑율사들의 몸을 차지한 흑룡회주와 두 명의 장로에 대해 가네가와가 손을 쓰려 하고 있었던 것이다.

"자네의 주인이 되는 사람이 새로운 공간을 열고 놈과 전투 중인 것 같은데 돌아올 때까지 기다리는 것이 어떤가?"

잔뜩 기운을 끌어올리고 있는 가네가와와 사방에서 압박해오는 아이들의 강한 기운을 바라보던 흑룡회주는 일단 휴전을 제의했다. 싸우기보다는 한철을 기다리는 편이 자신에게 유리했기 때문이다.

"휴전을 하자는 것이냐?"

"그렇다. 자네가 원하는 것이 무엇인지 알지만 지금으로서는 방법이 없으니 기다리는 것이 나을 것이다. 자네의 주인이라면 해결책을 가지고 있을 테니 말이야."

한철이 알 수 없는 자신만의 공간으로 사라져 버렸지만 적어도 당하지는 않을 것이라는 것이 흑룡회주의 계산이었다.

그리고 자신이 파악한 대로라면 가네가와가 원하는 암흑율사들의 근원인 천조의 힘도 자신에게서 분리해 낼 수 있을 것이기에 차분한 어조로 가네가와를 설득했다.

'어찌 될지 모르는 상황이다. 놈의 말대로 기다리는 편이 나을 수도 있다.'

자신을 따라 기세를 일으키기는 했지만 새로운 결계를 이루고 있는 다섯 아이는 그다지 내키지 않는 기색이었다. 그리고 이제는 자신이 진정한 주인으로 인정한 한철의 판단이 우선이었기에 가네가와는 기다리기로 했다.

"음, 네 말대로 그러는 편이 나을 것 같군. 좋다, 주인께서 나올 때까지만 기다리기로 하지."

"내 제안을 받아들인다니 고맙군. 그런데 이곳을 감싸고 있는 기운은 어떤 것인가? 이토록 순순한 기운을 가진 존재들은 나로서도 처음 보는데 말이네."

흑룡회주는 자신과 장로들이 친 결계 밖에 새로운 결계를 치고 있는 다섯 아이에 대한 궁금증을 드러냈다. 가네가와를 능가하는 힘을 지닌 존재들이기도 하지만 한철과 무관하지 않을 것 같기에 알아보려는 것이었다.

"그들은 주인의 의지를 따르는 존재들이다. 나 또한 승부를 장담하지 못할 정도로 강력한 존재들이지. 오행을 아우르는 모든 것의 근원을 가진 존재들이니까."

"그렇군. 솔직히 자네 혼자라면 승부를 낼 수도 있지만, 이곳을 감싸고 있는 존재들 때문에 휴전을 제의한 것이다. 서로 싸운다면 피해가 막심할 테니까."

"이 근방은 전부 폐허가 되겠지."

가네가와 또한 흑룡회주의 의견에 동의했다. 싸움이 시작되면 아이들이 나설 것이고, 주변을 감싸고 있는 결계가 사라진다면 싸움으로 인한 여파는 감당할 수 없을 정도로 커질 것이 분명했던 것이다. 그것은 한철이 원하는 바가 아니라는 것을 가네가와도 잘 알고 있었다.

"장로들이나 특이한 기운을 뿜어내는 존재들도 서로 기운을 푸는 것이 어떻겠나? 난 이미 장로들에게 지시를 내렸네만."

"좋소. 괜한 힘을 쓸 필요는 없을 테니까."

두 사람의 대화를 들은 것인지 사방에서 뿜어져 나오는 기세가 점차 줄어들기 시작했다.

"그럼 앉아서 기다리도록 하지. 오래 걸리진 않을 테지만 난 나이가 들어서 말이야."

흑룡회주는 가네가와의 주변을 훑어보다가 쇼파로 가서 앉았다. 적을 마주하고 있음에도 표정 하나 변하지 않은 채 편안한 모습이었다.

'이상한 자로군.'

아무리 봐도 이상했다. 흑룡회와 주천문을 이끌고 있는 자신의 주인은 절대 화해할 사람들이 아니었다. 오랜 세월 알력이 있어왔고, 수없는 전투를 치러온 집단이 화해라니 말이 되지 않는 일이었다.

'주인께서는 뭔가를 발견했다. 그렇지 않다면 이럴 리가 없을 테니까. 아까의 대화의 내용을 볼 때 저자에게서 내가 알지 못한 것을 찾아낸 것이 분명하다. 그리고 그것이 무엇인지는 모르지만 분명히 나와도 관련이 있는 것이 틀림없다. 나에게 부탁조의 눈빛을 보내고 가신 것을 보면……'

자신과도 밀접한 관계가 있음을 짐작한 가네가와는 흑룡회주를 지켜보며 한철을 기다렸다. 혹시나 흑룡회주의 기만전술일 수도 있기에 긴장감만은 풀지 않았다.

눈앞에서 사라지기 전에 자신에게 보여준 한철의 눈빛이 심상치 않았기 때문이었다.

"그런데 위층과 아래층에 있는 사람들은 어떻게 된 것인가?"

"무슨 뜻으로 하는 말이오?"

흑룡회주를 지켜보고 있던 가네가와는 어떤 뜻으로 하는 말인지는 알았지만 모르는 척 되물었다.

"움직인 자들이 누구인지 모르지만 대단해서 그러네. 위층과 아래층에 잠복해 있던 MP요원들은 그렇게 쉽사리 제압당할 자들이 아니라서 말이야. 아무리 결계가 쳐져 있다고는 하나, 그들의 전력이라면 최소한 충격파가 터질 텐데 아무런 소리도 들리지 않아서 그러네.”

흑룡회주의 의문은 당연한 것이었다. 그는 MP요원들을 제압한 자들이 누구인지 알고 있었다. 오랫동안 서방을 지배해 온 자들의 수족들이라는 것을 그 또한 알고 있었던 것이다.

하지만 아무리 전설적인 존재들이라고는 하나 MP요원들을 이토록 쉽사리 제압했다는 것은 말이 되지를 않았다. CIA를 이용해 새로운 존재로 거듭난 이들이 MP요원들이었기 때문이다.

장로들이라 할지라도 함부로 상대할 수 없을 정도로 강력한 무력을 가진 이들이었다. 이렇듯 아무런 소음 없이 제압한다는 것은 불가능에 가까운 일이었기에 가네가와에게서 연유를 알고 싶었던 것이다.

“쉐도우가 움직였다는 것을 알고 있네. 그들이 아니라면 이토록 소리없이 움직이는 것은 불가능했을 테니까. 하지만 쉐도우가 움직였다고 해도 이렇게 순식간에 제압당한다는 것은 있을 수 없는 일이라서 말이네.”

“…….”

자신도 궁금하기는 마찬가지였다. 한철이 준 수리검을 이용했다는 것은 알지만 그것이 어떤 작용을 하는지는 모르는 상태였다. 수리검은 일반적인 물체가 아니라 창조된 힘의 결정체였기 때문이다. 다만, 가네가와가 추측할 수 있는 것은 MP요원들을 순식간에 제압할 만큼 강력하다는 것뿐이었다.

　자신이 상상할 수 없는 힘을 품고 있는 것에 대해 설명을 해
줄 수 없기에 가네가와는 침묵을 지켰다.
　"음, 그가 손을 쓴 것인가 보군. 알았네."
　흑룡회주도 가네가와의 침묵에서 알지 못한다는 것을 짐작
한 듯 다시 편안한 표정으로 쇼파에 몸을 기댔다.

　현실 세계에서 다들 침묵을 지킨 채 한철을 기다리고 있을
즈음 한철은 앤틀러를 바쁘게 상대하고 있었다. 처음에는 예
상치 못한 공격으로 인해 곤란을 겪었지만 지금은 아니었다.
　젠가이드를 얻고 새로운 도약을 한 후였기에 금방 정신을
차리고 앤틀러의 공격을 회피했다.
　회피가 가능해지고 난 후, 여유가 생겨 반격을 할 수도 있었
지만 한철은 그렇게 하지 않았다.
　일방적으로 진행되는 앤틀러의 공격을 막거나 피하면서 일
부러 시간을 끌고 있었다. 앤틀러를 보면서 한가지 의문이 들
었기 때문이다.
　앤틀러의 공격 하나하나가 여러 개의 차원을 아우르는 힘을
담고 있었다. 겉으로 보이는 공격의 형태는 같았지만 놀랍게
도 앤틀러는 수많은 차원의 힘을 사용했다.
　시바라면 모를까, 앤틀러로서는 사용할 수 없는 힘이었다.
여기서 한철의 의문점이 시작된 것이다.
　앤틀러도 차원을 주관하는 자들 중 하나였다. 시바의 권속
이라면 자신이 주관하던 차원의 힘만 사용할 수 있을 터였다.

새로운 존재로 거듭날 수 있을지도 모르는 일을 시바가 허락할 리가 없었던 것이다.

'시바의 권능에 문제가 생겼을 수도 있지만 그런 것 같지는 않으니……'

시바에게 문제가 생겼다면 가능한 일일 수도 있지만, 공격을 회피하며 살펴본 결과 앤틀러는 무엇인가에 강하게 존속되어 있었다.

마치 누군가로부터 힘을 빌려서 쓰는 것 같았다.

'내가 창조한 공간을 넘어 그런 힘을 빌려줄 수는 없다. 그렇다면 분신이라는 이야기인데… 설마, 시바가 새로운 존재로 거듭난 것인가? 아직 가이아와의 끈을 초월한 것은 아닐 텐데.'

도무지 알 수 없는 일이었다. 새로운 존재로 거듭났다면 벌써 세상에 나왔을 시바였던 것이다.

'어찌 된 영문인지는 모르겠지만 시간이 없을지도 모르니 일단 제압부터 해야겠다. 젠가이드에서 찾아낸 힘이라면 충분하겠지.'

이대로는 더 이상 알아낼 것이 없었다. 한철은 앤틀러를 제압하기로 했다.

피피피핏!

보석 같은 푸른색의 깃털들이 마치 벌떼처럼 한철을 향해 쏟아지고 있었다. 순식간에 한철의 모습이 사라지면 깃털도 사라졌다. 한철이 공간을 이동하면 그의 기운을 따라 깃털들도 이동한 것이다.

그렇게 앤틀러의 공격을 회피하던 한철이 우뚝 멈추어 섰다. 공격을 피하지 않은 것이다. 한철의 움직임이 멈추자 깃털들은 득달같이 달려들었다.

콰콰!! 콰! 콰콰콰!!!

무지막지한 융단 폭격이었다. 깃털들이 한철의 몸에 부딪친 후 폭발음과 함께 섬광을 흘리며 터져 나갔다. 섬광은 한동안 지속되었다. 한철의 몸을 온통 덮어버렸다.

처음 공격을 제외하고 한 번도 맞추지 못한 앤틀러는 공격이 성공하고 있음에도 얼굴이 점점 더 일그러지고 있었다. 자신의 주공격은 깃털을 이용한 공격이 아니었다.

깃털은 보조 공격에 지나지 않는다. 그의 진짜 공격은 섬광의 뇌전이라 불리는 공격이다. 한철을 공격하는 뇌전은 하나도 없었다. 자신의 몸에서 수도 없이 뿜어져 나와 깃털 속에 숨은 뇌전이 어느 순간 소리없이 사라지고 있었던 것이다.

차르르르!

화려한 폭발이 계속됐지만 한철의 존재감은 그대로였다. 앤틀러는 깃털 공격을 멈추었다. 폭발하는 빛이 사라진 이후 한철의 몸이 나타났다. 역시나 아무런 이상이 없었다.

'피해야 한다.'

다시 나타난 한철의 모습을 보면서 앤틀러가 느낀 첫 번째 느낌이었다.

"억!!"

느낌도 잠시, 공간이 확장되기 시작했다. 마치 차원이 어그러진 것처럼 자신의 감각 범위를 넘어서는 무한대의 확장이었다.

"이, 이건!!"

자신의 인지 범위를 넘어서는 공간 확장에 앤틀러는 당혹스러웠다. 수많은 다차원을 아우를 수 있는 앤틀러였지만 한철이 확장한 공간에서는 인지의 범위를 넓힐 수 없었다.

차원을 창조한 이도 이토록 무한히 차원을 겹쳐서 공간을 확장하지 못했다. 그것은 초월자라 해도 자신의 능력 범위에서만이 가능한 권능이다.

가이아가 속한 지구 차원은 36개의 차원이 겹쳐진 가이아의 공간이다. 한때 가이아의 권속이었던 앤틀러가 인지할 수 없는 범위의 차원 수는 가이아가 만든 차원의 수와 같았다. 상위존재로 거듭나지 못했기에 그 범위를 넘을 수 없는 것이다.

그런데 한철이 만들어낸 공간에 겹쳐진 차원의 수는 가히 상상도 할 수 없었다. 자신의 주인이자 권능의 주인인 시바도 한철이 보여준 것과 같은 능력을 보여주지 못했다.

대우주를 창조한 근원의 존재인 카오스도 이토록 많은 차원을 만들어낸다는 것은 불가능해 보였다.

'어, 어떤 존재이기에… 이제는 도망을 칠 수도 없다.'

완전히 미로 속에 갇힌 것이나 다름없는 앤틀러는 슬슬 겁이 나기 시작했다.

"후후후, 공격이 제법 매서웠다. 시바의 권능이 어떤 식으로 변화되었는지는 모르지만 이제는 좀 잡혀줘야겠다."

"네놈이 날 잡겠다는 말이냐?"

"물론, 네놈이 가진 권능을 안 이상 아주 쉬운 일이지."

"어째서 자신하는 것인지는 모르지만 쉽지는 않을 것이다."

앤틀러는 소멸을 각오했다. 능력의 한계를 알 수 없는 한철에게 잡히는 것보다는 그편이 나을 것이기 때문이다.

이 자리에서 소멸된다고 해도 시바가 가진 권능이라면, 부활의 의식을 거쳐 다시 소생할 수 있었다. 자신이 가진 권능이 일부 타격을 받겠지만 피의 의식을 거친다면 가진바 권능도 단시간 내에 회복할 수 있을 것이기 때문이다.

스윽!

"어?"

머리를 굴리던 앤틀러는 한철의 등 뒤로 자신의 것과 같은 날개가 솟아오르자 헛바람을 토해냈다.

파르르르!

푸른 날개가 기지개를 켜는 듯 떨리며 활짝 펴졌다. 완벽히 자신의 것과 같은 날개였다.

크크, 놀라는 꼴을 보니 우습다.

자신의 힘을 그대로 복제해 놓았으니 그럴 만도 하다.

난 지금 젠가이드가 가진 능력 중 두 가지를 사용했다. 무한의 궤도와 권능의 복제. 가히 창조신에 비견될 만한 능력을 사용했다.

놈의 능력이 다른 차원을 넘나드는 것이기에 사용한 것이 무한의 궤도다. 무한의 궤도는 나의 의지가 작용한 상태라 놈에게 무한히 겹치는 차원을 보여주었다.

놈은 자신의 권능으로 절대 넘을 수 없는 차원을 바라보다 감각을 상실했다. 그로 인해 공간에 대한 능력도 상당 부분 잃어버렸다. 겹쳐진 무한의 차원을 파악하느라 자신이 가진 차원의 권능을 대부분 사용했기 때문이다.

놈이 그렇게 정신없을 때 놈의 능력을 복제했다. 차원의 눈과 창공의 날개라는 권능이다. 웃기게도 놈은 자신이 가진 권능을 제대로 사용하지 못하고 있었다. 시바로부터 권능을 부여받기는 했지만 자신의 권능 이외의 것이라 권능이 가진 진정한 뜻을 알아차리지 못했던 것 같았다.

창공의 날개는 어떠한 기운이든지 실을 수 있는 기능을 가지고 있다. 날개 하나하나에 전술 핵 정도의 파괴력을 실을 수 있는 것으로 놈이 제 능력을 모두 발휘했다면 나 또한 심각한 피해를 입는 것을 각오해야 할 정도로 강력한 공격법이었다.

상당한 정도의 파괴력을 볼 때 아마도 창공의 날개는 시바로부터 부여받은 권능인 것 같았다.

더 무서운 것은 놈이 가지고 있는 차원의 눈이다. 놈은 그것을 차원을 넘나들 때 사용하는 것으로 알고 있지만 사실 진정한 권능의 효용은 따로 있었다.

차원 간의 경계를 일시적으로 깨버려 혼돈의 공간으로 만들어 버리는 것이 차원의 눈이 가지는 진정한 권능이었다. 혼돈의 공간에서 벌어지는 일은 모든 것이 놈의 주관하에 놓이게 된다. 비록 혼돈의 공간이 사방 10킬로미터밖에는 되지 않지만 그 안에서만큼은 창조신에 버금가는 능력을 발휘하게 되는 것이 바로 앤틀러의 진정한 권능인 차원의 눈이 가진 비밀이었다.

아마도 놈이 가졌던 차원의 눈에 대한 비밀은 시바가 가로챘을 가능성이 컸다. 창공의 날개라는 강력한 권능을 선사함으로써 앤틀러의 눈을 가린 것이 틀림없어 보였다.

난 창공의 날개를 펼쳤다. 놈이 가진 것보다 더욱 웅장하고 짙은 푸른색의 날개를 말이다.

놈의 눈이 더할 나위 없이 커지는 것을 보니 놀라긴 놀란 모양이다. 시바의 권능을 그대로 재현해 내니 그럴 만도 했을 것이다.

핑!

일단 놈을 향해 창공의 날개에 달려 있는 깃털 중 하나를 날려 보냈다. 기세등등하게 날뛰던 놈이 허겁지겁 피하는 것을 보니 가관도 아니었다. 저렇게 덜 떨어진 놈이 시바의 권속 중 하나라니 한심하기 그지없었다.

Chapter 7
어둠의 딸! 흑암성체!

쾅!!

"큭!"

정신을 차릴 사이도 없이 자신을 향해 날아오는 암청색의 깃털을 피한 앤틀러는 진동하는 충격파에 신음을 내뱉었다. 그렇지만 파장의 충격보다는 자신과 같은 능력을 사용하는 한 철에게서 느낀 충격이 더욱 컸다.

"큭, 어떻게?"

시바가 가진 능력 중 하나가 창공의 날개다. 차원을 주관하는 자의 권능 중 하나는 아니지만 여러 차원을 돌며 시바가 가지게 된 능력이다.

가진 바 파괴력에 있어서 만큼은 차원 주관자의 권능을 상회하는 것이었다. 그런 창공의 날개를 상대가 아무렇지 않게 사용하고 있었다.

거기다가 창공의 날개로 펼치는 죽음의 공격인 블루윙을 자신보다 능숙하게 사용하고 있었다. 오히려 자신이 가진 창공의 날개가 한철의 것을 본 따온 것이 아닌지 착각이 들 만큼 영활하고 매서운 공격이었다.

그러나 앤틀러의 생각은 더 이상 이어지지 않았다. 하나둘, 창공을 수놓는 깃털들의 수가 헤아릴 수 없이 점점 많아지고 있었던 것이다.

'이대로 있다가는 당한다.'

쉽게 당해줄 수는 없는 일이었다. 창공의 날개라면 그동안 많은 수련을 해온 앤틀러였다. 흑룡회주가 찾으려는 차원에 숨어든 후에도 부단히 연마해 거의 시바와 같은 수준에 이르렀다고 자부하는 능력이었다.

'네놈이 어떻게 창공의 날개를 사용하는지는 모르겠지만 진정한 것이 어떤 것인지 알려주도록 하마.'

한철의 공격을 피하며 앤틀러는 자신이 가진 기운을 모두 일으켰다. 차원의 통로를 넘나들며 그간 축적해 온 기운이다. 언제가 시바를 넘어서기 위해 준비해 온 기운을 아낌없이 개방한 것이다.

앤틀러의 기운은 한철이 생각한 것보다 강했다. 앤틀러가 개방한 힘은 시바의 눈을 속일 만큼 은밀히 감추어왔던 힘이었기 때문이다.

앤틀러의 등 뒤에 달려 있는 창공의 날개가 변화하기 시작했다. 푸른색이던 창공의 날개가 어느새 그의 이마에 나 있는 뿔처럼 금빛으로 빛나기 시작했다.

그뿐만이 아니었다. 금빛 날개들은 조금 전의 것보다 크기 또한 커졌다. 거의 두 배에 이를 정도로 커져 몸을 완전히 덮어버린 금빛 날개는 무척이나 기형적으로 보였다.

지지지직!

잠시 뒤, 성장이 멈춘 금빛 날개에서 뇌전이 흐르기 시작했다. 앤틀러가 명왕의 차원에서 얻은 뇌전의 힘이었다.

명왕은 밝음을 상징한다. 무한한 양의 기운이 바로 명왕의 힘이다. 명왕의 힘은 뇌전의 형태로 나타난다. 가장 강력한 양의 힘을 간직한 뇌전으로 모든 것을 말살하는 것이다.

콰지지직!

사방으로 뻗친 뇌전들이 자신을 향해 날아오는 깃털들을 가격했다. 한철이 쏘아낸 깃털들이 뇌전으로 인해 허공에 묶인 채 버둥거렸다.

"크크크, 네놈이 어떻게 창공의 날개를 가지게 됐는지는 모르겠지만 이것이 바로 진정한 창공의 날개다."

한철을 바라보며 앤틀러는 비웃음을 흘렸다. 공격을 무위로 돌려 버린 자신의 능력을 보며 한철이 놀라고 있었기 때문이다.

하지만 그의 비웃음은 이어지는 한철의 말로 인해 소리없이 사라졌다.

“호오, 명왕의 기운도 훔치고 있었던 모양이로군. 그런데 아쉽게도 명왕의 진정한 힘은 얻지 못한 모양이로군.”

“무슨 말이냐?”

“후후후, 명왕의 힘이 네가 얻은 뇌전의 힘뿐이라고 생각하면 오산이다. 공간 밖에 있는 흑룡회주도 네가 지금 뿜어낸 힘보다 훨씬 강력한 힘을 사용할 수 있으니까.”

“으음.”

앤틀러는 한철의 말에서 거짓을 느낄 수 없었다. 자신을 기만하려는 것인지 아닌지는 앤틀러도 충분히 알 수 있었기 때문이다.

“무슨 소리냐? 그놈이 나보다 더 큰 권능을 가지다니.”

“그럼 보여줄까? 명왕이 어떤 권능을 가졌는지 말이야.”

“그럼, 네놈도?”

“몰론, 마고의 권능을 이어받은 것이 나니까?”

한철의 말이 끝나기 무섭게 기괴한 소리가 울려 퍼졌다.

콰지직!

아무것도 보이지 않았지만 뭔가가 갈라지는 소리였다. 소리의 진원지는 앤틀러의 힘에 의해 묶여 버린 암청색의 깃털들이었다. 깃털들의 색깔이 변하고 있었다. 오색으로 물들어가고 있었던 것이다.

변화하고 있는 것은 그것뿐만이 아니었다. 자신을 붙들어매고 있는 앤틀러의 뇌전들을 흡수하고 있었다.

“컥!!”

뇌전이 흡수되기 시작하자 앤틀러의 입에서 다급한 비명이 흘러나왔다.

자신의 힘이 빠져나가고 있었다. 오랜 세월 동안 명왕의 차원에 숨어 축적해 오던 힘이 빠르게 빠져나가며 고통을 주고 있었다.

"크, 이게 어, 어떻게?"

힘이 빠져나가는 만큼 앤틀러의 이마에 나 있던 황금색의 뿔이 빠르게 줄어들고 있었다. 이대로 가다가는 모든 권능을 빼앗길 우려가 있기에 앤틀러는 서둘러 빨려 들어가는 명왕의 힘을 회수하려 했다.

"네놈은 이제 빠져나갈 수 없다. 이 안에 들어온 이상 말이다. 자신이 가진 권능의 힘도 제대로 사용하지 못하면서 남의 것만 탐하다가 이 꼴이 됐으니 원망은 하지 마라."

어차피 소멸시켜 제거되거나 정화되어야 할 존재이기에 한철은 거침이 없었다. 명왕의 힘에 대해서는 이미 알고 있는 한철이었다. 마고가 전해준 지식 중에 명왕에 대한 자세한 설명도 들어 있었던 것이다.

"……."

고통스러운 와중에도 앤틀러는 의문이 드는 눈길로 한철을 바라보았다. 조금 전 자신이 들은 말이 진실이냐는 물음이었다.

"믿기지 않는 모양이로군. 하지만 사실이다. 지금 내가 만든 공간의 많은 부분이 너로 인해 보완된 것이니까."

“미, 믿을 수 없다.”

확실히 처음에 보았던 공간이 많이 강해지기는 했다. 창조된 공간이라고는 하지만 이토록 강하는다는 것이 의문이었지만 설마 자신의 권능이 가미될 리는 없었다.

아무리 자신을 창조한 가이아라 할지라도 변해 버린 자신의 권능을 그토록 빠른 시간에 파악하고 쓸 수는 없는 일이었다.

하지만 한철은 거짓을 말하고 있지 않았다. 앤틀러를 보며 제일 먼저 한 일이 젠가이드를 이용해 그의 능력을 복제한 후 결계를 보완한 것이었으니까 말이다.

“보아라, 내가 가진 진정한 능력을!”

한철은 무한의 궤도를 이용해 수없이 자신의 의지로 중첩시켜 놓은 공간의 한 부분을 깨뜨렸다.

쾅!! 콰르르르르!!!

겹쳐졌던 공간들이 일시에 무너지며 암흑의 공간을 만들어 냈다. 온통 어둠으로 둘러싸인 공간이었다.

어둠의 공간에 빛을 밝히고 있는 존재는 둘뿐이었다. 온통 황금색으로 빛나는 앤틀러와 암청색의 날개에 파묻혀 은은히 빛을 발하는 한철뿐이다.

“크으윽!”

공간의 구조가 바뀌자 앤틀러의 입에서 다시금 신음이 터져 나왔다. 자신의 권능이 가진 힘이 더욱 빠르게 빠져나가고 있었던 것이다.

　이제는 막을 수가 없었다. 처음 가느다랗던 물줄기가 이제는 거대한 강물처럼 변해 빠르게 빠져나가고 있기 때문이었다.

　점점 줄어드는 자신의 힘을 느끼며 앤틀러는 절망했다. 차원을 바라볼 수 있는 황금의 뿔은 이미 사라져 버렸고, 명왕의 힘이 빠져나간 후 본신이 가지고 있던 힘마저 빠져나가며 창공의 날개 또한 사라지고 있었던 것이다.

　'크윽, 마고의 힘이 아니다. 이건!!'

　시바로부터 전해 들었던 마고의 힘하고는 전혀 상관이 없었다. 자신이 가진 능력이라고 하나 그것도 믿을 수가 없었다. 시바에 필적하는 힘을 자신이 가지고 있었다고 생각할 수 없었기 때문이다.

　창공의 날개도 어느새 사라지고 앤틀러의 몸도 점점 왜소해지기 시작했다. 정신체인 그의 몸이 이렇게 점차 사라지고 있는 것은 한철에게로 그의 힘이 흡수되고 있기 때문이었다.

　한철의 등 뒤로 나 있는 암청색의 날개가 점차 푸른 광채를 내뿜었다. 눈이 부실 정도로 찬란한 광채가 날개에서 뿜어져 나왔다. 그것은 시바가 자신에게 보여주었던 것보다 더 밝고 강했다.

　앤틀러가 가진 힘은 거의 다 흡수했다. 모두가 젠가이드 덕분이다. 봉인되어 있는 인간의 잠재된 능력을 풀 수 있는 젠가이드로 인해 내 능력의 거의 모든 부분이 활성화되었기에 가능한 일이었다.

　이제는 끝내야 할 차례였다. 예상대로 밖이 좀 어수선해진 탓이다. 앤틀러의 힘을 거의 다 흡수했기에 암중에 있는 존재를 확인해야 할 것 같았다.

　있는 힘을 다해 앤틀러의 마지막 힘까지 뽑아냈다. 엄청난 양의 에너지가 몸을 타고 들어왔다. 상당한 양으로 나에게 도움이 될 터였지만 어느 정도 미네르바에게 보냈다. 암중의 존재가 모습을 드러내고 있기에 더 이상 공간을 닫아놓을 필요가 없기에 가능한 일이었다.

　이 정도의 힘이라면 골든나이트의 완성 시기를 상당히 앞당길 수 있기에 미네르바도 상당히 좋아할 것이다.

　사실 에너지원이 나로부터 비롯되었기에 독자적인 에너지를 가지지 못했던 미네르바로서는 새로운 에너지원을 확보할 수 있는 일이었기 때문이다.

　앤틀러의 존재감이 서서히 사라져 갔다. 자신의 모든 능력을 나에게 빼앗겨 버렸으니 정신체를 유지할 힘을 거의 상실했기 때문이다.

　그러나 이대로 내버려 둘 수는 없는 일이었다. 가이아가 만들어낸 지구 차원의 균형을 위해서라도 앤틀러를 존재하게 할 필요성이 있었던 것이다.

　앤틀러에게 내가 가진 힘의 일부를 불어 넣었다. 우주의 네 가지 절대력을 골고루 집어넣었다. 미네르바에게 대부분 보내기는 했지만 앤틀러의 힘이 아직 나에게 많이 남아 있기에 가능한 일이었다.

　네 가지 절대력의 일부를 엔틀러에게 보내고 그의 힘 중 남은 것으로 보충하면 되기에 시도한 것이다.

　이 또한 젠가이드가 아니면 시행하지 못할 일이었다. 그 어떤 힘이라도 정화시켜 보내주는 젠가이드의 정화력이 아니라면 말이다.

　어떻게 이런 물건이 지구 차원에 있는지 궁금하지 않을 수 없었지만 젠가이드는 나에게 자신의 존재를 모두 보여주지 않았다.

　하지만 나는 느낄 수 있었다. 지구 차원의 창조자인 가이아를 넘어서는 상위의 존재가 만들지 않았다면 젠가이드라는 존재는 세상에 나타나지 않았을 것이라는 것을 말이다.

　앤틀러의 힘을 전부 변환시킨 후 결계를 풀었다. 나만이 드나들 수 있는 공간이 사라지고 호텔방이 나타났다. 밖이 상당히 어수선하다고 느꼈었는데 내 예상을 뛰어넘어 무척이나 곤란한 상황이 눈앞에 펼쳐져 있었다. 정말이지 예상치 못한 일이 말이다.

　검은 비단 같은 부드러워 보이지만 위험한 기운이 온몸을 감싼 여인이 눈앞에 있었다. 그 여인은 나도 익히 잘 아는 사람이다.

　백무요의 신녀이자 MP를 이끌고 있는 여인이 위험한 기운을 풍기며 내 앞에 서 있는 것이다.

　호텔방은 난장판이다. 결계는 깨어져 있고, 상당한 충돌이 있었던 듯 터져 나간 흔적이 가득하다. 흑룡회주를 비롯해 가네가와 등이 바닥을 뒹굴고 있었고, 헨리와 이이들이 피를 흘리며 쓰러져 있었다.

　"미네르바, 어떻게 된 일이지?"

　내가 창조한 공간에서는 미네르바와의 연락을 끊었기에 사연을 물었다.

　―잘 오셨습니다, 함장님! 함장님께서 제때에 에너지를 보내주지 않으셨다면 저 여자를 막지 못했을 겁니다.

　"쉐도우가 제압하지 못했었나?"

　―그렇습니다. 그러니까, 함장님이 이공간으로 넘어가신 후에 상황이 발생했습니다. 처음에는…….

　중첩시켜 각인시키는 것이었기에 어찌 된 일인지 순식간에 상황을 파악할 수 있었다. 미네르바가 들려주는 이야기는 상당히 흥미로운 것이었다.

　암중에 느껴졌던 존재가 최경아의 의식 속에 존재하고 있었다니 정말이지 놀라운 일이다.

*　　　*　　　*

　'일어나라. 어둠이 딸이여.'

　뭔가가 뒷목을 찌르고 난 후, 계속해서 속삭이는 목소리가 최경아의 심혼을 자극했다. 한 번도 들어본 적이 없지만 최경아는 그 목소리가 낯설지 않았다.

'이, 일어나야 해.'

목소리의 부름대로 일어나려 했지만 몸이 말을 듣지 않았다.

'아아아, 어서 일어나야 해.'

뒷목에서 충격을 느낄 당시, 무엇인가가 자신의 육체를 제압했다는 것을 알았다. 강력하게 자신의 육체를 금제할 수 있는 것이 무엇인지 몰랐지만 최경아는 자신을 부르는 목소리에 어떻게 해서든지 빨리 화답을 해야 했다.

자신의 무의식 속에 무엇인가 존재하고 있었지만 자신을 부르는 목소리로 인해 최경아는 아무것도 인지하지 못하고 몸을 움직이기 위해 사력을 다했다.

콰지직!

의지가 발동한 탓인지 모르지만 의식 속에서 뭔가가 깨어져 나갔다. 최경아의 잠재의식 깊숙이 존재하던 무엇인가가 부서져 나가기 시작한 것이다.

쾅!!

폭발음과 함께 마약과도 같은 강력한 흥분이 찾아왔다. 한 번도 느껴보지 못한 극한의 쾌락을 동반한 흥분이었다. 그와 함께 강력하고도 강대한 기운이 차오르기 시작했다.

콰콰쾅!

계속적인 폭발이 의식 속에서 일어났다. 폭발이 끝나고 난 후 몸을 움직일 수 있었다. 의식 속에 자리 잡았던 봉인이 깨지며 발생한 강력한 힘이 한철의 기운으로 만들어진 금제의 인을 파괴한 덕분이었다.

'눈을 뜨고 네 앞에 존재하는 모든 것을 말살시켜라, 어둠의 딸아!!'

말이 끝남과 동시에 눈이 떠졌다. 시야가 확보되는 순간 최경아는 자신이 누구인지 자각할 수 있었다. 오랜 세월 봉인되어 있던 자신의 존재를 스스로 알아차려 버린 것이다.

오래전 자신의 이름이 흑암(黑暗)이라 불렸다는 것을……

에이미는 갑자기 일어서는 최경아를 보며 당혹스러웠다. 한철이 준 수리검으로 MP요원들을 완전히 제압했다고 생각했었기 때문이다.

정면대결을 한다면 자신들조차도 제대로 상대하기 힘든 것이 MP요원들의 힘이었다. 그런 MP요원들을 단번에 제압해 버린 것이 한철이 준 수리검이었다. 그런 탓에 수리검에 특별한 힘이 담겨 있다는 것을 알았고 한철의 힘을 아는 만큼 수리검에 대한 신뢰가 컸었던 것이다.

"어떻게 깨어난 것이지?"

"너희들은 누구냐?"

에이미의 질문을 무시한 흑암은 자신이 알고자 하는 바를 물었다. 에이미를 비롯해 자신의 주변을 감싸고 있는 존재들을 느낀 흑암은 거부감이 들었기 때문이다.

'음, 손을 써야 한다.'

에이미는 최경아의 몸에서 흘러나오는 심상치 않은 기운을 느끼고는 한철이 준 수리검을 꺼냈다. 두 자루밖에 남지 않았지만 이것이면 충분히 최경아를 제압할 수 있다고 생각한 것이다.

피핏!

수리검이 날았다. 혹시나 상처를 입힐까 봐 다리와 팔뚝을 목표로 했다.

퍼퍽!

예상과 같이 한철의 수리검은 다리와 팔뚝에 박혀들었고, 이내 물처럼 녹아 최경아의 몸속으로 사라져 버렸다.

휘이이익!

"아!!"

쓰러지기는커녕 최경아의 몸에서 강한 바람이 불어왔다. 무미건조하고 황량한 느낌이 드는 바람이었다.

'기, 기운이 더 강해졌다.'

조금 전보다 더욱 강한 파장이 밀려오는 것을 보며 자신이 던진 수리검에 최경아의 힘을 증폭시키는 힘이 들어 있다고 판단한 에이미는 재빠르게 뒤로 물러났다.

"호호호, 어두움 속에 있어야 할 자들이 밝은 빛으로 물들어 있다니 너희들은 정화되어야겠구나."

"……."

에이미는 흑암으로 변한 최경아의 말에서 위험을 감지했다. 보통의 사람이 내뱉을 말이 아니었다.

일단 은밀히 수신호를 보냈다. 은밀히 포위하고 있는 쉐도우들을 최경아가 알고 있는 이상, 이득보다는 손해가 나리라는 계산 때문이었다.

"역시 눈치가 빠르구나."

흑암은 에이미의 신호를 알아차린 듯 손을 가볍게 저으며 걸어왔다.

에이미를 향해 다가가는 그녀의 몸에서 누에가 실을 뽑아내듯 검은 기운이 스멀거리며 뻗어 나왔다. 연극이 끝난 뒤에 쳐지는 장막처럼 검은 기운은 서로가 엮어지며 거대한 막을 이루고 흑암으로 화한 최경아의 주위를 감쌌다.

파파팡!

장막이 쳐지고 그 위로 거센 파열음이 들린 것은 거의 찰나의 순간이었다. 에이미의 수신호를 무시하고 개시한 쉐도우들의 공격이 흑암의 주위에 쳐진 장막에 막힌 것이다.

파츠츠츠!

검은 기운이 흑암의 몸에서 계속해서 뻗어 나왔다.

파파팡!

기운이 뻗어 나오는 속도가 얼마나 빠른지 그녀가 입고 있는 옷들이 하나하나 터져 나갔다.

알몸으로 변해가는 흑암의 몸을 장막처럼 둘러친 검은 기운이 감싸 안았다. 비단처럼 부드러운 반투명한 기운이 알몸으로 변한 흑암의 몸을 감싸자 묘한 아름다움이 그녀에게서 흘러나왔다.

"호호호, 아주 재미있어. 조율자의 힘을 이어받았다니 말이

야. 너희들은 분명 그의 권속 중 하나일 텐데 어떻게 그런 빛
의 힘을 가지고 있는 것이지? 그가 절대로 허락하지 않았을 텐
데 말이다."

"무, 무슨 말이지?"

에이미는 최경아의 말에 떨리는 목소리로 되물었다.

"몰라서 묻는 것이냐? 라의 권속 중 하나인 어둠의 흡혈귀
들이 어떻게 빛나는 힘을 가졌냐는 소리다. 그것도 조율자들
이라는 영체들의 힘을."

신경이 곤두선 목소리다. 또한 힘이 실린 목소리다. 다시금
흑암을 공격하려던 쉐도우들의 정신을 뒤흔드는 파괴적인 힘
이 깃든 소리다.

"컥!!"

"크윽!!"

최경아의 말이 끝나기 무섭게 쉐도우들이 신음을 내뱉으며
모습을 나타냈다. 자신들의 근간인 피의 힘이 뒤틀린 탓에 더
이상 신형을 감출 수 없었던 것이다.

"이제 제 모습을 보이는구나. 어두운 피의 힘을 간직한 너희
들은 분명 라의 권속일 것이다. 하지만 가이아가 세상에 남긴
조율자들의 힘에 물들었다면 라에게 이상이 있다는 증거일
터. 너희는 모든 것을 나에게 말해야 할 것이다."

마음을 흔드는 흑암의 목소리에 에이미가 고개를 흔들며 저
항했다. 자신의 심령을 흔드는 목소리에 현혹되지 않으려는
노력이었다.

'서, 설마!!'

앤트 가의 최고위 자들이 펼치는 권능 중에도 비슷한 능력이 있지만 지금 흑암이 보여준 것 같은 힘은 없었다. 거기다가 가이아가 남긴 힘이 봉인되어 있는 자신의 심령을 흔들 정도라면 오직 두 종류의 존재밖에는 없었다.

"시바!!"

"호호호, 오랜만에 들어보는 이름이로군."

최경아의 잠재의식에서 깨어난 흑암은 에이미의 말을 부정하지 않았다. 언젠가 자신이 그런 이름으로 불렸었다는 것을 알고 있기 때문이다.

"에잇!!"

에이미의 손이 장막을 향해 뿌려졌다. 그녀의 손길을 따라 기이한 궤적이 그려지고 이내 푸른빛에 휩싸인 그녀의 손에서 은빛으로 빛나는 작은 구슬들이 쏟아지고 있었다.

실버라인드!

그녀의 손에서 쏟아진 진은(眞銀) 구체들은 모든 암흑의 존재들을 거부하는 성결한 힘이다. 조율자의 권능이 그 안에 담겨 있고, 자신이 가진 가이아의 권능 중 일부가 담긴 구슬이다.

에이미는 진은의 구슬이 흑암으로 변한 최경아에게 타격을 주리라 믿었다.

퍼퍼퍼퍽!

은색의 구슬들이 검은 비단 장막에 틀어 박혔다. 암흑으로 물들은 우주에서 홀로 빛나는 성좌들처럼 빛을 내고 있었지만 진은의 구슬들은 더 이상 앞으로 나아가지 못했다. 흑암의 성체를 감싼 장막을 뚫지 못한 것이다.

진은의 구슬들에서 발해지던 빛들이 점차 수그러들었다. 분노한 듯한 흑암의 눈빛. 파괴적인 분노의 기운이 그녀의 눈빛을 따라 흘러나왔다.

에이미의 공격에 분노한 흑암이 자신의 진정한 모습인 흑암 성체로 변신한 것이었다.

"어서, 피해요!!"

에이미는 쉐도우들을 향해 소리를 질렀다. 파괴적인 힘이 검은 장막에서 흘러나오고 있었기 때문이다.

경고와 함께 에이미도 신형을 날렸다. 자신이 가장 전면에 있었기에 파괴적인 기운에 통째로 맞닥뜨리면 소멸된다는 두려움 때문이었다.

슈아앙!

퍼퍽!! 퍼퍼퍽!

에이미를 중심으로 퍼져 나간 기운은 쉐도우들을 강타했다. 산산이 터져 나가는 쉐도우들의 육신을 따라 검붉은 피가 사방으로 뿌려졌다.

정면으로 부딪쳐 오는 기운을 피하기는 했지만 전부 피하지 못한 에이미도 타격을 받은 듯 끊어진 연처럼 호텔 복도를 따라 엘리베이터까지 날려갔다.

"컥! 제길!!"

울컥거리며 토한 피 때문인지 비릿한 냄새가 코를 타고 올

라왔다. 스치기만 했을 뿐인데도 전신에 힘이 빠져 버림을 느낀 에이미는 욕설을 내뱉었다.

도저히 자신이 상대할 수 있는 존재가 아니라는 것을 한 번의 공격으로도 실감할 수 있었던 탓이다.

우우웅!

귀에서 이명이 들렸다.

'결계를 깬 것인가?'

자신의 귀에 이상이 생긴 것이 아님을 확인한 에이미는 호텔을 감싸고 있는 결계가 풀렸다는 것을 알아차리고는 빠르게 주변을 살폈다.

기이한 아름다움을 내뿜는 검은 실루엣의 흑암성체의 주변에는 언제 나타난 것인지 빛을 발하는 다섯 아이가 엄밀한 방진을 치고 포진해 있었다.

한철의 지시에 의해 호텔에 결계를 치고 있던 다섯 아이였다. 오행의 기운을 내뿜는 아이들은 흑암성체가 내뿜는 파괴적인 기운을 막아내고 있었던 것이다.

적청백흑황의 다섯 가지 기운이 흑암성체 주변을 맴돌았다. 아이들은 기이한 수인을 그리며 흑암성체를 향해 손을 뻗어내고 있었다.

'으윽, 다, 다행이다.'

압박이 심한 듯 인상을 찡그리는 흑암성체를 보며 에이미가 안도의 한숨을 내뱉을 때였다.

"호호호호호!!!!"

흑암성체의 입에서 광소가 터져 나왔다. 살기가 가득한 흑
암성체의 웃음은 모든 것을 뒤흔들었다. 다섯 아이가 펼친 방
진도 흔들리고 있었다.

막기가 힘든 듯 아이들의 입가에 핏줄기가 비쳤다. 밖으로
폭발하려는 힘을 억지로 막고 있었던 것이다. 아이들도 온전
히 막지 못하는 듯 파괴적인 기운이 방진을 깨고 밖으로 새어
나오기 시작했다.

"호호호!"

콰직! 퍼퍼퍼펑!!

극히 일부만 새어 나오는 흑암성체의 힘을 감당하지 못하고
마치 폭격을 맞은 듯 웃음소리를 따라 호텔 복도가 일그러지
며 터져 나갔다.

아이들이 뿜어내는 힘이 점점 더 강해지고 있었다. 다섯 아
이는 자신들이 친 방진을 뚫고 새어나가는 흑암성체의 힘을
막느라 안간힘을 쓰고 있었다.

우르르르!

흑암성체와 아이들이 뿜어내는 힘을 감당하기 힘든 듯 서
있는 바닥이 무너져 내리며 여섯 사람이 아래로 떨어졌다.

"주변에 있는 사람들을 모두 대피시켜요. 어서!"

에이미는 살아 있는 쉐도우들에게 고함을 쳤다. 아이들이
흑암성체를 막을 수 있는 시간은 얼마 되지 않았다. 흑암성체
의 공격으로 타격을 입었지만 빨리 사람들을 대피시켜야 했다.

우선 MP요원들부터 대피시켜야 했다. 호텔 안에 있는 사람

들은 결계가 깨지는 통에 변고를 알아차리고 듯 대피하는 것 같았지만 쓰러진 MP요원들을 데리고 나갈 사람들은 쉐도우들 밖에는 없었다.

상황이 악화되면 주변에 포진해 있는 주천문도들이 사람들을 대피시킬 것이기에 우선은 MP요원들부터 구하기로 한 것이다.

부상을 입었지만 쉐도우들은 에이미의 말을 알아들었다. 하나둘 MP요원들을 둘러업고 터져 나가 확 트인 창문을 통해 호텔을 빠져나갔다.

쉐도우들이 빠져나간 것을 확인한 에이미는 서둘러 아래층으로 내려갔다. 흑룡회주와 가네가와, 그리고 헨리가 있는 곳에 흑암성체가 떨어진 이상 어떤 사태가 발생할지 몰랐기 때문이다.

에이미의 예상과 같이 이미 흑암성체가 깨어난 시점부터 이상을 알아차린 세 사람은 다섯 아이와 흑암성체가 대치하고 있는 곳으로 와 있었다. 어찌 된 일인지 흑룡회의 장로들인 박천승과 김중열은 보이지 않았다.

세 사람은 아이들과 흑암성체의 대결을 지켜보고 있는 중이었다. 세 사람이 대결을 지켜보고 있는 눈빛은 무척이나 달랐다.

헨리는 초조한 눈빛으로, 가네가와는 의혹의 눈길로, 그리고 흑룡회주는 뭔가를 발견한 듯 탐욕이 가득한 눈빛으로 대결을 지켜보고 있었다.

"상황은?"

자신의 등 뒤로 나타난 에이미를 향해 헨리는 돌아보지도 않고 상황을 물었다.

"흑암성체 때문에 쉐도우들이 몇 명 희생되기는 했지만 사람들을 대피시키고 있습니다."

"몇이나 희생됐나?"

"다섯입니다."

"으음! 안타까운 일이지만 어쩔 수 없다. 지금은 상황이 급하니 주변을 통제하고 사람들을 최대한 멀찌감치 대피시켜라. 자칫 서울 전체가 날아갈 수도 있으니 최선을 다해 대피시켜야 한다, 에이미."

헨리는 침중한 어조로 에이미에게 지시를 했다. 시바의 권능 중 파괴의 권능을 간직한 흑암성체가 나타난 이상 그만한 피해가 있을 것이 분명했던 것이다.

"알았습니다."

에이미는 곧장 밖으로 향했다. 이미 15층도 곳곳이 터져 나가 밖으로 나가는 일은 그리 어렵지 않았다.

밖으로 빠져나간 에이미는 우선 주천문도들을 찾았다. 이 공간을 통한 공간이동이 아니면 대한민국의 수도라는 서울의 천만 인구가 몰살을 당할 것이기 때문이었다.

에이미가 빠져나간 후 헨리는 자신의 힘을 개방했다. 드래곤의 권능이라는 마나의 힘이 그의 전신에 맴돌았다.

"앱솔루트 배리어!!"

헨리의 입을 타고 약속된 용언의 언령을 따라 절대방어막이 펼쳐졌다.

'막을 수 있을지 모르지만 어찌 됐거나 최선을 다해야 한다.'

그 어떤 것도 깨뜨릴 수 없다는 절대의 방어막이지만 흑암성체와 정령왕에 비견될 다섯 가지 기운이 충돌하는 것을 막을 수 있을지의 여부는 미지수였다.

또한 행동을 취하지 않고 있는 두 사람도 문제였다. 가네가와란 자는 한철의 통제를 받고 있는 것 같아 안심이 되지만, 문제는 흑룡회주였다.

조금 전과는 달리 그의 눈빛은 어느 사이엔가 탐욕으로 물들어 있었다. 흑암성체를 탐내고 있는 것이다.

시바로부터 떨어져 나온 것으로 보이는 흑암성체라면 자신이 가지고 있는 명왕의 힘을 새로운 차원으로 진화시킬 것이기에 탐을 내는 것이 분명했다.

막아야 하지만 앱솔루트 배리어를 계속 유지해야 하는 자신으로는 막을 수가 없기에 헨리는 가네가와에게 기대를 걸었다. 그라면 한철이 돌아오기 전까지 어느 정도 시간을 벌어줄 수 있을 것이라 생각한 것이다.

치지지직!

흑암성체를 얻기로 결정한 듯 흑룡회주의 몸에서 오색의 번개가 치기 시작했다. 예상과 같이 탐욕에 눈이 멀어 명왕이 가진 진정한 힘을 이끌어낸 것이다.

흑룡회주의 변화를 알아차린 듯 가네가와 또한 천조의 힘을 꺼내 명왕의 힘에 맞서기 시작했다. 흑룡회주가 흑암성체를 얻는 순간, 또 하나의 시바가 탄생할 수 있었기에 가네가와로서도 어쩔 수 없는 선택이었다.

헨리가 펼친 앱솔루트 배리어를 제외한 여덟 가지 기운이 사방에서 충돌하기 시작했다.

차원 주관자들의 진정한 권능이 담긴 힘이라고는 할 수 없지만 이 정도의 기운이라면 거의 시바나 라의 힘에 육박했다.

'제기랄! 이대로 가다가는 나도 견디지 못한다.'

앤트 가의 모든 장로들이 힘을 합친다고 해도 절대로 막을 수 있는 기운이 아니었기에 헨리는 점차 절망하지 않을 수 없었다. 자신이 친 앨솔루트 배리어가 서서히 깨지려는 조짐을 보이고 있었던 것이다.

우르릉!

기운이 충돌하는 여파로 인해 호텔이 진동하기 시작했다. 이대로 가다가는 무너질 것이 분명했다.

"크으으, 어떻게 해서든지 막아내야 한다. 어떻게 해서든지……."

빠르게 빠져나가는 마나를 느끼며 헨리는 이를 악물었다. 흑암성체에게 점점 더 밀리고 있는 다섯 아이가 쓰러지면 자신이 치고 있는 방어막도 깨질 것이고, 그렇게 되면 지옥의 참상이 서울 한복판에서 펼쳐질 것이기에 어떻게 해서든지 버텨야 했다.

"어?"

헨리의 눈에 무엇인가가 비쳤다. 푸른색 실루엣의 요정처럼 아름다운 소녀 하나가 자신이 친 앱솔루트 배리어를 뚫고 나타난 것이다.

소녀가 아니었다. 그리 크지 않은 키에 인간의 용모라고는 할 수 없는 아름다운 모습으로 인해 헨리가 착각한 것이었다.

소녀처럼 아담한 여인은 가네가와와 흑룡회주가 대치하고 있는 곳으로 다가갔다.

"거, 거긴!"

막강한 힘이 대치하고 있는 상황이라 헨리가 소리를 치려 했다.

하지만 두 사람의 힘이 부딪치고 있는 힘의 중심부에 들어서면서도 아무렇지 않은 표정인 여인의 모습을 보며 헨리는 입을 다물었다.

"누구지?"

차원 주관자에 버금가는 새로운 존재가 나타났기에 헨리는 당혹감을 감추지 않았다. 자신이 파악하고 있는 차원 주관자들의 힘과는 완전히 다른, 정말이지 알 수 없는 힘을 여인이 보유하고 있었기 때문이었다.

"제기랄! 함장님이 알면 난리가 나겠군."

미네르바는 열이 받아 있었다. 갑자기 나타난 흑암성체라는

존재로 인해 한철이 세운 계획이 모두 어긋났기 때문이기도
하지만 골든나이트의 완성을 코앞에 두고 중단해야 했기 때문
이기도 했다.

"어찌 됐든 함장님이 돌아오실 때까지 막아야 하니까."

미네르바는 일단 가네가와에게로 향했다. 가네가와 또한 아
직은 불완전한 상태였기에 위험을 예방하기 위해서였다.

천조의 힘은 빛의 힘이다. 가네가와는 천조의 힘 중 극히 일
부를 얻었을 뿐이다. 그에 반해 뇌전의 힘을 가진 명왕의 힘을
거의 대부분 얻은 흑룡회주였기에 가네가와는 상대가 되지 못
했던 것이다.

그럼에도 팽팽하게 대치하고 있는 것처럼 보이는 것은 흑룡
회주가 헨리를 의식했기 때문이다. 자신이 흑암성체를 차지하
기 위해 움직이면 헨리 또한 앱솔루트 배리어를 유지하려는
생각을 버리고 움직일 것이기 때문에 기회를 엿보고 있는 것
이었다.

미네르바는 흑룡회주의 속셈을 알기에 두 사람이 대치한 공
간을 뚫고 들어가며 손을 쓰기 시작했다. 흑룡회주에게 타격
을 입히는 것과 동시에 가네가와에게 자신의 힘을 보내려는
것이다.

가네가와에게 전하려는 힘은 사이코 매트릭스다. 골든나이
트를 완성해 가며 만들어진 힘으로 천조에게 가장 필요한 힘
이었다. 사이코 매트릭스가 전해지자 천조의 힘이 비약적으로
상승하기 시작했다.

하이드내츄럴포스에 사이코 매트릭스가 가세한 결과가 어떤 식으로 상승효과를 나타낼지는 보지 않아도 알 수 있었다. 위기를 느낀 흑룡회주가 감추어놓고 있던 힘을 풀어놓기 시작한 것이다.

하지만 그것만으로도 불충분했기에 미네르바는 데블나이트들이 즐겨 쓰는 기술 중 하나인 라이징글레어를 펼쳤다. 라이징글레어의 속성 중 하나인 빛을 없앤 투명한 검이 흑룡회주를 압박했다.

미네르바가 날린 라이징글레어는 모습이 보이지 않은 채 흑룡회주를 공격했다. 의지가 부여되어 있는 터라 미네르바의 힘이 떨어지지 않는 이상 계속해서 공격을 해댈 것이 분명했다.

덕분에 흑룡회주는 다른 곳에 한눈을 팔 수가 없었다. 강력해진 가네가와의 힘과 어디선지 모르게 계속해서 공격해 대는 날카로운 라이징글레어의 힘을 상대하기 위해 전력을 기울여야 했기 때문이다.

두 사람에 대한 조치를 끝낸 미네르바는 다섯 아이와 대치하고 있는 흑암성체를 바라보았다.

'분명, 함장님이 보았을 때도 아무런 느낌이 없었다. 의식은 물론 잠재의식에서도 보이지 않았는데 어떻게 저런 힘을 감추고 있었던 거지?

백무요의 신녀로 선택된 최경아가 어떻게 저런 모습으로 변해 버렸는지 모를 일이었다. 계속해서 모니터링하고 있었기에 외부의 힘은 파고들어 온 적이 없었다. 분명 내부로부터 힘이 각성된 것이 틀림없었다.

'혹시?'

최경아가 MP로 돌아간 후 한동안 행방이 묘연한 적이 있었다. 천상천이 아직 완성되지 않았고, 중요한 인물들에게만 나노 로봇을 뿌린 탓에 지하 깊숙한 곳으로 이동할 때 3시간 동안 위치를 찾을 수 없던 적이 있었던 것이다.

최경아의 몸에 새로운 힘이 스며들 수 있었던 시간은 그때밖에는 없었다. 최경아가 흑암성체로 변한 의혹은 그때의 일에서 풀어야 함을 느끼긴 했지만 지금은 어떻게 해서든지 손을 써야 했다.

자칫 하면 한철이 아끼는 다섯 아이가 소멸될 수도 있었다. 아이들이 소멸된다면 그 뒤의 결과는 상상하기도 싫었다.

지구 차원에 존재하는 거의 모든 에너지와 맞먹을 정도의 에너지원을 보유하고 있는 이가 바로 한철이다. 거기다가 젠트리온 우주를 구원할 예언의 무구인 젠가이드까지 자신의 것으로 만든 사람이다.

그런 한철이 분노한다면 지구 차원의 붕괴는 물론, 겐트리온의 존망에도 크나큰 영향을 줄 것이 분명했다.

그렇기에 일단은 아이들의 안전이 우선이었다. 골든나이트의 완성도 급했지만 아이들이 안전해야 다음 일도 생각해 볼 수 있는 것이었기에 미네르바는 자신의 의지로 만들어진 형상을 통해 흑암성체를 막기로 했다.

"로테이트 버즈윙!"

파파파팡!

짧은 말과 함께 미네르바는 자신의 힘을 투사했다. 그녀의 열 손가락을 따라 빛이 모여들고 연한 연두색 빛을 발하는 뷰렛들이 생겨난 후 파공음을 내며 흑암성체를 향해 날았다.

아이들이 친 결계를 쉽게 뚫고 안으로 진입한 뷰렛들이 빠르게 회전하자 흑암성체의 바깥쪽에는 마치 연두색 띠가 형성된 것처럼 보였다.

띠를 이룬 연두색 뷰렛들이 가공할 속도로 회전하며 안쪽으로 파고들기 시작했다.

툭!

투툭!!

가벼운 소음과 함께 흑암의 성체가 내뿜는 파괴적인 기운이 잘려 나가기 시작했다. 고드름에서 떨어지는 물방울이 눈에 자국을 남기듯 흑암성체의 전신에 어린 검은 장막이 떨어져 나가기 시작했다.

"네년이!!"

분노가 치민 흑암성체가 미네르바를 보며 소리를 질렀다.

암흑의 장막은 흑암이 가진 기운의 본질이다. 그녀의 힘이 대부분 응집되어 있어 차원의 힘이 작용한다고 해도 절대로 흩어지지 않는 기운이었다.

그런데 조그마한 탄환들에 의해 점점 구멍이 뚫리고 있었다. 시바의 권능이자 파괴의 사도라는 흑암으로서는 분노하지 않을 수 없었다.

근원을 알 수 없는 힘을 가진 존재가 자신을 공격하고 있음에도 반격을 가할 수 없다는 사실이 그녀의 자존심을 건드린 것이다.

츠츠츠츠!

검은 장막에 가려진 흑암의 모습이 점차 사라지기 시작했다. 아니, 반투명한 검은 장막이 점점 두꺼워지며 안쪽의 모습을 보여주지 않고 있었다.

흑암성체로 화한 흑암은 자신이 가지고 있는 소멸의 힘을 끌어냈다. 그녀가 전개한 것은 일종의 블랙홀로 주변의 모든 것을 빨아들여 흔적도 남기지 않고 분해해 버리는 힘이었다.

아이들의 몸이 점점 흑암성체를 향해 끌려가기 시작했다. 조금 전보다 강력해진 흑암성체의 힘을 감당하지 못하기 때문이다.

다급함을 느낀 미네르바는 전력을 기울였다. 흑암성체의 주변을 휘돌고 있는 뷰렛들을 생명의 빛으로 변화시켰다. 일순간 흑암이 발생시킨 소멸의 힘과 아이들이 발하고 있는 자연의 기운 사이가 차단되었다.

연두색막이 형성되어 대치하고 있는 두 기운을 갈라놓은 것이다.

"뒤로 빠져서 흑룡회주를 제압해요."

미네르바는 흑암을 본격적으로 상대하기로 마음먹었기에

아이들을 뒤로 물러나도록 했다.

이미 한철로부터 미네르바에 대해 언질을 받은 적이 있는 터라 아이들은 빠르게 뒤로 물러나며 흑룡회주를 상대하고 있는 가네가와에게 가세했다.

콰르르르!

흑암성체를 가로막고 있던 연두색막이 흔들리기 시작했다. 하이드내츄럴포스로 만들어진 기운이 흐트러지려 하자 미네르바는 넵코를 동원하기 시작했다. 물질에 작용하는 흑암성체의 힘을 반물질로 막아보려는 생각에서였다.

콰직!

미네르바의 생각을 비웃는 듯 흑암의 성체가 뿜어내는 파괴의 힘은 멈추지 않았다. 반물질로 이루어진 넵코마저 무너뜨리며 비집고 빠져나오기 시작한 것이다.

'제기랄!!'

차원을 주관하는 자의 힘이 이토록 강력한지는 미네르바로서도 의외였다. 내심 지구 차원의 힘을 자신의 아래로 보고 있었던 터라 미네르바는 당혹스러웠다.

'어쩔 수 없다.'

우주의 네 가지 절대력을 동시에 사용하기로 했다. 힘을 전부 끌어다 쓰면 한철에게 조금은 타격을 줄 수도 있지만 흑암성체가 발하는 힘을 막아내지 못한다면 반경 100킬로미터는 폐허만 남을 것이기에 어쩔 수 없는 선택이었다.

'응?!'

막 힘을 개방하려는 순간, 자신의 본체로 이질적인 힘이 전송되는 것을 느낄 수 있었다. 네 가지 절대력에 비해 조금도 손색이 없는 힘이었다.

'차원을 조율하는 힘이라니… 잘하면 막을 수도 있다.'

자신에게 전해지는 힘의 정체를 빠르게 분석해낸 미네르바는 흑암성체의 주변에 차원왜곡장을 펼치기 시작했다. 흑암성체가 뿜어내는 힘을 분산시키기 위해서였다.

"휴우!"

한철로부터 전해지는 앤틀러의 힘을 사용하자 한숨을 돌릴 수 있었다. 흑암성체의 힘을 비틀린 차원의 왜곡으로 흘려보낸 후 얻은 일말의 휴식이었다.

'이대로 가다가는 큰일이다. 빨리 함장님께서 나오셔야 할 텐데… 거기다가 저들도 그리 오래 버틸 수 없을 것 같고. 정말 큰일이다.'

힘을 분산시킬 수 있기는 했지만 차원왜곡장에 흑암성체의 힘이 점차 차오르기 시작했다. 빠르게 차오르는 속도를 보면 막을 수 있는 한계점에 도달하기까지는 시간이 얼마 남지 않았다.

흑룡회주와 가네가와, 그리고 다섯 아이는 종반으로 치닫고 있었다. 흑룡회주가 감추어두고 있는 힘이 얼마나 강한지 여섯이 합공을 하고도 제압을 하지 못했지만 기운이 거의 떨어진 듯했다.

서로 간에 최후의 일격을 준비하고 있는 듯이 보였는데 양패구상이면 다행스러울 정도로 처절하게 싸우고 있었다.

자신의 예상처럼 최후의 격돌이 시작됐다. 빛으로 화한 다섯 아이가 흑룡회주를 향해 달려들기 시작했고, 밝은 광휘로 둘러싸인 천조의 몸에서 햇살과 같은 빛들이 피어올라 흑룡회주를 덮쳤다.

흑룡회주도 가만히 있지 않았다. 오색의 뇌전이 그의 몸에서 줄기줄기 뻗어 올라 자신을 향해 공격해 오는 자들을 향해 뿌려졌다.

쾅! 콰콰콰콰쾅!!

강렬한 폭발음이 사방에 울려 퍼졌다. 절대에 가까운 기운들이 부딪친 여파는 무척이나 컸다. 호텔을 감싸고 있는 유리창들이 분수처럼 터져 나갔고, 주변의 건물들은 진동의 여파로 지진을 만난 듯 흔들렸다.

대결의 결과는 미네르바가 예측한 것처럼 양패구상으로 끝이 나 있었다. 움푹 파인 건물 한가운데 여덟 사람이 쓰러진 듯 누워 있었다.

다섯 아이는 물론 가네가와와 흑룡회주, 그리고 그들이 펼친 힘의 여파를 막아내던 헨리까지 모두 쓰러져 있었다. 다들 심각한 내상을 입은 듯 그들 주변에는 뱉어낸 피들이 뿌려져 있었다.

끼기기긱!

간신히 붕괴되는 것만 모면한 건물이 삐거덕거리는 소리를 내고 있었다. 헨리가 펼친 앱솔루트 배리어가 아니면 벌써 무너졌어야 할 운명이었다.

　일곱 사람으로 인해 불어온 여파도 문제였지만 미네르바와 흑암의 대결도 문제였다. 여기저기 상처를 입은 호텔 건물은 점점 더 불어나는 힘의 파장을 더 이상 감당할 수 없어 보였다.

　'이제는 나도 어쩔 수 없구나. 함장님의 힘을 전부 사용하는 수밖에…….'

　젠가이드를 착용한 한철이라면 방법이 있을 테지만 자신으로서는 네 가지 절대력만이 유일한 대안이었기에 미네르바는 최후의 힘을 꺼낼 준비를 했다.

　미네르바의 의지에 따라 네 가지 절대력이 응집되며 새로운 힘으로 융합되기 시작했다. 전부는 아니지만 융합이 시작되자 강력한 에너지 파장이 미네르바로부터 시작됐다.

　네르키즈의 외곽을 감싸는 배리어와 행성조차 파괴할 수 있는 함대함 에너지포를 전부 가동할 만큼의 강력한 에너지가 미네르바의 주변에 모여들자 파장을 감당할 수 없었는지 미네르바가 있는 호텔 건물의 위쪽이 조금씩 부서지고 있었다.

　휘이잉!

　미네르바가 뿜어내는 에너지의 파장으로 인해 부서진 건물의 잔해들이 먼지로 화하며 바람에 휘날리고 있었다.

　'아직 다 피하지 못했는데 큰일이다. 이대로라면 많은 사람들이 희생될 텐데…….'

　사람들의 희생이 있을 것은 분명했다. 미네르바로서는 호텔이 무너지려는 것을 막을 만한 여력이 남아 있지 않았던 것이다.

'아!!'

그렇게 안타깝게 어찌할 바를 모르던 미네르바는 네르키즈로 막대한 양의 에너지가 전송되는 것을 확인할 수 있었다. 한철이 보내온 앤틀러의 나머지 에너지였다.

'됐다. 이 정도면 충분하다.'

여력이 생긴 미네르바는 에너지 융합을 더욱 가속시키는 한편 앤틀러의 힘을 이용해 강력한 배리어를 구축했다. 한철이 돌아오기 전까지 흑암성체를 압박해 힘이 퍼져 나가는 것을 막기 위해서였다.

'아! 오셨구나.'

압박하며 흑암성체의 힘이 퍼지는 것을 막던 미네르바는 급히 에너지를 분리하여 회수해야 했다. 그토록 기다리던 존재가 자신의 눈앞에 보이기 시작했던 것이다.

미네르바는 공간을 열고 나타나는 한철의 모습이 무척이나 반가웠다.

"미네르바, 어떻게 된 일이지?"

—잘 오셨습니다, 함장님! 함장님께서 제때에 에너지를 보내주지 않으셨다면 저 여자를 막지 못했을 겁니다.

"쉐도우가 신녀를 제압하지 못했었나?"

—그렇습니다. 그러니까. 함장님께서 창조하신 이공간으로 넘어가신 후에 상황이 발생했습니다. 처음에는…….

미네르바는 중첩을 통해 자신이 보았던 모든 일들을 한철에게 보고했다.

"수고했어, 미네르바. 이곳은 일단 내가 맡을 테니 주변 상황을 정리해 줘. 이상현상이 발생하면 전부 대피시키도록 하고."

─괜찮으시겠습니까?

"걱정하지 마. 새로운 힘을 얻어서 충분히 상대할 수 있을 테니까."

─그럼.

한철의 말에 불안감이 가신 미네르바는 곧장 사람들을 대피시키기 위해 움직이기 시작했다.

워프를 이용해 쓰러져 있는 이들을 옮기고, 주천문도들을 도와 공간이동을 통해 아직 피하지 못한 주변 건물의 사람들도 안전한 곳으로 이동을 시켰다.

반경 10킬로미터 이내의 사람들을 모두 이동시키고 난 후, 미네르바는 호텔 주변에 다시금 광범위한 배리어를 치기 시작했다. 한철의 힘이 강대해지기는 했지만 흑암성체의 힘을 막는 와중에 힘의 여파를 차단할 수 없을 것이라 생각한 것이다.

"드디어 시바의 힘이 나타난 건가? 후후후, 의외로군. 백무요의 신녀인 사람에게 흑암의 힘을 심어놓다니 말이야."

한철의 말에 파괴적인 기운을 뿜어내던 흑암성체는 자신의 기운을 서서히 가라앉히고 있었다.

"오랜만이야, 마고!"

최경아의 의식을 완전히 장악한 흑암은 반가운 듯 한철을 향해 마고라 불렀다.

"마고라? 알 텐데, 마고의 사념이 이제 더 이상 존재하지 않는다는 것을."

"호호호!"

이질적인 기운에 내심 의아함을 느끼던 흑암은 마고가 이제 더 이상 지구 차원에 존재하지 않는다는 것을 확인한 듯 자조적인 웃음을 흘리고 있었다.

"어째서 시바의 힘 중 흑암의 힘이 분리된 것이지?"

다른 차원의 권능을 가지게 된 시바지만 흑암의 힘은 시바가 가진 최초의 권능이었기에 한철이 물었다. 흑암에게서 다른 차원 주관자의 힘을 찾아볼 수 없었기 때문이다.

"가이아가 남긴 안배가 작동한 탓이다."

"역시, 시바는 존재의 시간을 다 쓴 것인가?"

한철은 짐작이 가는 것이 있기에 자조하는 흑암을 향해 물었다.

"역시 너도 가이아의 안배를 알아차린 모양이로군. 가이아가 아무도 모르게 걸어놓은 제약으로 인해 우리 차원 주관자들은 절대 가이아의 손에서 벗어날 수 없다는 것을 말이야."

"육체에 시간의 제약을 준 것은 알 수 있었다. 다만, 차원 주관자들에게 그런 제약을 걸어놓고도 혼돈의 장막 너머로 가이아가 사라진 것이 의문이지만."

  젠가이드를 얻고 난 후, 한철이 제일 먼저 알 수 있었던 것은 가이아가 힘이 없어 라와 시바를 피해 존재를 숨긴 것이 아니라는 것이었다.

  흑룡회주를 통해서도 확인한 것이지만 차원 주관자들에게는 육체의 제약이 걸려 있었다.

  본래부터 있었던 육체를 온전히 보존하지 않으면 자신의 존재 의지가 서서히 소멸되는 제약이 걸려 있었던 것이다.

  육체의 제약은 처음에는 나타나지 않는다. 자신이 부여받은 권능을 한없이 사용할 수 있기에 알아차릴 수도 없는 것이다.

  육체가 소멸할 시간이 되면 곧바로 진행되기에 자신에게 소멸의 시간이 찾아오면 알 수 있게 되는 아주 고약한 제약이었다.

  라와 시바는 초월한 존재로 거듭나면 영생불멸의 몸이 될 것이라고 착각했겠지만 시간의 제약으로 그럴 수가 없었다. 차원 주관자들을 만들어낸 가이아는 처음부터 그들의 육체의 소멸을 염두에 둔 제약을 걸어두었던 것이다.

  다른 차원을 건너뛰어 새로운 힘을 얻으면 초월자로 거듭나기는 하겠지만 그것은 그저 시간의 연장에 불과했다. 새로운 힘을 얻는다고 해도 각 차원의 주관자에게 주어진 시간만큼 육체를 제약한 시간 중 남아 있는 시간만 늘어날 뿐이었다.

그러니 시간만 지나면 모든 차원 주관자들은 육체의 소멸을 맞는다.

소멸을 피해 조금 더 연장하려면 피를 통한 전승을 해야 하나 이 또한 어려운 일이었다.

피의 전승으로 후대에 자신의 힘을 전하면 본질이 가진 권능이 희석되기에 어찌 됐거나 시간이 지나면 소멸의 순간을 맞아야 하는 것이다.

육체가 없다면 가장 강대한 힘을 가진 시기에 정신체로 변환해 살아남을 수 있겠지만 그것은 최후의 순간에나 가능한 일이다. 차원 주관자가 가지는 온전한 힘을 갖기가 불가능하기 때문이다.

더군다나 정신체로 변하면 다른 차원의 힘은 절대로 가질 수가 없었다. 지구 차원에 겹쳐진 차원 주관자라는 존재가 탄생한 대전제에는 영육의 합일이라는 것이 깔려 있었기 때문이다.

영과 육이 분리되는 순간, 각 차원의 힘은 제자리를 찾아가 버리기에 다른 차원이 가진 권능의 힘을 사용할 수가 없게 되는 것이다.

"가이아가 걸어둔 시간의 제약을 알고 있다니 내가 이곳에 나타난 이유도 알겠군."

"흑암이나마 유지하고 싶어 자신의 영혼을 담을 그릇을 찾고 있었겠지."

"호호호, 잘 알고 있군. 이 아이의 육체를 얻는 순간, 네가 내 영혼을 담을 그릇으로 적합하다는 것을 알 수 있었지."

한철은 흑암이 자신을 노리고 온 것을 진즉부터 알고 있었지만 아무렇지 않았다. 전이라면 모를까, 아무리 흑암이라고 해도 자신의 육체를 차지한다는 것은 불가능했기 때문이다.

"너의 힘으로 나를 차지할 수 있을까?"

"호호호, 가능하지. 아무리 마고의 힘을 얻은 너라 할지라도 영혼이 흔들리지 않을 수 없을 테니까."

"자신하고 있겠지만 그리 쉽지는 않을 것이다."

"물론, 쉽지는 않겠지만 도전해 볼 가치는 있겠지. 너처럼 새로운 존재라면 더욱 말이야. 이 세계에서는 전혀 볼 수 없는 힘에다가 마고의 기운을 가진 것을 보면 넌 나를 위한 훌륭한 그릇이 될 것이다."

"나에 대해 많은 것을 알고 있나 보군."

"물론, 마고가 자신의 후계자를 찾는 순간부터 너에 대해 알게 되었지."

'흑암의 성체를 간직하고 있다가 전해준 자가 누구인지 모르지만 분명 가까이 있는 자다.'

자신이 마고의 사념을 얻은 순간부터 알고 있었다면, 최경아의 잠재의식에 흑암을 심은 자는 주변의 인물이 분명했다.

"미네르바, 너도 들었을 테니 다시 한 번 전부 살펴봐. 그동안의 기록들과 존재하는 모든 정보들을 말이야."

―알겠습니다, 함장님.

누구인지 알아보는 것도 급하지만 시바의 권속이었던 다른 존재들에 대해 일단은 좀 더 알아봐야겠기에 한철은 미네르바에게 의지를 전한 후 아무렇지 않은 듯 말을 이어갔다.

미네르바도 한철의 심중을 헤아린 듯 빠르게 대답한 후 통신을 끊었다.

"후계자라, 그럴 수도 있겠지. 마고의 사념이 전하는 것을 모두 얻은 것이 바로 나니까."

"너를 찾은 마고는 운이 좋았다. 흩어져 버린 차원 주관자들의 분신들은 아직도 자신의 후계자를 찾지 못했는데 말이야. 넌 여러 가지 힘을 동시에 간직할 수 있는 육체뿐만 아니라, 시간의 제약이 걸리지 않은 육체를 가졌으니 운이 무척 좋았다고 할 수밖에. 물론, 너를 찾아낸 나도 그렇고. 호호호."

"권속들의 힘을 잃어버린 마당에 내 육체를 차지한다고 무슨 수가 나는 것도 아닌데 너무 좋아하는군."

"호호호, 상관없다. 내가 너의 육체를 차지하는 순간, 그들은 전부 나의 권속이 될 터이니까. 그리고 가이아에 대한 복수도 가능할 것이고."

의미심장한 미소를 지으며 흑암성체가 한철을 바라보았다. 그녀의 눈은 먹이를 노리는 뱀처럼 요요롭게 빛나고 있었다.

"그동안 숨어 있다가 나타난 것을 보면 준비가 되었다는 것인데 다른 자들은 어디에 있나?"

입맛을 다시는 흑암성체를 향해 한철이 물었다. 스스로 자

신하는 만큼 시바에게서 떨어져 나간 다른 존재들에 대해 혹
시나 대답해 줄지도 모른다는 기대 때문이었다.

"다들 제 할 일로 바쁘지. 너에게도 무척이나 관련이 깊은
일로 말이야."

"너의 권속이었던 다른 존재들은 뭔가를 꾸미고 있는 모양
이로군."

흑암성체는 시바가 흡수했던 차원들의 힘이 분리되어 버린
후, 그 힘들은 자신에게 맞는 육체를 찾아 새로운 차원 주관자
로 거듭난 존재가 분명했다.

하지만 젠가이드를 얻은 후 그 속에 담겨진 특별한 힘을 통
해 바라본 세상에서 새로운 존재들을 찾아볼 수는 없었다. 완
벽하게 존재감이 사라진 것이다.

어쩌면 최경아의 잠재의식 속에 심어진 것처럼 누군가의 잠
재의식 속에 숨어 발견되지 않은 채 뭔가를 도모하고 있을 가
능성이 컸다. 마치 에이미와 죽련방을 피해 데리고 온 여인들
에게 심어진 가이아의 힘처럼 말이다.

"물론, 우리를 창조해 낸 존재지만 우리를 이렇게 만든 이
상. 으드득! 가이아도 응분의 대가를 치러야 하니까. 그래서
네 육체를 내가 가지기로 했다."

가이아에 대한 분노가 상당한 듯 흑암성체가 이를 갈며 자
신이 한철의 육체를 차지할 것이라 단언했다.

"내 육체를 원한다니 나도 가만히 있을 수가 없겠지. 나도
너에게 내 육체를 빼앗기기 싫으니까 말이야."

"호호호, 준비가 된 같은데 그럼 시작할까? 알고 싶은 것이 많겠지만 나도 더 이상은 이야기해 주고 싶지 않으니까."

흑암성체는 이미 한철의 의도를 알고 있었다는 듯 싸움을 위해 기운을 서서히 끌어올렸다.

"일부러 묻고 있었다는 것을 이미 알고 있었나 보군."

"물론, 진실을 알기에는 아직 멀었지만 궁금해하니 조금이나마 알려준 것이다. 이제 그만 시작하자. 난 다른 자들과는 달리 정신체가 됐어도 온전한 힘을 가지고 있으니 잊지 말도록. 호호호!"

흑암성체가 재미있다는 듯 웃으며 한철에게 다가왔다. 반투명한 장막에 가려진 최경아의 하얀 실루엣이 눈을 자극했지만 한철의 눈은 미동도 하지 않았다.

이제부터 차원 주관자의 진정한 힘과 부딪치는 순간이었기 때문이다. 아마도 지금까지와는 전혀 다른 힘일 것이 분명했다.

『디멘션 워』 제7권에 계속…

共同傳人

공동전인

설경구 新무협 판타지 소설

마고를 재건하라.

혈마옥에 갇히며 마교 장로들의 공동전인이 된 사무진에게 주어진 과제.
역사상 가장 착한 마교의 교주.
하지만 역사상 가장 강한 마교의 교주가 되고 싶다.

고정관념을 버려요.

마교도라고 해서 꼭 나쁜 놈일 필요는 없잖아요.

지금까지와는 다른 마교.

이제 사무진이 만들어가는 새로운 마교가 모습을 드러낸다.

무유 칠덕(武有七德), 금폭(禁暴), 집병(戢兵), 보대(保大),
정공(定功), 안민(安民), 화중(和衆), 풍재(豊財), 자야(耆也).
〈좌전(左傳), 선공 십이년(宣公 十二年)〉

무에는 일곱 가지 덕이 있다.
첫째, 난폭을 금지한다. 둘째, 무기를 거두어들인다. 셋째, 큰 나라를 보전한다.
넷째, 공적을 정한다. 다섯째, 백성을 편안하게 한다. 여섯째, 대중을 화합하게 한다.
일곱째, 물자를 풍부하게 한다.

섬서성(陝西省) 육반산(六盤山)에 신력(神力)을 바탕으로
패공(覇功)을 구사하는 가문(家門), 육반루가(六盤婁家).
세상에게 외면받고 멸시당하는 환희교(歡喜敎).
육반루가의 후손과 환희교 교주의 운명적인 만남.

"넌 환희교를 지키는 수문장(守門將)이 될 거야.
강하게, 아주 강하게 키워주마."
'아버지처럼 죽지 않을 거야. 아무도 날 죽일 수 없어.
세상에서 최고로 강한 사람이 될 거야.'